Uma Herdeira Apaixonada

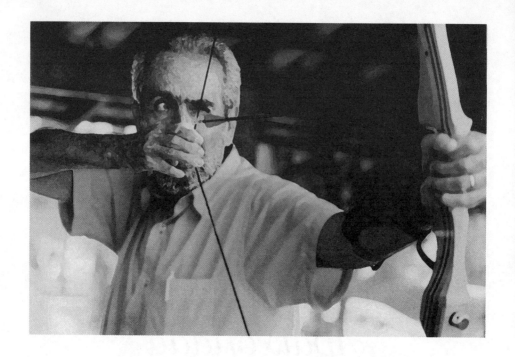

O Arqueiro

GERALDO JORDÃO PEREIRA (1938-2008) começou sua carreira aos 17 anos, quando foi trabalhar com seu pai, o célebre editor José Olympio, publicando obras marcantes como *O menino do dedo verde*, de Maurice Druon, e *Minha vida*, de Charles Chaplin.

Em 1976, fundou a Editora Salamandra com o propósito de formar uma nova geração de leitores e acabou criando um dos catálogos infantis mais premiados do Brasil. Em 1992, fugindo de sua linha editorial, lançou *Muitas vidas, muitos mestres*, de Brian Weiss, livro que deu origem à Editora Sextante.

Fã de histórias de suspense, Geraldo descobriu *O Código Da Vinci* antes mesmo de ele ser lançado nos Estados Unidos. A aposta em ficção, que não era o foco da Sextante, foi certeira: o título se transformou em um dos maiores fenômenos editoriais de todos os tempos.

Mas não foi só aos livros que se dedicou. Com seu desejo de ajudar o próximo, Geraldo desenvolveu diversos projetos sociais que se tornaram sua grande paixão.

Com a missão de publicar histórias empolgantes, tornar os livros cada vez mais acessíveis e despertar o amor pela leitura, a Editora Arqueiro é uma homenagem a esta figura extraordinária, capaz de enxergar mais além, mirar nas coisas verdadeiramente importantes e não perder o idealismo e a esperança diante dos desafios e contratempos da vida.

Uma Herdeira Apaixonada

Os Ravenels 5

LISA KLEYPAS

Título original: *Devil's Daughter*

Copyright © 2019 por Lisa Kleypas
Copyright da tradução © 2019 por Editora Arqueiro Ltda.

Todos os direitos reservados.
Nenhuma parte deste livro pode ser utilizada ou reproduzida sob quaisquer meios existentes sem autorização por escrito dos editores.

tradução: Ana Rodrigues

preparo de originais: Sheila Louzada

revisão: Ana Grillo e Rebeca Bolite

diagramação: Abreu's System

capa: Renata Vidal

imagens de capa: © Lee Avision/Trevillion Images

impressão e acabamento: Cromosete Gráfica e Editora Ltda.

CIP-BRASIL. CATALOGAÇÃO NA PUBLICAÇÃO
SINDICATO NACIONAL DOS EDITORES DE LIVROS, RJ

K72h   Kleypas, Lisa
            Uma herdeira apaixonada / Lisa Kleypas; tradução de Ana Rodrigues. São Paulo: Arqueiro, 2019.
            272 p.; 16 x 23 cm. (Ravenels; 5)

            Tradução de: Devil's daughter
            Sequência de: Um estranho irresistível
            ISBN 978-85-306-0039-6

            1. Ficção americana. I. Rodrigues, Ana. II. Título. III. Série.

19-59840   CDD: 813
                                   CDU: 82-3(73)

Todos os direitos reservados, no Brasil, por
Editora Arqueiro Ltda.
Rua Funchal, 538 – conjuntos 52 e 54 – Vila Olímpia
04551-060 – São Paulo – SP
Tel.: (11) 3868-4492 – Fax: (11) 3862-5818
E-mail: atendimento@editoraarqueiro.com.br
www.editoraarqueiro.com.br

*Aos nossos amados amigos Amy e Scott,
que nos deixaram cedo demais.*

*Minha vela queima na ponta e queima no pé,
Não durará a noite inteira;
Mas ah, meus inimigos! Ah, amigos de fé!
Sua luz é a mais bela e perfeita!*
– Edna St. Vincent Millay

CAPÍTULO 1

Hampshire, Inglaterra
1877

Phoebe não conhecia West Ravenel pessoalmente, mas de uma coisa sabia com certeza: ele era um tirano cruel e imoral. Sabia disso desde os 8 anos, quando seu melhor amigo, Henry, começara a se corresponder com ela do colégio interno em que estudava.

Na época, West Ravenel fora um tema frequente das cartas cheias de erros de ortografia de Henry, que o descrevia como um menino sem coração, mas cujo mau comportamento era sempre relevado, o que acontecia em todo colégio interno. Via-se como inevitável que os garotos mais velhos dominassem e intimidassem os mais novos, e qualquer um que os denunciasse era punido severamente.

Querida Phoebe,
Achei que o colégio interno seria divertido, mas não é. Aqui tem um menino chamado West que sempre pega o meu pão no café da manhã, e olha que ele já é do tamanho de um ipopótamo.

Querida Phoebe,
Ontem foi meu dia de trocar as velas dos castissais. Só que West colocou velas explosivas no meu cesto, e de noite uma delas disparou como um foguete e xamuscou as sobrancelhas do Sr. Farthing. Fui punido com bengaladas na mão. O Sr. Farthing deveria saber que eu não faria algo tão óbvio. West não ficou nem um pouco arrependido, disse que não podia fazer nada se o professor é um idiota.

Querida Phoebe,
Fiz esse desenho de West para que saiba que deve fugir se algum dia você ver ele. Mas como não sou bom em desenho, ele ficou parecendo um palhasso fantasiado de pirata. Que é como ele se comporta.

Por quatro anos West Ravenel perturbou e atormentou o pobre Henry, lorde Clare, um menino pequeno e nervoso, de constituição delicada, até que a família o tirou do colégio interno para educá-lo em casa, em Heron's Point, não muito longe de onde Phoebe morava. O clima ameno e saudável da cidade litorânea, junto com seus famosos banhos de mar, ajudou a restaurar-lhe a saúde e a disposição. Para alegria de Phoebe, Henry era uma visita frequente em sua casa, e chegou a estudar com seus irmãos e o tutor deles. Inteligente, sagaz e cativante em sua excentricidade, o menino logo se tornou muito querido pela família Challon.

Não houve um momento específico em que a afeição de infância que Phoebe sentia por Henry se transformou em algo novo. Aconteceu aos poucos, envolvendo-a por dentro como delicadas vinhas, desabrochando em um jardim de pedras preciosas, até o dia em que sentiu um estremecimento de amor ao olhar para ele.

Phoebe precisava de um marido que também fosse um amigo, e Henry sempre fora seu melhor amigo. Ele a conhecia e a compreendia por completo, tal como ela a ele. Formavam o par perfeito.

Phoebe foi a primeira a levantar o assunto do casamento. E ficou chocada e magoada quando Henry tentou, com gentileza, dissuadi-la da ideia.

– Você sabe que não poderei ficar ao seu lado para sempre – disse ele, envolvendo-a com os braços finos e deixando os dedos se perderem nos cachos largos dos cabelos ruivos dela. – Um dia minha doença me impedirá de ser um marido ou pai adequado, de ter qualquer utilidade. E isso não seria justo com você nem com nossos filhos. Ou mesmo comigo.

– Por que você é tão resignado? – perguntou ela, assustada com o modo tranquilo e fatalista com que Henry aceitava a misteriosa enfermidade. – Vamos encontrar novos médicos, vamos descobrir o que o deixa tão doente e encontrar uma cura. Por que está desistindo antes mesmo de começar a lutar?

– Phoebe, minha luta começou há muito tempo – disse Henry, com suavidade. – O cansaço me acompanha por toda a vida. Por mais que eu descanse, mal tenho energia para passar o dia.

– Eu tenho energia por nós dois. – Phoebe descansou a cabeça no ombro dele, a intensidade das emoções a deixando trêmula. – Eu te amo, Henry. Deixe-me cuidar de você. Deixe-me ficar com você pelo tempo que tivermos juntos.

– Você merece mais.

– Você me ama, Henry?

Os grandes e suaves olhos castanhos dele cintilaram.

– Mais do que qualquer homem já amou uma mulher.

– Então o que nos impede?

Casaram-se, dois virgens inebriados descobrindo os mistérios do amor com uma falta de jeito enternecedora. O primeiro filho do casal, Justin, é um saudável e robusto menino de cabelos escuros, agora com 4 anos.

Henry entrara em seu declínio final havia dois anos, pouco antes do nascimento do segundo filho, Stephen.

Nos meses de dor e desespero que se seguiram, Phoebe foi morar com a família, e encontrou um pouco de alento no lar afetuoso da infância, mas, agora que o período de luto terminara, era hora de recomeçar, dando início a sua nova vida como jovem mãe viúva de dois meninos. Uma vida sem Henry. Como parecia estranho. Logo ela voltaria para a propriedade dos Clares em Essex (que Justin herdaria quando tivesse idade suficiente), onde tentaria criar os filhos como o amado pai deles teria desejado.

Mas, antes, precisava comparecer ao casamento do irmão, Gabriel.

Sentiu o estômago embrulhar conforme a carruagem se aproximava do Priorado Eversby. Era o primeiro evento fora da casa da família a que comparecia desde a morte de Henry, e, mesmo sabendo que estaria entre amigos e parentes, se sentia nervosa. Porém, havia também outro motivo para tamanha inquietação.

A noiva era uma Ravenel.

Gabriel ia se casar com uma jovem adorável e única, lady Pandora Ravenel, que parecia adorar o irmão de Phoebe tanto quanto ele a adorava. Era fácil gostar de Pandora, tão franca e divertida, e com uma imaginação efervescente que a fazia se lembrar um pouco de Henry. Phoebe também gostara muito dos Ravenels que visitaram a casa de sua família à beira-mar. Havia a irmã gêmea de Pandora, Cassandra, e o primo distante delas, Devon, que pouco antes herdara o condado da família e agora atendia por lorde Trenear. A esposa dele, Kathleen, lady Trenear, era simpática e encantadora. Se a família fosse só essa, estaria tudo bem.

Mas o destino mostrara ter um senso de humor perverso: o irmão mais novo de Devon era ninguém menos que West Ravenel.

Phoebe finalmente conheceria o homem que transformara os anos de Henry no colégio em um tormento. Não havia como evitar.

West morava na propriedade. Sem dúvida, ficava vagueando por lá, fingindo estar ocupado, enquanto dilapidava a herança do irmão mais velho. Pelas descrições que Henry fizera do grande e indolente preguiçoso, Phoebe o imaginava o dia inteiro dormindo e bebendo, como uma foca na praia, lançando olhares lascivos para as criadas enquanto elas limpavam seu rastro de sujeira.

Não era justo que uma pessoa tão boa e generosa como Henry houvesse tido tão poucos anos de vida, enquanto um cretino como Ravenel provavelmente fosse viver até os 100.

– Mamãe, por que está aborrecida? – perguntou Justin.

O menino estava sentado de frente para ela na carruagem. A babá idosa cochilava no canto. Phoebe desanuviou a expressão na mesma hora.

– Não estou aborrecida, querido.

– Suas sobrancelhas estavam apontando para baixo e a boca estava torcida – descreveu o menino. – A senhora só fica assim quando está aborrecida, ou quando a fralda do Stephen está molhada.

O bebê dormia no colo de Phoebe, embalado pelo movimento da carruagem.

– Stephen está bem seco, e não estou de modo algum mal-humorada. Eu apenas... bem, você sabe que há muito tempo não me encontro com pessoas novas, então estou um pouco tímida diante da ideia de mergulhar novamente na agitação do mundo.

– Quando o vovô me ensinou a nadar na água gelada, ele me falou para não pular de uma vez, disse para ir entrando devagar até que a água estivesse na altura da cintura, porque assim o corpo vai se preparando. Vai ser bom para a senhora praticar, mamãe.

Phoebe considerou o ponto de vista do filho, olhando para ele com um orgulho cheio de carinho. Puxara ao pai, pensou. Henry sempre fora solidário e esperto, desde muito novo.

– Vou tentar entrar aos poucos – disse ela. – Que menino inteligente você é. Faz bem em escutar as pessoas.

– Eu não escuto todas as pessoas – retrucou Justin, muito tranquilamente. – Só aquelas de quem eu gosto.

Ele se ajoelhou no assento e ficou observando a antiquíssima mansão em estilo jacobino que assomava ao longe. A construção, que já fora uma casa fortificada onde vivia uma dúzia de monges, era uma estrutura enorme, muito ornamentada, com fileiras de chaminés estreitas. Bem ancorada à terra, robusta, mas que também buscava alcançar o céu.

– Que grande – comentou o menino, espantado. – O telhado é grande, as árvores são grandes, os jardins são grandes... E se eu me perder? – Mas não foi uma pergunta de preocupação, ele estava apenas intrigado.

– Se isso acontecer, não saia do lugar e grite até eu encontrá-lo. Sempre encontrarei você. Mas não vai haver necessidade disso, querido. Quando eu não estiver por perto, você terá a Sra. Bracegirdle... Ela não permitirá que você vá muito longe.

O menino lançou um olhar cético para a senhora adormecida e depois se voltou novamente para a mãe, com um sorriso travesso.

Henry é que havia sugerido deixarem os filhos aos cuidados da Sra. Bracegirdle, pois ela fora sua amada babá. Era uma mulher calma e agradável, com um corpo roliço que garantia um colo delicioso para as crianças ouvirem histórias, os ombros perfeitos para tranquilizar o choro de bebês. Seus cabelos crespos e brancos como um merengue estavam sempre presos sob uma touca de cambraia. Os rigores físicos de sua ocupação, como correr atrás de crianças enérgicas ou tirar bebês gorduchos da banheira, agora ficavam quase inteiramente a cargo de uma criada mais nova. Sua mente, no entanto, ainda era aguçada, e, exceto pela necessidade de uma soneca de vez em quando, ela permanecia mais capaz do que nunca.

A caravana de carruagens elegantes seguia pela entrada de veículos da propriedade, levando a comitiva dos Challons e seus criados, assim como uma montanha de bolsas e baús presos com tiras de couro. A área residencial, assim como as terras de cultivo ao redor, era impecável, com sebes densas e antigos muros de pedra cobertos por roseiras trepadeiras e por glicínias roxas delicadas e ondulantes. As carruagens foram parando diante do pórtico, onde era possível sentir o perfume de jasmim e madressilva.

Tendo acordado de seu leve cochilo com um sobressalto, a babá começou a guardar na grande bolsa de tapeçaria os itens espalhados aqui e ali e pegou Stephen do colo de Phoebe, que então desceu atrás do menino mais velho.

13

– Justin... – chamou ela, constrangida, pois o filho disparava como um beija-flor através do aglomerado de criados e familiares, distribuindo breves olás.

Ela viu as fisionomias já conhecidas de Devon e Kathleen Ravenel – lorde e lady Trenear – recepcionando os convidados. Lá estavam os pais de Phoebe; sua irmã mais nova, Seraphina; seu irmão, Ivo; junto de Pandora, Cassandra e vários outros rostos que ela não reconheceu. Todos riam e conversavam animadamente, empolgados com o casamento. Foi quando lhe veio o desconforto diante da perspectiva de conhecer pessoas novas e ter que conversar com elas. Respostas espirituosas e animadas não eram uma possibilidade. Se ao menos ainda estivesse sob o manto protetor das roupas de luto, com o véu escondendo o rosto...

Pelo canto do olho, Phoebe notou Justin subindo sozinho, saltitante, os degraus da entrada. A Sra. Bracegirdle se adiantou, mas Phoebe a tocou de leve no braço.

– Pode deixar. Eu vou atrás dele.

– Sim, milady – disse a babá, aliviada.

Phoebe, na verdade, estava feliz por Justin estar entrando na casa: era uma boa desculpa para fugir daquela fila de convidados.

O saguão de entrada, ainda que também estivesse cheio, estava mais calmo e silencioso que lá fora. Um homem organizava o tumulto dando instruções aos criados que transitavam por ali. Seus cabelos, de um tom tão escuro de castanho que passaria facilmente por preto, cintilavam como líquido com os reflexos da luz. Enquanto escutava com atenção as explicações da governanta sobre a distribuição dos hóspedes nos quartos, o homem jogou uma chave para um assistente de mordomo que se aproximava (ele a pegou no ar com uma só mão e rapidamente partiu para executar alguma outra tarefa), para logo depois amparar um jovem criado que, carregando uma torre de caixas de chapéu, quase caiu ao tropeçar. Depois de ajeitar a pilha de caixas, ele despachou o menino para que seguisse seu caminho.

O homem irradiava vitalidade masculina em seu estado mais puro, o que chamou a atenção de Phoebe. Tinha pelo menos 1,80 metro de altura, com a compleição atlética e bronzeada de quem passava boa parte do tempo ao ar livre, mas usava roupas de muito bom gosto. Curioso. Seria o administrador da propriedade?

Os pensamentos de Phoebe foram interrompidos quando ela percebeu que o filho fora investigar os elaborados entalhes de madeira na lateral da grande escadaria dupla. Foi rapidamente atrás dele.

– Justin, você não pode sair andando por aí sem avisar a Sra. Bracegirdle ou a mim.

– Veja, mamãe.

Phoebe olhou na direção que o pequeno indicador do menino apontava e viu o entalhe de um ninhozinho de ratos na base das balaustradas. Era um toque divertido e inesperado na grandiosidade da escadaria.

– Gostei – disse ela, abrindo um sorriso.

– Eu também.

Quando Justin se abaixou para olhar o entalhe mais de perto, uma bola de gude escorregou de seu bolso para o piso de parquê. Phoebe e o filho ficaram observando, consternados, a veloz bolinha rolar para longe.

A bolinha foi interrompida abruptamente quando o homem de cabelos escuros pisou nela com a ponta do sapato, em uma demonstração de timing perfeito. Quando terminou sua conversa, ele se abaixou e pegou o minúsculo objeto, enquanto a governanta se afastava às pressas. Então o homem voltou sua atenção para Phoebe e Justin.

Seus olhos eram de um azul impressionante naquele rosto bronzeado; seu breve sorriso, um ofuscante brilho branco. Era um homem muito bonito, as feições fortes e harmônicas, com suaves linhas de expressão no canto externo dos olhos. Passava a impressão de ser irreverente e divertido, mas também havia nele uma sugestão de sagacidade, com um toque de dureza. Como se já houvesse tido sua cota de experiências no mundo e não lhe restassem muitas ilusões. De algum modo, isso o tornava ainda mais atraente.

O homem se aproximou com tranquilidade. Um aroma agradável de ar livre parecia acompanhá-lo: sol e ar fresco, terra, a doçura da madeira e um toque de fumaça, como se tivesse passado um tempo perto de uma fogueira. Seus olhos eram do azul mais escuro que Phoebe já vira, com a íris rajada de preto. Já fazia muito tempo que um homem não a fitava daquele jeito, direto e interessado, com um discreto toque de flerte. Ela detectou dentro de si uma sensação estranha, algo que lhe lembrou um pouco os primeiros dias de seu casamento com Henry... aquele trêmulo, inexplicável e embaraçoso desejo de pressionar o corpo intimamente no de outra pessoa. Até então, Phoebe só sentira aquilo pelo marido e ninguém mais, e mesmo assim nunca com aquele sobressalto ao mesmo tempo ardente e gelado.

Sentindo-se confusa e culpada, Phoebe recuou um passo, tentando puxar Justin, mas o menino resistiu, evidentemente achando que lhe cabia fazer as apresentações.

– Eu sou o Justin, lorde Clare – anunciou. – Essa é a mamãe. O papai não está conosco porque morreu.

Phoebe sentiu um rubor intenso cobri-la dos pés à cabeça.

O homem não pareceu nem um pouco constrangido, apenas se agachou para falar com o menino. Sua voz grave e aconchegante deu a Phoebe a sensação de se espreguiçar em um denso colchão de penas.

– Perdi meu pai quando não era muito mais velho que você – disse ele a Justin.

– Ah, eu não perdi o meu – foi a resposta séria do menino. – Sei exatamente onde ele está. No céu.

O estranho sorriu.

– É um prazer conhecê-lo, lorde Clare.

Os dois trocaram um aperto de mãos cerimonioso. O homem ergueu a bolinha de gude à luz e observou o minúsculo carneiro de porcelana gravado no vidro transparente.

– Uma bela peça – comentou. E devolveu a bolinha a Justin, antes de se levantar. – Você joga Círculo?

– Ah, sim.

Era a brincadeira mais comum: um jogador tentava acertar a bolinha do outro para fazê-la sair do círculo demarcado.

– E Castelo Duplo?

O menino balançou a cabeça, com ar intrigado.

– Esse eu não conheço.

– Vamos jogar durante sua estadia, se sua mãe permitir – disse o homem, lançando um breve olhar questionador para Phoebe.

Ela estava mortificada com a própria incapacidade de falar, os batimentos cardíacos totalmente descompassados.

– A mamãe não está acostumada a conversar com adultos – explicou Justin. – Ela gosta mais de crianças.

– Sou muito infantil – apressou-se a dizer o homem. – Pode perguntar a qualquer um por aqui.

Phoebe se pegou sorrindo para o estranho.

– O senhor é o administrador da propriedade? – perguntou ela.

– Na maior parte do tempo. Mas não há trabalho nesta propriedade que eu já não tenha executado ao menos uma vez, para ter algum conhecimento. Mesmo o de copeiro.

O sorriso de Phoebe vacilou quando uma estranha e terrível suspeita se infiltrou em sua mente.

– Há quanto tempo trabalha aqui? – perguntou, com receio.

– Desde que meu irmão herdou o título. – O estranho fez uma mesura antes de completar: – Weston Ravenel... a seu dispor.

CAPÍTULO 2

West não conseguia parar de olhar para lady Clare. Tinha a sensação de que, se a tocasse, sairia com os dedos chamuscados. Aqueles cabelos, ardendo sob a discreta touca de viagem cinza... Nunca vira nada parecido. Eram vermelhos como a plumagem da ave-do-paraíso, com cintilações carmim dançando entre os cachos presos. Sua pele era clara como marfim, com algumas sardas no nariz, como um toque final de sabor em uma sobremesa deliciosa.

Tinha a aparência de uma mulher bem-criada: refinada e bem-vestida. Alguém que sempre fora amorosamente protegida. Mas havia uma sombra em seu olhar... a consciência de que para certas coisas não havia proteção possível.

Por Deus, aqueles olhos... de um cinza-claro, com estriamentos que eram como raios emitidos por minúsculas estrelas.

Quando ela sorriu, West sentiu um aperto quente no fundo do peito. Mas aquele sorriso encantador se desfez assim que ele se apresentou, como se ela tivesse despertado de um lindo sonho para uma realidade bem menos agradável.

Lady Clare alisou carinhosamente os cabelos arrepiados no alto da cabeça do filho.

– Justin, temos que nos juntar ao restante da família.

– Mas eu vou jogar bolinha de gude com o Sr. Ravenel – protestou o menino.

– Não agora, com todos os convidados chegando. O pobre cavalheiro tem muito o que fazer. Vamos nos instalar em nossos quartos.

Justin franziu o cenho.

– Vou ter que ficar no quarto das crianças? Com os bebês?

– Querido, você tem 4 anos...

– Quase 5!

Os lábios dela se curvaram ligeiramente. E o olhar que dirigiu ao filho pequeno era cheio de interesse e carinho.

– Pode ficar no meu quarto, se quiser.

– Eu não posso dormir no seu quarto – retrucou o menino, indignado.

– Por que não?

– Podem pensar que somos casados!

West se concentrou em um ponto distante no piso, esforçando-se para conter uma gargalhada. Quando conseguiu, respirou fundo para se segurar e arriscou um olhar para lady Clare. Ficou encantado ao perceber que ela considerava o argumento como se fosse inteiramente válido.

– Eu não havia pensado nisso. Acho que você terá que ficar no quarto das crianças, então. Agora, vamos procurar Stephen e a Sra. Bracegirdle?

O menino deu um suspiro profundo e pegou a mão da mãe.

– Stephen é meu irmão mais novo – explicou Justin a West. – Ele não sabe falar e tem cheiro de tartaruga podre.

– Não o tempo todo – protestou Phoebe.

Em resposta, Justin apenas balançou a cabeça, como se nem valesse a pena discutir.

Encantado com a comunicação fácil entre os dois, West não pôde evitar a comparação com as conversas artificiais que tivera com a própria mãe, que sempre lidara com os filhos como se fossem de outra pessoa e só servissem para importuná-la.

– Há cheiros bem piores que o de um irmão mais novo – disse West ao menino. – Quando tivermos uma oportunidade, vou lhe mostrar o que há de mais malcheiroso nesta propriedade.

– O que é? – perguntou Justin, animado.

– Vai ter que esperar para descobrir – disse West, com um sorriso malicioso.

Lady Clare parecia apreensiva.

– É muito gentil da sua parte, Sr. Ravenel, mas não precisa ficar preso a sua promessa. Tenho certeza de que estará muito ocupado, e não gostaríamos de abusar de sua boa vontade.

Mais surpreso do que ofendido com a recusa dela, West disse, hesitante:

– Como desejar, milady.

Parecendo aliviada, ela fez uma cortesia graciosa e se afastou rapidamente com o filho, como se estivessem fugindo de algo.

West a observou se afastar, desconcertado. Não era a primeira vez que uma mulher altamente respeitável o tratava com frieza, mas era a primeira vez que se sentia atingido.

Lady Clare provavelmente conhecia a reputação dele. West colecionava mais episódios de libertinagem e bebedeira do que a maior parte dos homens com menos de 30 anos. Não poderia condenar lady Clare por querer manter o filho impressionável distante dele. Deus o livrasse de ser responsável pela ruína de um ser humano tão jovem.

Com um suspiro velado, West se resignou a manter a boca fechada e evitar os Challons durante aqueles dias. O que não seria fácil, já que a casa estava cheia deles, e mesmo depois que os recém-casados partissem as duas famílias permaneceriam por mais três ou quatro dias. O duque e a duquesa pretendiam aproveitar a oportunidade para passar algum tempo com antigos amigos e conhecidos em Hampshire. Haveria almoços, jantares, passeios, festas, piqueniques e longas noites de jogos de salão e conversas.

Naturalmente, tudo isso precisava acontecer no começo do verão, quando a propriedade estava em um frenesi de atividade agrária. Ao menos o trabalho daria a West um motivo para passar a maior parte do tempo fora de casa. E o mais longe possível de lady Clare.

– Por que você está parado aqui estupidando? – perguntou uma voz feminina.

West foi arrancado de seus pensamentos pela bela prima de cabelos escuros, lady Pandora Ravenel.

Pandora era uma moça inteligente e nada convencional: impulsiva e normalmente cheia de uma energia que mal era capaz de administrar. De todas as três irmãs Ravenel, era a que parecia ter menos probabilidade de arrebatar o solteiro mais cobiçado da Inglaterra, mas Gabriel, lorde St. Vincent, se mostrara capaz de valorizá-la devidamente. Na verdade, segundo se contava, ele se apaixonara perdidamente.

– Quer que eu faça alguma coisa? – perguntou West.

– Sim, quero apresentá-lo ao meu noivo, para que me diga o que acha dele.

– Meu bem, St. Vincent é herdeiro de um ducado, com uma imensa fortuna à disposição. Já o considero absurdamente encantador.

– Vi você conversando com a irmã dele, lady Clare, agora mesmo. Ela é viúva. Você deveria cortejá-la, antes que alguém a arrebate.

West deu um sorriso ligeiramente amargo. Podia até ter sobrenome, mas não tinha fortuna nem terras. E, pior, não podia escapar da sombra de sua antiga vida. Ali em Hampshire, ele tivera um recomeço, em meio a pessoas que não davam a menor importância às fofocas da sociedade londrina, mas, para os Challons, era um homem de caráter arruinado. Um inútil.

E lady Clare era o grande prêmio na vida de qualquer homem: jovem, rica, linda e mãe viúva do herdeiro de um título de visconde e de uma vasta propriedade. Todos os homens solteiros da Inglaterra a cobiçariam.

– Acho melhor não – retrucou West. – Cortejar alguém pode ter como efeito colateral um casamento.

– Mas você não disse que gostaria de ver a casa cheia de crianças?

– Sim, filhos de outras pessoas. Já que meu irmão e sua esposa estão habilmente abastecendo o mundo de mais Ravenels, estou liberado do encargo.

– Ainda acho que você deveria ao menos conhecer Phoebe melhor.

– Esse é o nome dela? – perguntou West, com interesse relutante.

– Sim, inspirado em um simpático passarinho canoro das Américas.

– A mulher que acabei de conhecer não é um simpático passarinho canoro – comentou West.

– Lorde St. Vincent diz que Phoebe é amorosa e até um pouco coquete por natureza, mas que ainda sente muito a perda do marido.

West se esforçou para guardar um silêncio indiferente. Mas não resistiu a perguntar, um segundo depois:

– De que ele morreu?

– De uma espécie de doença debilitante. Os médicos nunca chegaram a um diagnóstico preciso. – Pandora fez uma pausa ao ver mais convidados se aglomerando no saguão de entrada. Puxando West para o vão sob a escadaria, ela prosseguiu, mais baixo: – A enfermidade acompanhou lorde Clare desde o nascimento. Ele sofria de dolorosa indigestão, fadiga, cefaleias, palpitações... também tinha intolerância a todo tipo de alimento, mal conseguia manter a comida no estômago. Eles tentaram todos os tratamentos possíveis, mas nada ajudou.

– O que levou a filha de um duque a se casar com um inválido? – perguntou West, intrigado.

– Amor. Lorde Clare e Phoebe se adoravam desde a infância. No início, ele relutou em se casar, pois não queria ser um fardo, mas ela o convenceu de que precisavam aproveitar ao máximo o tempo que tinham. Não é incrivelmente romântico?

– Não faz sentido. Tem certeza que ela não se viu obrigada a se casar às pressas?

Pandora ficou perplexa com a suposição de West.

– Você quer dizer... – ela pensou em como falar de forma educada – ... que eles podem ter antecipado os votos?

– Isso – confirmou West. – Ou o primeiro filho é de outro homem, que não estava disponível para casamento.

Pandora franziu o cenho.

– Você é mesmo *tão* cínico assim?

West sorriu.

– Não, sou muito pior que isso. Você sabe.

Pandora fingiu dar um soquinho no queixo dele, como uma repreenda bem-merecida. West habilmente pegou o pulso da irmã e deu um beijo na sua mão.

Àquela altura, havia tantos convidados se acotovelando no saguão que West começou a temer que o Priorado Eversby não fosse capaz de acomodar a todos. Eram mais de cem quartos (sem contar os aposentos dos criados), mas, após décadas de negligência, grandes alas da mansão estavam provisoriamente fechadas ou sendo reformadas.

– Quem são todas essas pessoas? – perguntou ele. – Parecem estar se multiplicando. Achei que houvéssemos limitado a lista de convidados a familiares e amigos próximos.

– Os Challons têm muitos amigos próximos – explicou Pandora, em um tom ligeiramente contrito. – Lamento, sei que você não gosta de multidões.

O comentário o pegou de surpresa. West já ia refutar a afirmação, mas então lhe ocorreu que Pandora o conhecia apenas como ele era naquele momento. No passado, West gostava da companhia de estranhos, indo de um evento social a outro em busca de diversão constante. Adorava intrigas, flertes, vinho e a agitação incessante que mantinha seu olhar direcionado estritamente para tudo que houvesse de superficial. Desde que fora para o Priorado Eversby, porém, aquele estilo de vida se tornara estranho para ele.

Ao ver um grupo entrando na casa, Pandora quase saltitou.

– Veja, os Challons! – E acrescentou, com um misto de encantamento e inquietude colorindo a voz: – Meus futuros sogros.

Sebastian, o duque de Kingston, irradiava a confiança tranquila de um homem que nascera em meio ao privilégio. Ao contrário da maioria dos britânicos, enfadonhos em sua mesmice, Kingston era espirituoso e profanamente belo, com o físico vigoroso e esguio de um homem de metade de sua idade. Conhecido pela mente arguta e o humor cáustico, tomava conta de um império financeiro labiríntico que incluía nada menos que um clube de apostas para cavalheiros. Se outros nobres nutriam desprezo pela vulgaridade de ser proprietário desse tipo de estabelecimento, nenhum ousava criticá-lo em público. Afinal, Sebastian administrava dívidas e guardava segredos devastadores de clientes demais. Com poucos movimentos da pena ou algumas palavras, era capaz de reduzir praticamente qualquer orgulhoso filho da aristocracia a pedinte.

Inesperada e encantadoramente, o duque parecia mais do que um pouco enamorado da esposa. Uma de suas mãos descansava nas costas dela, e o prazer que sentia em tocá-la era inequívoco, ainda que disfarçado. Compreensível. Evangeline, a duquesa, era uma mulher de voluptuosidade espetacular, cabelos de um ruivo-damasco e olhos azuis alegres em um rosto ligeiramente sardento. Parecia calorosa e radiante, como se embebida de um longo pôr do sol de outono.

– O que acha de lorde St. Vincent? – perguntou Pandora, ansiosa.

West voltou o olhar para o homem que parecia uma versão mais jovem do pai, os cabelos de um dourado-escuro cintilando como moedas recém-cunhadas. De uma beleza principesca. Um cruzamento entre Adônis e a carruagem real britânica.

– Achei que fosse mais alto – respondeu West, com uma casualidade deliberada.

Pandora ficou ultrajada.

– Ele é exatamente da mesma altura que você!

– Aposto meu chapéu que ele não tem mais que 1,40 metro. – Após alguns *tsc-tscs* reprovadores, West acrescentou: – E ainda por cima usa calças curtas.

Meio irritada, mas também achando graça, Pandora deu um empurrãozinho no primo.

– Aquele é o irmão mais novo dele, Ivo, de 11 anos. Meu noivo é o que está *ao lado* de Ivo.

– Aaaah, sim. Com aquele ali eu entendo que você queira se casar.

Pandora cruzou os braços e deixou escapar um longo suspiro.

– Sim. Mas por que ele quer se casar *comigo*?

West a segurou pelos ombros e virou-a para si.

– Por que não iria querer? – retrucou, com afetuosa preocupação.

– Porque não sou o tipo de moça com quem as pessoas esperariam que ele se casasse.

– É você quem ele quer, ou não estaria aqui. O que a aflige?

Pandora deu de ombros, parecendo desconfortável.

– Eu não o mereço – confessou.

– Isso é maravilhoso.

– Por que maravilhoso?

– Não há nada melhor do que ter algo não merecido – afirmou West. – Vamos, diga a si mesma: "Um viva para mim, por ser tão sortuda! Recebi não apenas o maior pedaço do bolo, como também um pedaço do canto, com muita cobertura e uma flor de glacê, e estão todos morrendo de inveja de mim!"

Um sorriso lento se abriu no rosto de Pandora. Por fim, ela disse, em um tom hesitante:

– Um viva para mim.

Olhando por cima da cabeça dela, West viu que alguém se aproximava, alguém que ele *não* esperava ver. Deixou escapar um discreto ruído de aborrecimento, sem acreditar no que via.

– Infelizmente, Pandora, terei de dar início às festividades do seu casamento com um assassinato. Mas não se preocupe, será rápido, logo poderemos retomar as comemorações.

CAPÍTULO 3

—De quem você vai se livrar? – perguntou Pandora, e parecia mais interessada do que alarmada.

– Tom Severin – respondeu West, soturno.

Virando-se para acompanhar o olhar dele, Pandora viu o homem moreno e esguio se aproximar.

– Mas vocês não são amigos próximos?

– Próximos? De jeito nenhum. Em geral, tentamos nos manter a uma distância segura de uma facada.

Seria difícil encontrar um homem com pouco mais de 30 anos que houvesse conquistado tanta riqueza e poder tão rápido quanto Tom Severin. Ele começara como engenheiro mecânico, fazendo projetos de locomotivas, depois passara a pontes ferroviárias e acabara construindo a própria linha de trem, tudo com a aparente tranquilidade de um menino brincando de pular carniça. Era capaz de ser generoso e atencioso, mas suas melhores qualidades não estavam ancoradas em nada que se assemelhasse a consciência.

Severin se curvou em uma mesura quando os alcançou.

Pandora fez uma cortesia em resposta.

West o encarou friamente.

Severin não era belo em comparação com os Challons (e que homem seria?), tampouco pelos padrões estritamente convencionais, mas algo nele parecia agradar às mulheres. West não tinha a menor ideia do que poderia ser. Severin era muito pálido, o rosto fino e anguloso, o corpo esguio quase esquelético. Os olhos eram uma mistura mal distribuída de azul e verde, de modo que, sob a luz forte, pareciam ser de duas cores.

– Londres estava entediante – comentou Severin, como se isso explicasse sua presença.

– Tenho bastante certeza de que você não está na lista de convidados – objetou West, em um tom ácido.

– Ah, não preciso de convites – foi a resposta direta de Severin. – Vou aonde quero. Tantas pessoas me devem favores que ninguém ousaria me expulsar de lugar algum.

– Eu ousaria – retrucou West. – Na verdade, posso lhe dizer exatamente para onde ir.

Antes que West tivesse a chance de continuar, Severin se virou rapidamente para Pandora.

– A senhorita é a noiva. Percebo pelo brilho em seus olhos. É uma honra estar aqui, encantado, parabéns, *et cetera*. O que gostaria de ganhar como presente de casamento?

Apesar das instruções rigorosas de lady Berwick sobre etiqueta, a pergunta fez todo o decoro de Pandora murchar como um balão furado.

– Quanto pretende gastar? – perguntou ela.

Severin riu, encantado com a grosseria involuntária.

– Peça algo caro – disse ele. – Sou muito rico.

– Ela não precisa de nada – cortou West. – Muito menos vindo de você. – E, virando-se para Pandora, acrescentou: – Os presentes do Sr. Severin sempre vêm com etiqueta de preço. Que será cobrado mais tarde.

Severin se inclinou para mais perto de Pandora e disse, em um tom conspiratório:

– Todos gostam dos meus presentes. Vou surpreendê-la com algo mais tarde.

Ela sorriu.

– Não é preciso, o senhor é bem-vindo a ficar para meu casamento. – Ao notar a reação de West, argumentou: – Ele veio de Londres, é longe.

– Onde vamos acomodá-lo, com o Priorado Eversby lotado? – questionou West. – Todos os quartos que são minimamente mais confortáveis que uma cela em Newgate já foram ocupados.

– Ah, eu não ficaria aqui – garantiu Severin. – Você sabe o que penso sobre essas casas muito antigas. O Priorado Eversby é um encanto, é claro, mas prefiro as conveniências modernas. Vou ficar no vagão particular do meu trem, na parada da ferrovia que fica na pedreira da sua propriedade.

– Que apropriado – comentou West, com acidez –, considerando que você tentou roubar os direitos minerários daquela pedreira, mesmo sabendo que isso deixaria os Ravenels financeiramente destituídos.

– Você ainda está zangado com isso? Não foi pessoal. Negócios são negócios.

Nada era pessoal para Severin. O que levantava a pergunta: o que o homem estava realmente fazendo ali? Talvez quisesse se aproximar da próspera família Challon, visando a negócios futuros. Ou poderia estar em busca de uma esposa.

Apesar da fortuna descomunal e do fato de ser acionista majoritário da companhia ferroviária London Ironstone, Severin não era bem-vindo nos círculos mais altos da sociedade. A maior parte dos plebeus não era, mas Severin era *especialmente* rejeitado. Ele ainda não encontrara uma família aristocrática em situação de desespero suficiente para oferecer uma de suas filhas bem-nascidas em sacrifício matrimonial. Mas era só questão de tempo.

West observou as pessoas reunidas no saguão, perguntando-se o que o irmão mais velho, Devon, acharia da presença de Severin. Quando os olhares dos dois se cruzaram, Devon deu um sorriso resignado. *Melhor deixar o desgraçado ficar*, era a mensagem não verbal. West respondeu com um breve aceno de cabeça. Adoraria dar um chute no traseiro de Severin, mas uma cena daquelas não faria bem a ninguém.

– Preciso apenas da menor das desculpas – disse West, a expressão enganadoramente agradável – para mandar você de volta para Londres dentro de um caixote de nabos.

Severin sorriu.

– Entendido. Agora, se me der licença, estou vendo nosso velho amigo Winterborne.

Depois que o magnata das ferrovias se afastou, Pandora pegou West pelo braço.

– Venha, deixe-me apresentá-lo aos Challons.

Mas West não se deixou levar.

– Mais tarde.

Pandora o encarou com uma expressão de súplica.

– Ah, *por favor*, não seja teimoso. Será estranho se você não for até lá cumprimentá-los.

– Por quê? Não sou o anfitrião deste evento, e o Priorado Eversby não é meu.

– É parcialmente seu, sim.

West deu um sorriso sardônico.

– Meu bem, nem um único grão de poeira deste lugar me pertence. Sou um administrador de luxo, e lhe garanto que os Challons não vão achar isso nem um pouco interessante.

Pandora franziu o cenho.

— Mesmo assim, você é um Ravenel, e tem que conhecê-los agora porque vai ser constrangedor se for obrigado a apresentar a si mesmo mais tarde, quando passar por eles no corredor.

Ela tinha razão. West então praguejou baixinho e a acompanhou, sentindo-se desconfortável.

Uma Pandora ofegante apresentou-o ao duque e à duquesa; à filha adolescente deles, Seraphina; ao filho mais novo deles, Ivo; e a lorde St. Vincent.

— E Lady Clare e Justin, que você já conheceu – completou Pandora.

West olhou de relance para Phoebe, que lhe dera as costas sob o pretexto de tirar um suposto fio solto do paletó do filho. — Temos mais um irmão, Raphael – explicou Seraphina –, mas ele está na América, viajando a negócios. — Ela tinha cachos louros com um toque de ruivo e uma beleza doce, daquelas que normalmente se via em caixas de sabonetes perfumados. — Não conseguiu voltar a tempo para o casamento.

— Então eu fico com o pedaço de bolo dele – disse o belo menino de cabelos muito ruivos.

Seraphina balançou a cabeça e falou, esticando as letras:

— Ivo, Raphael ficaria *tão* feliz em saber que você está se comportando bem na ausência dele...

— Alguém precisa comer a parte dele – argumentou Ivo.

Lorde St. Vincent se adiantou para apertar a mão de West.

— Finalmente conhecemos o Ravenel menos visto e mais mencionado.

— Minha reputação me precede? – perguntou West. — Isso nunca é bom.

St. Vincent sorriu.

— Sinto lhe dizer que sua família aproveita todas as oportunidades possíveis para elogiá-lo pelas suas costas.

— Não sei onde encontram tantos motivos para me elogiar. Garanto que é tudo fruto da imaginação deles.

— Quase dobrar os lucros anuais da propriedade não é fruto da imaginação – retrucou o duque de Kingston, pai do noivo, em uma voz que soava como bebida cara. — De acordo com seu irmão, o senhor fez o Priorado Eversby subir muitos degraus em termos de modernização.

— Quando se parte do degrau medieval, Vossa Graça, mesmo a menor melhoria parece impressionante.

– Talvez amanhã ou depois o senhor possa me levar para conhecer a propriedade e me mostrar alguns dos novos maquinários e métodos empregados.

– Ele vai *me* levar para conhecer a propriedade, vovô – interrompeu Justin. – Vai me mostrar a coisa mais fedida da fazenda.

O duque se virou para o menino, um brilho de ternura errante suavizando seus olhos de cor azul-diamante.

– Que intrigante. Insisto em acompanhá-los, então.

Justin foi até a duquesa e a abraçou pelas pernas, com a intimidade típica de um neto muito amado.

– Pode vir conosco também, vovó – disse ele generosamente, agarrando-se aos complexos drapeados do vestido de seda azul que ela usava.

Com um toque gentil da mão adornada apenas com uma simples aliança de ouro, a duquesa alisou os cabelos escuros e rebeldes do neto.

– Obrigada, querido, mas prefiro ficar com meus velhos amigos. Aliás – ela lançou um olhar breve porém vibrante para o marido –, os Westcliffs acabam de chegar. Não vejo Lillian há séculos, vocês se importariam se eu…

– Fique à vontade – disse o duque. – Não sou louco de me colocar entre vocês duas. Diga a Westcliff que irei em um instante.

– Vou levar Ivo e Justin para tomarem uma limonada no salão de visitas – ofereceu-se Seraphina, e, com um sorriso tímido, explicou para West: – Acabamos de chegar de Londres e estamos com muita sede.

– Eu também – murmurou Phoebe, já pronta para acompanhar a irmã e os meninos.

Mas parou, empertigando-se, ao ouvir o comentário de lorde St. Vincent para West:

– Minha irmã Phoebe vai querer conhecer as fazendas. Coube a ela cuidar das terras dos Clares até que Justin alcance a idade, e ela tem muito a aprender.

Phoebe se voltou para ele com um misto de surpresa e irritação.

– Como você bem sabe, irmão, as terras dos Clares já estão sendo administradas por Edward Larson. Eu não ousaria insultar o talento dele com minhas interferências.

– Eu estive em sua propriedade, irmã – retrucou St. Vincent, secamente. – Larson é um bom homem, mas não creio que seu conhecimento a respeito de administração de terras possa ser descrito como "talento".

West ficou fascinado em ver um levíssimo rubor subir pelo peito e pelo pescoço de Phoebe. Era como ver um camafeu ganhar vida.

Os dois trocaram um olhar duro, travando um embate silencioso.

– O Sr. Larson é primo de meu falecido marido – disse Phoebe, ainda encarando o irmão – e um grande amigo. Ele está administrando as terras e tratando com os arrendatários do modo tradicional, exatamente como solicitado por lorde Clare. Os métodos testados e aprovados sempre nos serviram bem.

– O problema disso... – começou West, antes de pensar melhor.

E se interrompeu quando Phoebe se virou para ele com uma expressão de alerta.

O encontro dos seus olhares foi como uma colisão.

– Sim? – instigou-o Phoebe.

Desejando ter mantido a boca fechada, West assumiu um sorriso neutro.

– Nada.

– O que o senhor ia dizer? – insistiu ela.

– Não quero ser inconveniente.

– Não será, já que eu é que estou perguntando. – Ela agora estava irritada e na defensiva, o rosto ainda mais vermelho. Com aqueles cabelos ruivos, era uma visão arrebatadora. – Continue.

– O problema com a administração tradicional é que não funciona mais – cedeu West.

– Vem funcionando há dois séculos – argumentou Phoebe, e com razão. – Meu marido era contra experimentações que pudessem colocar a propriedade em risco, e o Sr. Larson pensa da mesma maneira.

– Os agricultores são naturalmente afeitos a experimentações. Estão sempre procurando novas maneiras de extrair da terra o máximo que puderem.

– Sr. Ravenel, com todo o respeito, que qualificações o senhor tem para falar do assunto com tanta autoridade? Tinha alguma experiência com administração de terras antes de vir para o Priorado Eversby?

– Por Deus, não – respondeu West, sem hesitar. – Antes de meu irmão herdar a propriedade, eu nunca sequer colocara o pé em uma fazenda, mas, assim que comecei a conversar com os arrendatários e conhecer melhor a situação deles, uma coisa ficou clara: não importa o afinco com que trabalhem, sempre ficarão para trás. É uma simples questão matemática. Eles não conseguem competir com os preços inferiores do grão importado, ainda mais agora que os custos do frete internacional caíram. Além disso, não há jovens dispostos a fazer o trabalho pesado, pois estão todos indo para o norte em busca de empregos nas fábricas. A única solução é modernizar. Caso contrário, em cinco anos, dez no máximo, os arrendatários terão partido, as terras se tornarão um enorme elefante branco e o proprietário se verá forçado a leiloar o que há dentro dela para pagar os impostos.

Phoebe se sentiu incomodada.

– Edward Larson tem uma visão diferente do futuro.

– Enquanto tenta viver no passado? – provocou West, com um sorrisinho zombeteiro. – Estou para conhecer alguém que seja capaz de olhar para trás e para a frente ao mesmo tempo.

– Como o senhor é impertinente – comentou Phoebe, mas com elegância.

– Peço que me perdoe. De qualquer modo, seus arrendatários têm sido a força vital da propriedade dos Clares há gerações. A senhora deveria ao menos se familiarizar com a situação deles, para lhes oferecer alguma assistência.

– Não cabe a mim supervisionar o trabalho do Sr. Larson.

– Não lhe cabe? – ecoou West, com incredulidade. – Quem tem mais interesse em tudo isso, ele ou a senhora? Por Deus, é a herança do seu filho. No seu lugar, eu procuraria tomar parte das decisões.

No silêncio pesado que se seguiu, West se deu conta de como fora presunçoso ao passar um sermão daqueles. Desviando o olhar, deixou escapar um suspiro pesado.

– Eu avisei que seria inconveniente – murmurou. – Queira me desculpar.

– Não é preciso – apressou-se a dizer Phoebe, surpreendendo-o. – Eu pedi sua opinião. E o senhor levantou alguns pontos que merecem ser considerados.

West não disfarçou a surpresa. Estava certo de que ela o colocaria em seu lugar com rispidez, ou de que simplesmente lhe daria as costas e se afastaria. No entanto, Phoebe se dispusera a deixar o orgulho de lado e ouvi-lo, coisa que poucas mulheres de sua posição social teriam feito.

– Embora o senhor possa tentar expor seu ponto de vista de maneira mais gentil da próxima vez – completou ela. – Ajuda a assimilar melhor a crítica.

Fitar aqueles olhos cor de prata era como mergulhar no luar. West se viu completamente sem palavras.

Eles estavam muito próximos um do outro. Como isso acontecera? Teria ele avançado, ou fora ela?

A voz de West saiu rouca quando ele conseguiu encontrar palavras:

– Claro, eu... Da próxima vez, serei gentil. – Aquilo soou um tanto estranho. – Mais gentil, quero dizer. Com a senhora. Ou... com qualquer pessoa. – Não estava melhorando. – Não foram críticas. Apenas sugestões úteis.

Santo Deus. Seus pensamentos estavam todos embaralhados.

Assim, bem de perto, ela era de tirar o fôlego, a pele refletindo a luz como a seda das asas de uma borboleta. O pescoço e o queixo eram uma moldura perfeita para os lábios grossos e exuberantes, como flores no ápice do verão. Ela usava um perfume suave, seco, encantador. Cheiro de cama limpa e macia, em que ele adoraria se deixar afundar. A ideia fez seu coração acelerar, pulsando repetidamente... *desejo... desejo... desejo...* Deus, sim, adoraria mostrar a ela toda a gentileza de que era capaz, percorrendo aquele corpo esguio com as mãos e com a boca até deixá-la trêmula, erguendo o corpo para o toque dele...

Pare com isso, seu idiota pervertido.

Estava havia tempo demais sem uma mulher. Quando fora a última vez? Devia fazer um ano. Sim, em Londres. Santo Deus, como é que já havia passado tanto tempo? Após a fenação de verão, seriam pelo menos quinze dias na cidade. Visitaria o clube de cavalheiros, jantaria com amigos, veria uma ou duas peças decentes e ficaria algumas noites nos braços de uma mulher bem-disposta, que o faria esquecer jovens viúvas ruivas com nomes inspirados em passarinhos canoros.

– Veja bem, tenho que manter as promessas que fiz a meu marido – disse Phoebe, e parecia quase tão distraída quanto West. – Devo isso a ele.

Aquilo o incomodou muito mais do que deveria, o que serviu para arrancá-lo do transe.

– O que deve, na verdade, é atenção às questões relativas às pessoas que dependem da senhora – comentou ele, sem erguer a voz. – Sua maior obrigação é com os vivos, não concorda?

Phoebe fez cara feia.

Ela entendera aquilo como um ataque a Henry, e West não poderia afirmar com segurança que não tivera essa intenção. Era absurdo insistir em fazer o trabalho exatamente como sempre fora, sem atentar para o que poderia acontecer no futuro.

– Obrigada pelos conselhos, Sr. Ravenel – disse Phoebe, com frieza, antes de se virar para o irmão. – Milorde, gostaria de ter uma palavrinha com você.

A expressão dela não era um bom presságio para St. Vincent.

– É claro – respondeu o irmão, parecendo não estar nem um pouco preocupado com seu assassinato iminente. – Pandora, meu amor, você se incomoda se eu...?

– Claro que não me importo – respondeu ela, alegremente.

Assim que os dois se afastaram, no entanto, o sorriso de Pandora desapareceu.

– Ela vai machucá-lo? – perguntou ao duque. – Ele não pode estar com um olho roxo no casamento.

Kingston sorriu.

– Eu não me preocuparia. Mesmo depois de tantos anos sofrendo provocação por parte dos três irmãos, Phoebe ainda não apelou para a violência física.

– Por que Gabriel insistiu para que ela conhecesse as fazendas, afinal? – perguntou Pandora. – Foi um pouco autoritário, mesmo para os padrões dele.

– Tem a ver com um desentendimento pendente entre os dois – explicou o duque, secamente. – Após a morte de Henry, Phoebe estava satisfeita em deixar todas as decisões nas mãos de Edward Larson, mas Gabriel vem insistindo para que ela participe mais ativamente da administração das terras dos Clares... exatamente como o Sr. Ravenel aconselhou um minuto atrás.

– Mas ela não quer, é isso? – perguntou Pandora, solidária. – Por ser um aborrecimento terrível?

West se voltou para ela com uma expressão sarcástica.

– Como sabe que é um aborrecimento se nunca fez isso?

– Pelos livros que você lê. – Ela se virou para Kingston e explicou: – São todos sobre a ciência do preparo de manteiga, ou sobre criação de porcos, ou sobre fungos. Ora, quem, em sã consciência, acharia fungos interessantes?

– Não é qualquer fungo – apressou-se a explicar West, quando viu o duque erguer as sobrancelhas.

– Está se referindo ao fungo multicelular que afeta grãos de milho, é claro – disse Kingston, com tranquilidade.

– Há de todos os tipos – continuou Pandora, apegando-se ao assunto. – Soltos, frouxos, fedorentos...

– Pandora – interrompeu West, falando baixo –, pelo amor de Deus, pare de dizer essa palavra em público.

– É inadequada a uma dama? – Ela deu um suspiro profundo. – Deve ser. Todas as palavras interessantes são inadequadas.

Com um sorriso constrangido, West voltou a atenção para o duque.

– Estávamos falando sobre o desinteresse de lady Clare pela propriedade.

– Não acredito que o problema seja desinteresse – explicou Kingston. – É uma questão de lealdade, não apenas ao falecido marido, mas também a Edward Larson, que ofereceu apoio e conforto em um momento difícil. Ele foi assumindo a propriedade conforme Henry piorava, e agora... minha filha reluta em questioná-lo. – Depois de refletir por um momento, ele completou, com o cenho ligeiramente franzido: – Foi uma falha de minha parte não prever que esse conhecimento faria falta a Phoebe.

– Conhecimento pode ser adquirido – disse West, pragmático. – Eu mesmo fui criado para uma vida de indolência e gula vazias... que, a propósito, estava saboreando plenamente... antes de meu irmão me colocar para trabalhar.

Um brilho bem-humorado cintilou nos olhos de Kingston.

– Soube que o senhor era um tanto desordeiro.

West o olhou com cautela.

– Imagino que essa informação tenha vindo do meu irmão.

– Não... – respondeu o duque, com um ar distraído. – De outras fontes.

Maldição. West se lembrou do que Devon contara sobre o clube de cavalheiros, o Jenner's, fundado pelo pai da duquesa, e que acabara em posse de Kingston. De todos os clubes de Londres, o Jenner's era o que tinha as taxas mais altas e os membros mais seletos, incluindo a realeza, a nobreza, membros do Parlamento e plebeus ricos. Um fluxo interminável de fofocas passava por crupiês, caixas, garçons e porteiros noturnos. Kingston tinha acesso a informações pessoais da maior parte dos indivíduos mais poderosos da Inglaterra – crédito, situação financeira, escândalos, até problemas de saúde.

Meu Deus, as coisas que ele deve saber, pensou West, em desalento.

– Sejam quais forem os rumores pouco lisonjeiros que tenha ouvido sobre mim, provavelmente são verdadeiros – falou. – Exceto pelos mais vis e deploráveis: esses *certamente* são verdadeiros.

O duque pareceu se divertir com o comentário.

– Todo homem tem seus desregramentos passados, Ravenel. Isso nos garante assuntos interessantes para discutir apreciando um vinho do Porto. – Ele ofereceu o braço a Pandora. – Venham. Quero apresentá-los a algumas pessoas.

– Obrigado, senhor – disse West, balançando a cabeça –, mas eu...

– O senhor está encantado com meu convite – interrompeu Kingston –, além de grato por ter a honra de receber minha atenção. Vamos, Ravenel, não seja desmancha-prazeres.

West fechou a boca com relutância e os acompanhou.

CAPÍTULO 4

Furiosa, Phoebe puxou o irmão pelo braço por um pequeno corredor até encontrar um cômodo desocupado. Esparsamente mobiliado, parecia não ter uma função específica, o tipo de cômodo que é comum encontrar em casas muito grandes e antigas. Depois de arrastar Gabriel para dentro, ela fechou a porta e se virou para encará-lo.

– O que pretende me voluntariando para um passeio pelas terras de cultivo, seu tonto?

– Eu estava ajudando você – disse Gabriel, calmamente. – Você precisa aprender sobre a administração de terras.

De todos os irmãos, Gabriel era o que Phoebe sempre considerara mais próximo. Na companhia dele, sentia-se à vontade para fazer comentários sarcásticos ou bobos e confessar erros tolos, pois sabia que ele nunca a julgaria. Os dois conheciam os defeitos um do outro e trocavam segredos.

Muitas pessoas, se não a maioria, teriam ficado perplexas ao saber que Gabriel tinha *algum* defeito. Tudo o que viam era o homem absurdamente belo, elegante e com um autocontrole frio, de modo que nunca lhes ocorreria chamá-lo de tonto. No entanto, Gabriel às vezes era arrogante e manipulador. Por trás da superfície encantadora havia um âmago de aço que o tornava a pessoa ideal para cuidar dos negócios dos Challons. Depois que decidia o que era melhor para alguém, Gabriel aproveitava todas as oportunidades para pressionar e incitar, até conseguir que tudo saísse a sua maneira.

Portanto, Phoebe volta e meia achava necessário revidar. Afinal, era responsabilidade da irmã mais velha evitar que o irmão mais novo se comportasse como um imbecil dominador.

– Você ajudaria mais se cuidasse da própria vida – retrucou ela, sem rodeios. – Se eu decidir aprender mais sobre administração de terras, buscarei ajuda de qualquer outra pessoa que não *ele*.

– Do que está falando? – perguntou Gabriel, aturdido. – Você nem conhecia Ravenel.

– Santo Deus! – Ela cruzou os braços. – Não sabe quem ele é? Ravenel é *o tirano*. O garoto que atormentava Henry!

Gabriel balançou a cabeça, com um ar de total incompreensão.

– No colégio interno. O garoto que atormentou Henry por quase dois anos. – O irmão continuou a encará-la sem entender, e Phoebe acrescentou, com impaciência: – O que colocou velas explosivas no cesto dele!

– *Ah.* – Gabriel finalmente pareceu lembrar. – Eu tinha esquecido isso. Era ele?

– Sim. – Ela começou a andar de um lado para outro, agitada. – O que transformou a infância de Henry em um pesadelo.

– "Pesadelo" talvez seja uma palavra um pouco forte – comentou Gabriel, observando a irmã.

– Ele xingava Henry. Roubava a comida dele.

– Henry não conseguiria comer de qualquer forma.

– Não banque o engraçadinho, Gabriel... isso me magoa muito. – Os pés de Phoebe não se aquietavam. – Eu lia as cartas que Henry lhe mandava. Você sabe o que ele passou.

– Sei melhor que você. Frequentei um colégio interno. Não o mesmo de Henry, mas todos têm sua cota de pequenos tiranos. Foi por isso que nossos pais mandaram a mim e Raphael só depois que já tínhamos maturidade suficiente para cuidarmos de nós mesmos. – Ele fez uma pausa e deu um suspiro exasperado. – Phoebe, quer parar de ricochetear de um lado para outro como uma bola de bilhar e me escutar? É lamentável que Henry tenha sido enviado a uma instituição dessas quando obviamente não estava nem um pouco preparado. Um menino frágil e sensível, com uma mente fantasiosa... Não consigo imaginar lugar pior para ele.

– O pai de Henry achou que o colégio interno fosse torná-lo mais forte – explicou Phoebe. – E a mãe tem a bondade de um torturador de animaizinhos, por isso concordou em mandá-lo de volta para aquele inferno por mais um ano. Mas a culpa não é só deles. West Ravenel é um bruto que nunca pagou por seus atos.

– O que estou tentando lhe explicar é que o ambiente de um colégio interno é darwiniano. Todos atormentam ou são atormentados, até que a hierarquia seja definida.

– *Você* atormentou alguém quando estava em Harrow? – perguntou ela, enfaticamente.

– Claro que não. Mas minha situação é diferente. Fui criado em uma família amorosa, em uma casa perto do mar, com nossa praia privativa. Cada um de nós tinha o próprio pônei, pelo amor de Deus. Foi uma infância embaraçosamente perfeita, ainda mais comparada com a dos irmãos Ravenels, que eram os parentes pobres da família. Ficaram órfãos muito novos e foram enviados para o colégio interno, pois ninguém os queria.

– Porque eram pequenos rufiões cruéis? – sugeriu ela, com amargura.

– Eles não tinham pai nem mãe, não tinham família, lar, dinheiro nem posses... O que se poderia esperar de rapazes nessa situação?

– Não me importa o que levou o Sr. Ravenel a se portar daquela maneira. Só o que importa é que ele fez mal a Henry.

Gabriel franziu o cenho, pensativo.

– A menos que eu tenha esquecido alguma parte daquelas cartas, Ravenel não fez nada *tão* cruel, nunca quebrou seu nariz ou lhe deu uma surra. Eram mais brincadeiras de mau gosto e zombarias do que qualquer outra coisa, não?

– Medo e humilhação podem ser mais nocivos do que agressões físicas. – Phoebe sentia os olhos arderem, a garganta apertada. – Por que está defendendo o Sr. Ravenel e não meu marido?

Gabriel abrandou o tom.

– Ah, cardeal... – Era o apelido carinhoso que só ele e o pai usavam para Phoebe, em referência ao pássaro de cabeça vermelha como os cabelos dela. – Você sabe que eu amava Henry. Venha cá.

Ela foi, fungando, e recebeu um abraço reconfortante.

Na juventude, Henry, Gabriel, Raphael e seus amigos haviam passado muitas tardes ensolaradas na propriedade dos Challons em Heron's

Point, velejando em pequenos esquifes na enseada particular da família ou explorando a floresta próxima. Ninguém jamais ousava intimidar ou provocar Henry, pois sabia que a consequência seria uma surra dos irmãos Challon.

Já no fim da vida, quando Henry estava fraco demais para sair de casa sozinho, Gabriel o levou para pescar uma última vez. Carregou-o até a margem do seu córrego preferido, acomodou-o em um banquinho triangular de acampamento e, com paciência infinita, prendeu as iscas no anzol para Henry, ajudando-o a puxar a linha. Voltaram com um cesto cheio de trutas. Foi a última vez que Henry esteve ao ar livre.

Gabriel deu palmadinhas carinhosas nas costas da irmã e pousou o rosto nos cabelos dela por alguns instantes.

– Essa situação deve ser terrivelmente difícil para você. Por que não falou comigo antes? Pelo menos metade da família Ravenel se hospedou conosco em Heron's Point por uma semana, e você não disse uma palavra sobre isso.

– Não quis causar problemas enquanto você e Pandora decidiam se de fato se gostavam o bastante para se casarem. E também... ora, na maior parte do tempo, eu me sinto como uma nuvem carregada, fazendo pesar a atmosfera de todo lugar aonde vou, e estou tentando parar com isso. – Phoebe se soltou do abraço do irmão e secou as lágrimas com a ponta dos dedos. – Não é certo desencavar ressentimentos que só eu lembro, ainda mais em um momento feliz como este. Lamento ter mencionado isso. É que a perspectiva de estar na companhia do Sr. Ravenel me apavora.

– Você vai comentar com ele a respeito? Ou gostaria que eu falasse?

– Não, por favor, não faça isso. De nada valeria. Acho que ele nem se lembra dessas coisas. Prometa que não tocará no assunto.

– Eu prometo – disse Gabriel, com relutância. – Embora me pareça justo dar a ele a oportunidade de se desculpar.

– É tarde demais para pedidos de desculpas – resmungou ela. – E, de qualquer modo, duvido que ele o fizesse.

– Não seja tão dura. Ravenel parece ter amadurecido e se tornado um homem decente.

Phoebe o encarou com um ar muito grave.

– É mesmo? E você chegou a essa conclusão antes ou depois de ele me passar um sermão como se eu fosse um lorde feudal que explorasse os camponeses?

Gabriel conteve um sorriso.

– Você lidou bem com a situação – comentou. – Recebeu as sugestões com graciosidade, quando poderia tê-lo destruído com poucas palavras.

– Fiquei tentada, mas me lembrei de algo que mamãe disse certa vez.

Fora muito tempo antes, quando os dois eram crianças e ainda precisavam colocar livros nos assentos das cadeiras para alcançarem a mesa do café da manhã. O pai estava lendo um jornal recém-passado a ferro, enquanto a mãe, Evangeline (ou Evie, como a família e os amigos a chamavam), dava mingau a Raphael, instalado no cadeirão alto de bebê.

Depois que Phoebe contou a todos sobre uma injustiça qualquer que sofrera de uma amiguinha, dizendo que não aceitaria as desculpas da menina, a mãe a convenceu a reconsiderar, por bondade.

– Mas ela é má e egoísta! – argumentou Phoebe, indignada.

Evie respondeu de maneira carinhosa porém firme:

– A bondade conta ainda mais quando é direcionada àqueles que não a merecem.

– O Gabriel também tem que ser bom com todo mundo? – quis saber Phoebe.

– Sim, querida.

– E o papai?

– Não, cardeal – respondeu o pai, com um sorriso. – Foi por isso que me casei com a sua mãe: ela é bondosa o bastante por nós dois.

Gabriel então perguntou, esperançoso:

– Mamãe, a senhora poderia ser bondosa por *três* pessoas?

Nesse momento, o pai demonstrou um súbito interesse pelo jornal, erguendo-o bem na frente do rosto. Um ruído engasgado veio de trás do jornal.

– Sinto muito, querido – respondeu Evie, os olhos brilhando. – Mas tenho certeza de que você e sua irmã encontrarão muita bondade no próprio coração.

A mente de Phoebe voltou ao presente.

Ela comentou:

– Mamãe nos disse para sermos bondosos mesmo com aqueles que não merecem. Isso inclui o Sr. Ravenel, embora eu desconfie que ele teria adorado me cobrir de censuras ali mesmo no saguão.

Gabriel assumiu um tom irônico ao responder:

– Desconfio que os pensamentos de Ravenel estivessem mais voltados para *despi-la* do que para cobri-la...

Phoebe arregalou os olhos.

– O quê?

– Ah, por favor – disse ele, bem-humorado. – Não é possível que não tenha percebido como ele a olhava, como se você fosse uma lagosta prestes a ser cozida. Faz tanto tempo que já nem sabe identificar quando um homem se sente atraído por você?

Phoebe sentiu os braços se arrepiarem. E levou a mão à barriga, para acalmar uma tempestade que parecia estar se formando ali dentro.

Para falar a verdade, sim, fazia muito tempo. Ela percebia os sinais quando envolvia outras pessoas, mas, pelo visto, não quando acontecia consigo. Era um território desconhecido para ela. Seu relacionamento com Henry sempre fora temperado por uma sensação de familiaridade que transmitia segurança.

Aquela era a primeira vez que se sentia tão atraída por um estranho, e que ironia cruel do destino que esse estranho fosse um homem abrutalhado e rude. Não poderia haver alguém que contrastasse mais com Henry. Mas a verdade era que, enquanto o Sr. Ravenel estivera diante dela irradiando virilidade, seu olhar direto a chocando, Phoebe sentira as pernas bambas e o sangue correndo acelerado nas veias. Fora mortificante.

O pior é que tivera a sensação de estar traindo Edward Larson, com quem tinha uma espécie de acordo tácito. Ele ainda não a pedira em casamento, mas ambos sabiam que pediria algum dia, e que ela provavelmente aceitaria.

– Se o Sr. Ravenel tem algum interesse em mim – disse Phoebe, com frieza –, é porque é um caçador de fortunas. Como costuma acontecer com os segundos filhos.

Uma zombaria afetuosa cintilou nos olhos de Gabriel.

– Ainda bem que você sabe quais etiquetas colar nas pessoas. Seria muito trabalhoso ter que julgá-las individualmente.

– Como sempre, a de "tonto irritante" é perfeita para você.

– Acho que no fundo você gostou de como Ravenel falou – comentou Gabriel. – A honestidade nua e crua é revigorante quando todos os outros nos dizem o que acreditam que queremos ouvir, não acha?

– Só se for para você – retrucou Phoebe, com um sorriso relutante. – E isso você certamente conseguiu com Pandora. Ela é incapaz de se sentir intimidada por alguém.

– Essa é uma das razões para eu amá-la – admitiu o irmão. – Também amo a sagacidade dela, o entusiasmo pela vida e o fato de precisar de mim para não ficar andando em círculos.

– Fico feliz por vocês terem encontrado um ao outro – falou Phoebe, com sinceridade. – Pandora é uma moça muito querida, e vocês merecem ser felizes.

– Você também merece.

– Não espero reencontrar o tipo de felicidade que tive com Henry.

– Por que não?

– Um amor como o nosso só acontece uma vez na vida.

Gabriel pensou um pouco a respeito.

– Eu definitivamente não sei tudo sobre amor – comentou, quase com humildade –, mas não creio que seja assim que funcione.

Phoebe deu de ombros e tentou soar resoluta:

– Não adianta nada eu me preocupar com o futuro. As coisas acontecerão como tiverem que acontecer, só o que posso fazer é tentar seguir em frente de um modo que honre a memória do meu marido. O que sei com certeza é que, por mais que odiasse o Sr. Ravenel, Henry não iria querer que eu fosse rancorosa e vingativa.

O olhar amoroso do irmão analisava cada nuance da expressão dela.

– Não tenha medo – disse ele.

– Do Sr. Ravenel? – perguntou ela, surpresa. – Nunca.

– Quis dizer para não ter medo de gostar dele.

Aquilo arrancou uma risada de Phoebe.

– Não há o menor perigo de isso acontecer. E mesmo que fosse possível, eu jamais trairia Henry tornando-me amiga do inimigo dele.

– Não traia a si mesma, também.

– E de que modo... Como você acha que eu... Gabriel, espere!

Mas ele já estava abrindo a porta.

– Hora de voltarmos, cardeal. Você vai acabar entendendo, Phoebe.

CAPÍTULO 5

Para alívio de Phoebe, o Sr. Ravenel não estava à vista quando eles voltaram ao saguão de entrada. Convidados transitavam por toda parte, conversando uns com os outros, fossem velhos amigos se reencontrando ou desconhecidos sendo apresentados. Um batalhão de criados carregava baús, malas de viagem, caixas de chapéus e todo tipo de bagagem na direção das escadas dos fundos.

– Phoebe – chamou uma voz suave e doce.

Ela se deparou com Kathleen, a esposa de Devon, ao seu lado. Lady Trenear era uma mulher pequena, de cabelos ruivos, olhos amendoados e maçãs do rosto altas e bem marcadas. Phoebe se afeiçoara muito a ela durante a semana que os Ravenels haviam passado em Heron's Point. Era alegre e encantadora, apesar de meio obcecada por cavalos, já que os pais haviam passado a vida inteira criando e treinando puros-sangues árabes. Phoebe gostava de cavalos, mas não tinha conhecimento suficiente para entabular uma conversa profunda sobre o tema. Por sorte, Kathleen tinha um filho pequeno, mais ou menos da idade de Stephen, o que garantira muito assunto para as duas.

– Estou encantada com sua presença aqui – disse Kathleen, estendendo as mãos pequeninas para segurar as de Phoebe. – Como foram de viagem?

– Foi esplêndido. Justin ficou empolgadíssimo em andar de trem, e Stephen pareceu gostar do balanço.

– Se quiser, posso levar sua ama e seus filhos para os aposentos das crianças. Gostaria de vir também?

– Sim, mas vai deixar seus convidados? Uma criada pode nos mostrar o caminho.

– Eles conseguem passar alguns minutos sem mim. Assim aproveito para lhe mostrar como transitar pela casa. É um labirinto, todos se perdem nos primeiros dias. Temos que mandar expedições de busca de tempos em tempos.

Nas casas grandes, as crianças, com suas babás e amas de leite, costumavam ser relegadas às escadas dos criados, dos fundos, mas Kathleen insistiu para que usassem o acesso central durante sua estadia ali.

41

– É muito mais fácil chegar aos aposentos das crianças por aqui – explicou, enquanto subiam.

Phoebe levava Stephen no colo, e Justin puxava a Sra. Bracegirdle pela mão como um pequeno porém determinado rebocador de navios de carga. Em cada andar por que passavam, Phoebe via de relance os cômodos com as portas abertas, alguns com lareiras tão grandes que caberia uma pessoa em pé dentro delas.

Apesar de gigantesca, a casa tinha uma atmosfera agradável e aconchegante. As paredes eram cobertas por antigas tapeçarias francesas e italianas e pinturas a óleo em pesadas molduras douradas. Phoebe notou, aqui e ali, sinais da respeitável idade da construção: vigas expostas um pouco vergadas, arranhões no piso de carvalho, minúsculos remendos nos tapetes Aubusson. Mas havia toques de luxo por toda parte: luminárias de vidro veneziano em tons de pedras preciosas, vasos e bules de chá em porcelana chinesa, aparadores sustentando pesadas bandejas de prata com bebidas em garrafas brilhantes. Pairava no ar o cheiro de livros antigos e flores frescas e um traço do agradável aroma de mobília encerada.

Chegando aos aposentos das crianças, Phoebe viu que um criado deixara ali a bagagem com roupas e itens de seus filhos. O cômodo era espaçoso e mobiliado de maneira encantadora, tudo em tamanho reduzido, incluindo uma mesa com cadeiras e um sofá acolchoado. Duas crianças cochilavam em camas pequenas, enquanto o filho de Kathleen, Matthew, dormia profundamente no berço. Duas amas de avental branco vieram cumprimentar a Sra. Bracegirdle, sorrindo e apresentando-se aos sussurros.

Kathleen mostrou a Phoebe um berço vazio, arrumado com lençóis bordados e macios.

– Este é para Stephen – informou, também sussurrando.

– É perfeito. Se eu fosse um pouquinho menor, talvez tentasse me deitar aí também.

Kathleen sorriu.

– Que tal eu lhe mostrar seu quarto? Assim você poderá tirar um cochilo em uma cama adequada.

– Não posso pensar em nada melhor.

Phoebe deu um beijo em Stephen e enfiou o nariz na cabecinha sedosa e quente do filho, antes de entregá-lo à ama. Então foi até Justin, que estava investigando um conjunto de prateleiras cheias de livros e brinquedos. Ele se interessara por um teatro de brinquedo, com panos de fundo que podiam ser trocados e uma caixa de personagens pintados e recortados.

– Você vai gostar de ficar aqui, querido? – perguntou ela baixinho, ajoelhando-se ao lado dele.

– Ah, sim.

– A Sra. Bracegirdle vai ficar aqui com você. Se precisar de mim, fale com ela ou com alguma das outras amas, e eu virei.

– Sim, mamãe.

Como não gostava de dar beijos na frente de estranhos, Justin levou o indicador aos lábios disfarçadamente e o estendeu, tocando a ponta do dedo no da mãe, que antes fizera o mesmo. Trocaram um sorriso depois do ritual secreto. Naquele momento, o formato amendoado dos olhos do menino e seu narizinho franzido fizeram Phoebe se lembrar de Henry. Mas ela não sentiu a pontada de dor que esperava, apenas um carinho misturado a melancolia.

Saindo do quarto das crianças, Phoebe e Kathleen voltaram ao segundo andar.

– Eu me lembro da sensação de encerrar o luto pelo meu primeiro marido – comentou Kathleen. – Para mim, foi como sair de um quarto escuro para a luz do dia. Tudo parecia barulhento e rápido demais.

– Sim, a sensação é exatamente essa.

– Fique à vontade aqui, como se estivesse em sua própria casa. Não se sinta obrigada a participar de qualquer atividade que não a atraia. Queremos, de todo o coração, que se sinta confortável e feliz.

– Tenho certeza de que ficarei bem.

Elas seguiram pelo corredor até um quarto onde Ernestine, a camareira de Phoebe, estava desfazendo caixas e baús.

– Espero que este cômodo lhe sirva bem – comentou Kathleen. – É pequeno, mas tem lavatório e quarto de vestir próprios, além de uma vista para os jardins franceses.

– É um encanto.

Phoebe observava tudo ao redor com prazer. O revestimento interno era em papel de parede francês com uma estampa delicada de vinhas, a leveza arrematada pelas molduras e os apainelados de madeira pintados de branco.

– Vou deixá-la para que arrume as coisas a seu gosto. Às seis nos encontramos no salão de visitas, para um xerez. O jantar é às oito. O traje é formal, mas amanhã, depois que os recém-casados partirem, ficaremos mais à vontade, com vestimentas mais casuais.

Depois que Kathleen partiu, Phoebe observou Ernestine desencavar de um baú pilhas de lençóis cuidadosamente dobrados e pequenos volumes: cada par de sapato fora embalado em uma bolsinha de tecido fechada com cadarço, cada par de luva em uma caixinha de papel estreita.

– Ernestine, você é um primor da organização – elogiou Phoebe.

– Obrigada, milady. Não saíamos de Heron's Point fazia tanto tempo que quase esqueci como arrumar bagagens. – Ainda ajoelhada diante do baú, a jovem esguia e de cabelos escuros ergueu o olhar para Phoebe segurando uma caixa de adornos que haviam sido removidos de chapéus para não amassarem. – Devo arejar seu vestido *écru*, enquanto a senhora descansa?

– *Écru*?

– O de seda, com enfeites de flor.

– Nossa, você trouxe esse? – Phoebe tinha apenas uma vaga lembrança do vestido formal que mandara fazer em Londres antes de Henry entrar em sua fase final de declínio. – Acho que eu me sentiria mais confortável com o cinza-prata. Ainda não estou totalmente preparada para cores.

– Madame, o vestido é cor de linho cru. Ninguém chamaria isso de colorido.

– Mas os enfeites... não são chamativos demais?

Como resposta, Ernestine pegou da caixa de adornos uma guirlanda de flores de seda e a ergueu para que Phoebe visse. As peônias e os botões de rosa eram tingidos em delicados tons pastel.

– Tudo bem, então – aprovou Phoebe, achando divertida a expressão da camareira. Ernestine não fizera segredo de seu desejo de que a patroa deixasse de lado os tons de cinza e lilás do meio-luto.

– Já se passaram dois anos, milady – argumentou a jovem. – Todos os livros dizem que é o bastante.

Phoebe tirou o chapéu e pousou-o na penteadeira.

– Ernestine, me ajude a tirar este vestido de viagem. Se eu quiser passar esta noite sem desmaiar, preciso me deitar por alguns minutos.

– Está ansiosa pelo jantar? – ousou perguntar a jovem, enquanto tirava o paletó de viagem de Phoebe. – Muitos de seus antigos amigos estarão lá.

– Sim e não. Quero vê-los, mas estou nervosa. Temo que esperem que eu seja a mesma pessoa de antes.

Ernestine parou de desabotoar o vestido de Phoebe.

– Perdão, madame... mas a senhora não é a mesma pessoa?

– Temo que não. A antiga Phoebe se foi – respondeu ela, com um sorriso melancólico. – E a nova ainda não surgiu.

Seis horas.

Hora de descer para o salão de visitas. Seria bom começar a noite com uma taça de xerez, pensou Phoebe, mexendo nervosamente nas pregas artisticamente arrumadas do vestido. Precisava de alguma coisa para acalmar os nervos.

– Está linda, madame – comentou Ernestine, apreciando o resultado do próprio trabalho.

Ela arrumara os cabelos de Phoebe em um penteado alto, os cachos moldados e presos com esmero, e passara uma fita de veludo ao redor da base. Algumas mechas foram deixadas soltas, caindo pela nuca, o que Phoebe estava estranhando: não costumava usar os cabelos dessa maneira. Para finalizar, Ernestine prendera uma rosinha fresca na lateral direita.

O novo penteado favorecia muito a Phoebe, mas o vestido de gala acabara se mostrando bem menos discreto do que ela esperara. Era de um tom claro de bege em linho ou lã natural, mas o tecido fora trabalhado com fios metálicos extremamente finos de ouro e prata, criando um brilho perolado. Uma guirlanda de peônias, rosas e delicadas folhas verdes de seda enfeitava o decote profundo, enquanto outros detalhes florais subiam pela seda diáfana e pelas camadas de tule de um dos lados das saias.

Franzindo o cenho diante do reflexo pálido e cintilante no longo espelho oval, Phoebe experimentou cobrir os olhos com a mão e então afastá-la. Repetiu o gesto algumas vezes.

– Céus... – murmurou.

Tinha quase certeza de que, se alguém olhasse de relance, teria uma breve e chocante impressão de quase nudez, exceto pelas flores. – Tenho que trocar de vestido, Ernestine. Pegue o prata.

– Mas... mas eu não o arejei nem passei – disse a camareira, perplexa. – E esse está tão lindo na senhora...

– Eu não lembrava que o tecido cintilava assim. Não posso comparecer ao jantar parecendo um enfeite de árvore de Natal.

– Não é *tão* brilhante assim – protestou a moça. – Outras damas estarão usando vestidos com contas e lantejoulas, e seus melhores conjuntos de diamantes. – Ao ver a expressão de desagrado de Phoebe, Ernestine deixou escapar um suspiro pesado. – Se quiser o prata, madame, farei o melhor que puder para aprontá-lo rápido, mas ainda assim a senhora se atrasará.

Phoebe gemeu ao pensar nisso.

– Você trouxe algum xale?

– Um preto. Mas a senhora vai padecer de calor se usá-lo. E a combinação será estranha... Acabará chamando mais atenção do que assim como está.

Ouviu-se uma batida à porta.

– Ah, galochas... – murmurou.

Não era uma imprecação nada útil para a agonia da situação, mas Phoebe acabara criando o hábito de dizer aquilo quando queria "praguejar" perto dos filhos, ou seja, a maior parte do tempo. Ela correu para se esconder atrás da porta enquanto Ernestine foi ver quem era.

Depois de alguns murmúrios trocados, a camareira abriu um pouco mais a porta e Ivo enfiou a cabeça pela fresta.

– Olá, irmã – disse casualmente. – Você está linda nesse vestido dourado.

– É écru. – Diante do olhar perplexo dele, Phoebe repetiu: – *Écru*.

– Saúde! – brincou o menino, entrando no quarto com um sorriso.

Phoebe levantou os olhos para o céu.

– O que está fazendo aqui, Ivo?

– Vou acompanhá-la, para que não desça sozinha.

Phoebe ficou tão emocionada que não conseguiu dizer nada. Ficou só olhando para o irmão de 11 anos, que se oferecia para assumir a função que teria sido do marido.

– Foi ideia do papai – continuou Ivo, um tanto acanhado. – Sinto muito se não sou tão alto quanto os acompanhantes das outras damas, ou mesmo tão alto quanto você. – O menino assumiu uma expressão insegura ao ver os olhos da irmã ficarem marejados. – Na verdade, sou só metade de um acompanhante. Mas ainda é melhor do que nada, não é mesmo?

Phoebe pigarreou e conseguiu responder, a voz embargada:

– Meu galante Ivo, você está muito acima de todos os outros cavalheiros. Estou muitíssimo honrada.

Ele sorriu e ofereceu o braço, em um gesto que Phoebe já o vira praticar com o pai.

– A honra é minha, irmã.

Naquele momento, Phoebe teve um breve vislumbre de como Ivo seria quando adulto: um homem confiante e de um encanto irresistível.

– Espere – disse ela. – Preciso decidir o que fazer em relação ao meu vestido.

– Por que precisaria fazer alguma coisa com o vestido?

– É muito... flagrante.

O irmão inclinou a cabeça, o olhar percorrendo o vestido.

– Essa é uma das palavras de Pandora?

– Não, é uma palavra do dicionário. Significa se destacar demais.

– Irmã, você e eu *sempre* somos flagrantes – disse Ivo, apontando para o próprio cabelo ruivo. – Quando se tem *isso*, não há escolha senão ser percebido. Vamos, fique com esse vestido. Eu gostei dele, e Gabriel vai gostar que você esteja bonita no jantar da véspera do casamento dele.

Um discurso forte, vindo de um menino que ainda não tinha nem 12 anos. Phoebe fitou o irmão com um orgulho terno.

– Muito bem, você me convenceu – disse, com relutância.

– Graças a Deus! – exclamou Ernestine, aliviada.

Phoebe sorriu para ela.

– Não espere por mim, Ernestine... Tire um tempo para si mesma, e jante com os outros criados.

– Obrigada, madame.

Phoebe aceitou o braço de Ivo, e os dois saíram do quarto. Enquanto se encaminhavam à escadaria central, ela reparou no traje formal do irmão, composto de calça de sarja preta, colete branco e gravata-borboleta de cetim preto.

– Você foi promovido a calças compridas! – exclamou ela.

– Um ano antes do esperado – gabou-se Ivo.

– Como convenceu mamãe?

– Eu disse a ela que um homem tem seu orgulho e que, para mim, usar calças curtas é como andar por aí com as calças a meio-mastro. Mamãe riu tanto que precisou pousar a xícara de chá na mesa, e no dia seguinte o alfaiate apareceu para tirar minhas medidas para um terno. Agora os gêmeos Hunt não podem mais fazer graça dos meus joelhos.

Os meninos Ashton e Augustus, de 14 anos, eram os filhos mais novos do Sr. Simon Hunt e da esposa, amigos próximos dos Challons desde antes de Phoebe nascer.

– Os gêmeos fazem troça de você? – perguntou Phoebe, surpresa e preocupada. – Vocês sempre foram bons amigos...

– Sim, é isso que os amigos fazem, chamam uns aos outros de nomes como "tonto" e "joelhudo". Quanto melhor o amigo, pior o insulto.

– Mas por que não ser gentil?

– Porque somos meninos. – Ivo deu de ombros ao ver a perplexidade da irmã. – Você sabe como são nossos irmãos. A carta que Raphael mandou para Gabriel ontem dizia: "Caro irmão, parabéns pelo casamento. Sinto muito não estar presente para alertar sua noiva do imbecil inútil que você é. Com todo o meu amor, Raphael."

Phoebe não conteve uma gargalhada.

– Isso é bem do feitio dele. Sim, eu sei como gostam de implicar uns com os outros, mas nunca compreendi por quê. Imagino que meus dois meninos serão iguais. Mas pelo menos Henry não era assim, nunca o ouvi zombando de ninguém nem implicando.

– Um bom homem – comentou Ivo, pensativo. – Diferente. Tenho saudade dele.

Ela apertou com carinho o braço do irmão.

Para alívio de Phoebe, a reunião no salão de visitas se revelou muito menos intimidante do que ela havia esperado. Seus pais e Seraphina estavam lá para lhe fazer companhia, assim como lorde e lady Westcliff, a quem Phoebe e os irmãos sempre haviam chamado de "tio Marcus" e "tia Lillian".

A propriedade de caça de lorde Westcliff, Stony Cross Park, ficava em Hampshire, não muito longe do Priorado Eversby. O conde e a esposa, que era uma herdeira americana, de Nova York, haviam criado três filhos e três filhas. Embora tia Lillian a houvesse convidado, de brincadeira, a escolher qualquer um de seus belos e robustos filhos, Phoebe respondera (muito sinceramente) que uma união como aquela seria incestuosa. Os Marsdens e os Challons se conheciam fazia muito tempo e haviam passado muitos feriados em família juntos, impedindo que qualquer fagulha romântica se acendesse entre seus filhos.

Merritt, a filha mais velha dos Marsdens, era uma das amigas mais próximas de Phoebe. Fora a Essex várias vezes para ajudá-la, em momentos em que Henry estava muito doente, e cuidara dele com habilidade e bom humor. Phoebe chegara a confiar mais na amiga do que na própria sogra, Georgiana, cujos nervos raramente lhe permitiam se dedicar ao leito de um inválido.

– Phoebe, querida! – exclamou Merritt, pegando as mãos da amiga. – Como você está deslumbrante!

Ela se inclinou para dar um beijo no rosto de Merritt.

– Estou me sentindo ridícula neste vestido – murmurou. – Não consigo entender por que mandei confeccioná-lo neste tecido.

– Porque eu sugeri. Ajudei você a encomendar seu enxoval na modista, não lembra? A princípio você fez objeções ao tecido, mas eu lhe disse que nenhuma mulher deve ter medo de brilhar.

Phoebe deu uma risadinha melancólica.

– Ninguém jamais vai brilhar tão destemidamente quanto você.

Lady Merritt Sterling era uma mulher atraente e vibrante. Tinha grandes olhos escuros, cabelos fartos e lustrosos como a pelagem da zibelina e uma pele de porcelana. Ao contrário das duas irmãs, herdara o físico mais baixo e robusto dos Marsdens, em vez da compleição mais esguia da mãe. Tinha também o rosto quadrado e determinado do pai, em vez de oval e delicado como o da mãe. No entanto, irradiava tamanho encanto que eclipsava qualquer outra mulher que estivesse por perto, por mais bela que fosse.

Quando conversava com alguém, Merritt dedicava-lhe interesse absoluto e sincero, tratando a pessoa diante de si, fosse homem ou mulher, como a única no mundo. Fazia-lhe perguntas e a ouvia sem nunca parecer esperar a própria vez de falar. Era a hóspede que todos convidavam quando precisavam mesclar um grupo de personalidades díspares – como um bom *roux*, espessante culinário feito de partes iguais de farinha e gordura, que é capaz de garantir uma sopa ou um molho homogêneo e aveludado.

Não seria exagero dizer que todo homem que conhecia Merritt se apaixonava ao menos um pouco por ela. Quando ela debutara, fora cortejada por um sem-número de pretendentes, até finalmente aceitar se casar com o americano Joshua Sterling, um magnata da indústria naval que fixara residência em Londres.

No salão de visitas, Phoebe e Merritt se afastaram um pouco das respectivas famílias para conversarem com privacidade por alguns minutos. Phoebe contou sofregamente à amiga sobre o encontro com West Ravenel, a proposta do passeio pelas fazendas e os comentários presunçosos que ele fizera.

– Pobre Phoebe – tranquilizou-a Merritt. – Os homens adoram explicar coisas.

– Não foi uma explicação, foi um sermão.

– Que tedioso. Mas precisamos dar espaço para o erro ao conhecermos pessoas novas. Fazer amigos pode ser bastante desajeitado.

– Não quero ser amiga dele, quero evitá-lo.

Merritt hesitou antes de comentar:

– Não de todo incompreensível, é claro.

– Mas você acha que é um erro?

– Querida, opiniões são coisas muito cansativas, principalmente as minhas.

– Então você acha que é um erro.

Merritt a olhou com carinho.

– Como as suas famílias agora têm vínculos, você vai esbarrar com Ravenel muitas vezes no futuro. Seria mais fácil para todos os envolvidos, sobretudo para você, manter relações civilizadas com ele. Seria mesmo tão difícil lhe dar uma segunda chance?

Phoebe desviou o olhar.

– Sim – respondeu, contrariada. – Por razões que prefiro não explicar.

Ela não lembrara a Merritt que West Ravenel era o terror da infância de Henry. Por algum motivo, não lhe parecia certo manchar a reputação de um homem por coisas que ele fizera quando menino; eram incidentes cuja lembrança de nada valeriam no presente.

Mas Merritt a surpreendeu:

– Por causa do que aconteceu no colégio interno?

Phoebe arregalou os olhos.

– Você lembra?

– Sim, aquilo marcou Henry. Mesmo já adulto, a lembrança do Sr. Ravenel sempre foi um espinho cravado na alma dele. – Ela fez uma pausa, refletindo. – Acho que esse tipo de situação acaba se ampliando em nossa mente conforme o tempo passa. Talvez tenha sido mais fácil, para Henry, se concentrar em um adversário humano em vez de em uma doença. – Merritt olhou por cima do ombro de Phoebe. – Não se vire, mas do outro lado do salão há um cavalheiro que já olhou para você várias vezes. Não o conheço. Imagino se não é o seu Sr. Ravenel.

– Pelo amor de Deus, não o chame de *meu* Sr. Ravenel. Como ele é?

– Cabelos escuros, barba recém-feita e bastante bronzeado. Alto, ombros largos como os de um lavrador. Está conversando com um grupo de cavalheiros e... *Nossa*. O homem tem um sorriso que parece um dia quente de verão.

– É o Sr. Ravenel – murmurou Phoebe.

– *Ora*. Eu me lembro de Henry o descrevendo como pálido e corpulento. – Merritt ergueu brevemente as sobrancelhas, olhando mais uma vez por cima do ombro de Phoebe. – Alguém teve um estirão de crescimento.

– A aparência é irrelevante. É o interior que conta.

A voz de Merritt saiu temperada por uma risada:

– Tem razão. Mas não é que o interior do Sr. Ravenel tem uma bela embalagem?

Phoebe conteve um sorriso.

– Você é uma dama casada! – sussurrou, em uma repreensão zombeteira.

– Casada, mas não cega – foi a resposta recatada de Merritt, o rosto cintilando com uma expressão travessa.

CAPÍTULO 6

Como mandava a tradição, os convidados entraram no salão de jantar em ordem de precedência. Independentemente da idade ou da fortuna, os primeiros na fila eram os que tinham posição, patente ou título de nobreza mais antigo. Isso fazia de lorde e lady Westcliff o casal de posição mais alta, embora o pai de Phoebe tivesse um ducado.

Seguindo os costumes, Devon, lorde Trenear, acompanhava lady Westcliff, enquanto lorde Westcliff acompanhava Kathleen. O restante dos convidados os seguiu em pares pré-arranjados. Phoebe ficou aliviada ao descobrir que seria acompanhada pelo filho mais velho de Westcliff, lorde Foxhall, a quem conhecia desde criança. Era um jovem grande e belo, na casa dos 20 anos, um ávido esportista, como o pai. Como herdeiro do condado, ostentava um título de visconde, mas ele e Phoebe eram próximos demais para se aterem a esse tipo de tratamento cerimonioso.

– Fox! – exclamou ela, abrindo um sorriso largo.

– Prima Phoebe. – Ele se inclinou para lhe dar um beijo no rosto, os olhos escuros cintilando com um humor vivo. – Parece que vou ser seu acompanhante. Deu azar.

– Para mim é muito boa sorte, como poderia não ser?

– Com tantos bons partidos presentes, seu acompanhante deveria ser alguém que não se lembrasse de você como uma menininha de maria-chiquinha escorregando por um corrimão da Mansão Stony Cross.

Phoebe sorriu ainda mais, suspirando com um ar saudoso.

– Ah, Fox... Aqueles dias há muito se foram, não é mesmo?

– Você ainda tem a maior parte dos seus dias a sua frente.

– Ninguém sabe quanto tempo tem.

Foxhall lhe ofereceu o braço.

– Então comamos, bebamos e sejamos felizes enquanto podemos.

No salão de jantar, a atmosfera cheirava a flores e cintilava com a luz dourada das velas. A imensa mesa jacobina, com as pernas entalhadas como cordas retorcidas, fora coberta com uma imaculada toalha branca. Uma fileira de largos cestos de prata com montanhas de rosas descansava sobre uma longa trilha de mesa com estampa de samambaias muito verdes. Junto às paredes estavam vasos com arranjos suntuosos de palmeiras, hortênsias, azaleias e peônias, transformando o salão em um jardim noturno. Cada lugar à mesa tinha o próprio cintilante cristal irlandês, porcelana de Sèvres e nada menos que 24 peças de um antiquíssimo faqueiro de prata georgiano.

Longas filas de criados permaneceram de pé junto à parede de cada lado do salão enquanto os cavalheiros ajudavam as damas a se acomodarem. Lorde Foxhall puxou a cadeira para Phoebe, que se aproximou da mesa, mas ficou paralisada ao ver o homem que acabara de puxar a cadeira para a dama à direita dele.

No cartão de identificação ao lado dela, um nome fora escrito em caligrafia elaborada: *Sr. Weston Ravenel*.

Seu estômago despencou.

Ao se virar para ela, Ravenel hesitou, parecendo igualmente surpreso. Ele tinha uma presença impressionante em roupas de noite formais. A camisa branca e o lenço de pescoço contrastavam agudamente com o brilho âmbar da pele, enquanto o paletó bem cortado destacava a impressionante largura dos ombros.

Ele a encarava com atenção demais, com... com *alguma coisa* demais. Incapaz de decidir o que fazer, Phoebe apenas o encarou de volta, impotente, sentindo o corpo se retorcer por dentro.

Ravenel olhou brevemente para os cartões com os nomes.

– Não tive nada a ver com a distribuição dos lugares à mesa – disse ele.

– Claro que não – retrucou Phoebe, secamente, os pensamentos em turbilhão.

De acordo com as regras de etiqueta, um cavalheiro deveria dirigir a maior parte de sua atenção à dama que se sentava a sua esquerda. O que obrigava Phoebe a conversar com West durante toda a refeição.

Phoebe lançou um olhar perturbado ao redor, e encontrou os olhos de Gabriel.

Ao ver o dilema da irmã, Gabriel formulou com os lábios a pergunta: *Quer que eu...?*

Mas Phoebe balançou discretamente a cabeça. Não, não faria uma cena na véspera do casamento do irmão, mesmo que se sentasse ao lado do próprio Lúcifer – um vizinho de mesa que, por sinal, teria preferido no lugar de quem lhe coubera.

– Alguma coisa errada? – perguntou lorde Foxhall, baixinho, ao ouvido dela.

Só então Phoebe se deu conta de que ele ainda estava esperando que ela se sentasse. Recompondo-se, ela forçou um sorriso.

– Não, Fox, está tudo esplêndido.

E se acomodou na cadeira, arrumando habilmente as saias.

Ravenel permaneceu imóvel, um vinco entre as sobrancelhas escuras.

– Encontrarei alguém para trocar de lugar comigo – disse West, baixinho.

– Pelo amor de Deus, *sente-se* – sussurrou Phoebe.

Ele obedeceu com movimentos cautelosos, como se a cadeira pudesse desabar debaixo de seu corpo a qualquer momento. Seu olhar desconfiado encontrou o de Phoebe.

– Lamento pelo meu comportamento mais cedo.

– Está esquecido – disse ela. – Tenho certeza de que conseguiremos tolerar a companhia um do outro por uma refeição.

– Não falarei nada sobre administração de terras. Podemos conversar sobre outros assuntos. Tenho uma vasta e complexa gama de interesses.

– Tais como?

Ravenel considerou a pergunta.

– Na verdade, não, não tenho uma vasta gama de interesses. Mas sinto como se tivesse.

Achando graça, Phoebe deu um sorriso relutante.

– Afora meus filhos, não tenho interesses.

– Graças a Deus, odeio conversas estimulantes. Minha mente tem a profundidade de uma poça d'água.

Phoebe realmente apreciava um homem com senso de humor. Talvez aquele jantar acabasse não sendo tão terrível quanto havia temido.

– Ficará feliz em saber, então, que não leio um livro há meses – comentou ela.

– E eu não vou a um concerto há anos. São muitos momentos de "aplauda agora, mas agora não". Fico nervoso.

– Temo que também não será possível discutirmos arte. Acho o simbolismo exaustivo.

– Então presumo que não goste de poesia.

– Não... a menos que rime.

– Por acaso, escrevo poesia – disse Ravenel, muito sério.

Que Deus me ajude, pensou Phoebe, seu bom humor desaparecendo. Anos antes, ao debutar, tivera a impressão de que todos os rapazes que conhecia nos bailes e jantares eram poetas amadores. Insistiam em declamar para ela os próprios poemas, cheios de linguagem rebuscada, sobre a luz das estrelas, as gotas de orvalho e amores perdidos, na esperança de impressioná-la com tamanha sensibilidade. Ao que parecia, a moda ainda não passara.

– É mesmo? – perguntou ela, sem entusiasmo, mas por dentro rezando para que ele não se oferecesse para declamar nenhuma.

– Sim. Gostaria de ouvir alguns de meus versos?

Phoebe conteve um suspiro, curvou os lábios em um sorriso educado e respondeu:

– Adoraria.

– É de uma obra não concluída. – Assumindo um ar solene, Ravenel começou: – Havia uma menina chamada Sansa… que só pensava em encher a pança.

Phoebe se obrigou a não rir, para não encorajá-lo. Ouviu atrás de si uma tosse baixa, de quem disfarçava o riso: um dos criados devia ter ouvido.

– Sr. Ravenel, esqueceu que estamos em um jantar formal?

– Ajude-me a elaborar o próximo verso – disse ele, com um brilho travesso no olhar.

– De forma alguma.

– Eu a desafio.

Phoebe o ignorou, ocupando-se em esticar o guardanapo no colo meticulosamente.

– Estou esperando – insistiu ele.

– Sinceramente, o senhor é o mais… Ah, muito bem. – Phoebe tomou um gole de água, pensando em uma rima. – Um belo dia de janeiro, ela comeu um bolo inteiro.

Ravenel passou o dedo distraidamente pela borda de um cálice de cristal vazio. Então completou, triunfante:

– … e levou cem palmadas no traseiro.

Phoebe quase engasgou com a risada que lhe escapou.

– Podemos ao menos fingir dignidade? – suplicou.

– Mas vai ser um jantar tão longo…

Phoebe ergueu o olhar e se deparou com Ravenel sorrindo enquanto a fitava, um sorriso cálido e tranquilo, que fez um estranho tremor percorrer o corpo dela, do tipo que às vezes acontecia quando acordava de um longo sono e se espreguiçava até os músculos tremerem.

– Conte-me sobre seus filhos – pediu Ravenel.

– O que gostaria de saber?

– Qualquer coisa. Como decidiu os nomes?

– Justin foi batizado em homenagem ao tio preferido do meu marido, um velho solteirão que sempre lhe levava livros quando ele estava doente.

Já o nome do mais novo, Stephen, foi inspirado em um personagem de um livro de aventura que lorde Clare e eu lemos quando éramos crianças.
– Qual era o título?
– Não posso lhe dizer... vai achar tolo. E *é* tolo. Mas nós dois amávamos. Lemos dezenas de vezes. Tive que mandar meu exemplar para ele, depois...
Depois que o senhor roubou o dele.
Na visão de Henry, a pior das ofensas de West Ravenel fora roubar seu exemplar de *Stephen Armstrong: Caçador de tesouros*, de uma caixa que ficava embaixo de sua cama. Embora nunca tivesse conseguido provas da identidade do ladrão, Henry lembrava que Ravenel havia debochado dele quando o vira lendo o livro.
"Sei que foi ele", escrevera Henry. "E provavelmente fez algo terrível com o exemplar. Talvez o tenha deixado cair dentro da latrina. Aposto que o paspalhão nem sequer sabe ler."
"Um dia, quando formos grandes", escrevera Phoebe em resposta, tomada pelo desejo de vingança, "vamos nos unir para acabar com ele e pegar o livro de volta."
E agora ali estava ela, sentada ao lado de Ravenel no jantar.
– ... depois que Henry perdeu o dele – completou Phoebe, desconfortável. E ficou olhando um criado lhe servir vinho.
– Como foi que ele... – começou Ravenel, mas então se deteve, com uma expressão estranha. Ajeitou-se na cadeira, parecendo inquieto, e recomeçou: – Quando eu era menino, havia um livro...
Outra pausa, e ele começou a inclinar o corpo para mais perto dela.
– Sr. Ravenel, está passando bem?
– Sim. É só que... – respondeu ele, baixando o olhar para a calça, a expressão aborrecida. – Estou com um problema.
– Um problema nas pernas? – perguntou ela, em tom de censura.
Ele respondeu em um sussurro exasperado:
– Na verdade, sim.
– Hum. – Phoebe não sabia se deveria achar aquilo divertido ou alarmante. – O que seria?
– A mulher à minha direita não para de pousar a mão na minha coxa.
Phoebe se inclinou para a frente discretamente, para espiar quem era a mulher.

– Não é lady Colwick? – sussurrou ela. – Não foi a mãe dela, lady Berwick, quem ensinou etiqueta a Pandora e Cassandra?

– Sim – respondeu ele secamente. – Parece que ela não ensinou devidamente à própria filha.

Pelo que Phoebe ouvira, Dolly, lady Colwick, que havia pouco se casara com um homem mais velho e rico, vinha tendo *affairs* com antigos pretendentes. Inclusive, fora o comportamento escandaloso de Dolly que resultara no encontro acidental entre Pandora e Gabriel.

Ravenel se encolheu, irritado, e passou o braço debaixo da mesa para impedir o avanço da mão feminina invisível aos demais.

Phoebe compreendia o dilema. Se um cavalheiro chamasse a atenção para um comportamento ultrajante como aquele, seria condenado por constranger a dama. Além disso, a dama em questão poderia facilmente negar o fato, e as pessoas estariam muito mais inclinadas a acreditar nela.

Ao longo de toda a mesa, criados enchiam copos e taças com água, vinho e champanhe. Phoebe resolveu tirar proveito da atividade intensa.

– Incline-se para a frente, por favor – disse ela a Ravenel.

Ele ergueu ligeiramente as sobrancelhas, mas obedeceu.

Phoebe então estendeu o braço por trás das costas largas dele e cutucou o braço de lady Colwick. A jovem se virou um tanto surpresa. Era uma moça bonita, de cílios cheios, os cabelos negros presos para o alto em uma artística massa de cachinhos brilhosos trançados com fitas e pérolas. As sobrancelhas haviam sido modeladas cuidadosamente no formato de finas linhas curvas, como uma boneca de porcelana. Um grosso colar de pérolas enfeitado com pingentes de diamantes do tamanho de cerejas cintilava em seu pescoço.

– Querida – disse Phoebe, muito simpática –, não pude evitar perceber que a senhora está tentando pegar o guardanapo do Sr. Ravenel emprestado. Fique com este.

E estendeu o próprio guardanapo para a jovem, que, automaticamente, já ia estendendo o braço para pegá-lo.

No instante seguinte, porém, lady Colwick recolheu rapidamente a mão.

– Não sei do que está falando.

Mas Phoebe não se deixou enganar. Um rubor de culpa se espalhara pelo rosto da jovem, cujos delicados lábios rosados formavam agora uma nítida expressão amuada.

– Devo explicar? – disse Phoebe, bem baixo. – Este cavalheiro não aprecia ser cutucado e alisado como se fosse uma ostra no mercado de peixes de Billingsgate. Faça a gentileza de manter as mãos junto de si e deixe-o jantar em paz.

Lady Colwick estreitou os olhos em uma expressão raivosa.

– Poderíamos tê-lo compartilhado – falou, e se virou de volta para o prato com uma sutil fungada de desdém.

Uma risadinha abafada escapou da fila de criados atrás deles.

O Sr. Ravenel se inclinou para trás na cadeira e, sem se virar, fez um gesto por cima do ombro, murmurando:

– Jerome.

Um criado se aproximou.

– Senhor?

– Mais uma risadinha – alertou Ravenel, ainda falando baixo –, e amanhã você será rebaixado a carregador.

– Sim, senhor.

Depois que o criado se afastou, Ravenel voltou-se para Phoebe. As linhas finas nos cantos externos de seus olhos haviam se aprofundado.

– Obrigado por não me compartilhar.

Phoebe deu de ombros discretamente.

– A jovem dama estava interferindo em uma conversa perfeitamente não estimulante. Alguém precisava detê-la.

Ele abriu um sorriso devagar.

Phoebe nunca se sentira tão consciente de alguém. Cada nervo de seu corpo parecia alerta em resposta à proximidade dele. Estava encantada por aqueles olhos, pelo azul intenso que parecia tinta, fascinada com os pelos cerrados visíveis no rosto recém-barbeado e com o ajuste perfeito do colarinho branco engomado no pescoço musculoso. O comportamento escandaloso de lady Colwick, ainda que não justificado, era compreensível. Como devia ser tocar a perna dele? Provavelmente era muito rígida. Como uma rocha. A ideia fez Phoebe se inquietar na cadeira.

O que há comigo?

Obrigou-se a afastar os olhos dele e se concentrou no pequeno cartão pousado na mesa, entre os dois, que exibia o cardápio.

– Consomê de carne ou creme de legumes da primavera – leu em voz alta. – Acho que vou optar pelo consomê.

– A senhora seria capaz de preferir um caldo ralo a legumes da primavera?

– Nunca tenho muito apetite.

– Não, escute: a cozinheira manda buscar na horta uma cesta de legumes maduros. Alho-poró, cenouras, batatas, abobrinhas, tomates. E os cozinha com ervas frescas. Quando estão macios, ela amassa a mistura até transformá-los em um purê liso como seda e finaliza com creme de leite. É servido em uma travessa de cerâmica, sob uma camada de croûtons salteados na manteiga. Cada colherada permite sentir o sabor de toda a horta.

Phoebe não pôde deixar de apreciar o entusiasmo dele.

– Como sabe tanto sobre o preparo?

– Passo boa parte do meu tempo na cozinha – explicou Ravenel. – Gosto de conhecer as responsabilidades dos empregados e me manter informado das condições de trabalho. A meu ver, o mais importante no Priorado Eversby é manter todos os que aqui vivem saudáveis e bem alimentados. Ninguém consegue exercer bem suas funções de barriga vazia.

– A cozinheira não se incomoda de ter seu território invadido?

– Não, contanto que eu fique fora do caminho dela e não enfie o dedo nas tigelas.

Phoebe sorriu.

– O senhor gosta de comida, ao que parece.

– Não, eu *amo* comida. De todos os prazeres terrenos, é o meu segundo favorito.

– E qual é o primeiro?

– Não é um assunto adequado para o jantar. – Depois de uma pausa, ele acrescentou, inocentemente: – Mas posso lhe contar mais tarde.

O canalha. Era um flerte dos mais furtivos, um comentário aparentemente banal tingido com uma insinuação maliciosa. Optando por ignorá-lo, Phoebe fixou o olhar no cardápio até as letras embaralhadas se reorganizarem novamente como palavras.

– Vejo que há opções para o prato de peixe. Pregado ao molho de lagosta, ou linguado à la Normandie. – Ela fez uma pausa. – Não conheço a segunda opção.

Ravenel prontamente esclareceu:

– São filés da carne branca própria do linguado marinados em sidra, salteados na manteiga e cobertos com *crème fraîche*. É leve, com um toque de maçãs.

Fazia muito tempo que Phoebe não pensava em uma refeição como algo mais que um ritual mecânico. Não apenas perdera o apetite após a morte de Henry, como também perdera o paladar. Poucas coisas ainda tinham sabor: chá forte, limão e canela.

– Meu marido nunca...

O instinto de baixar a guarda com Ravenel era quase irreprimível, embora parecesse uma traição a Henry.

Ravenel a olhava com uma expressão paciente, a cabeça ligeiramente inclinada.

– Ele tinha intolerância a laticínios e a carne vermelha – continuou Phoebe, hesitante. – Comíamos sempre os pratos mais simples, sempre cozidos em água e sem tempero. E mesmo assim ele sofria terrivelmente. Era muito doce e de boa natureza, não queria que eu abrisse mão de coisas que eu apreciava só porque ele não conseguia consumi-las, mas como eu poderia comer um doce ou tomar uma taça de vinho na frente dele? Depois de viver assim por anos, tendo a comida como adversária, temo nunca mais ser capaz de voltar a me alimentar com prazer.

Na mesma hora Phoebe se deu conta de como uma confissão daquelas era inadequada em um jantar formal. Então baixou o olhar para os talheres brilhantes dispostos a sua frente, tão constrangida que se sentiu tentada a golpear-se com o garfo de salada.

– Perdoe-me. Estou afastada de eventos sociais há muito tempo. Esqueci como ter uma conversa polida sobre amenidades.

– Conversas polidas sobre amenidades são um desperdício comigo. Passo a maior parte do tempo junto dos animais da fazenda. – Ravenel esperou até que o breve sorriso dela se apagasse antes de continuar: – Seu marido deve ter sido um homem de grande força interior. Eu no lugar dele não teria sido doce ou de boa natureza. A bem da verdade, não sou assim nem quando as coisas vão bem.

O elogio a Henry dissipou parte da animosidade oculta de Phoebe por Ravenel. Era muito mais fácil odiar alguém quando essa pessoa era uma figura distante, um conceito, do que quando se tornava uma realidade viva, pulsante.

Phoebe refletiu sobre o último comentário dele e perguntou:

– O senhor tem o temperamento difícil?

– Santo Deus, ainda não ouviu a respeito? Os Ravenels são barris de pólvora com pavios muito curtos. Por isso restam tão poucos homens na linhagem da família. Bebedeiras constantes e brigas não costumam levar a uma feliz longevidade.

– É o que o senhor faz? Envolve-se constantemente em bebedeiras e brigas?

– Era o que eu fazia – admitiu ele.

– Por que parou?

– Qualquer coisa em excesso é cansativa – disse ele, e sorriu para Phoebe.

– Até mesmo a busca por prazer.

CAPÍTULO 7

No fim, o creme de legumes excedeu a descrição do Sr. Ravenel. A emulsão laranja-avermelhada realmente tinha sabor de horta. Unia harmonicamente, com intensidade e cremosidade, a acidez do tomate, a doçura das cenouras, as batatas e as abobrinhas, tudo combinado em um sabor vivo de primavera. Quando levou à boca um croûton crocante por fora e por dentro embebido em manteiga, Phoebe fechou os olhos para saborear. Deus, há quanto tempo não *saboreava* realmente alguma coisa!

– Não falei? – disse Ravenel, satisfeito.

– Acha que sua cozinheira daria a receita?

– Se eu pedir a ela, sim.

– O senhor pediria?

– O que terei em troca? – retrucou ele.

Aquilo arrancou uma risada surpresa de Phoebe.

– Essa resposta não foi nada galante. Onde está seu cavalheirismo? Sua generosidade?

– Sou um fazendeiro, não um cavalheiro. Comigo, é uma coisa por outra.

Ele falava com ela sem nenhum traço da deferência e da compaixão que se costumava dirigir às viúvas. Era mais como... um flerte. Mas Phoebe não tinha certeza. Fazia muito tempo que ninguém flertava com ela. E é claro que Ravenel era o último homem de quem aceitaria aquele tipo de atenção, mas... o jeito dele lhe causava uma perturbação estranhamente agradável.

Teve início, então, uma interminável rodada de brindes – à felicidade e prosperidade dos noivos, ao bem-estar das famílias que estavam prestes a se unir, à rainha, aos anfitriões, ao clérigo, às damas, e por aí foi. Taças eram enchidas repetidamente com excelentes vinhos de safras antigas, tigelas vazias de sopa eram recolhidas e foram servidos pratinhos com fatias geladas de melão maduro.

Cada prato era mais delicioso que o anterior. Phoebe imaginara que nada superaria os esforços da cozinheira francesa de Heron's Point, mas aqueles eram os sabores mais incríveis que já conhecera. Sua cesta de pães era frequentemente reabastecida com pãezinhos de leite fumegantes e metades de um pão chato e redondo chamado *stottie cake*, muito macio, acompanhados por generosos bocados de manteiga salgada. Os criados serviram galetos assados com perfeição, a pele delicadamente crocante... cortes de vitela frita embebidos em molho de conhaque... fatias de uma terrina de legumes guarnecida com minúsculos ovos de codorna cozidos. As saladas em cores brilhantes eram salpicadas com flocos secos de presunto defumado ou lascas finas como papel de uma pungente trufa negra. Peças de carne bovina e de cordeiro eram apresentadas e destrinchadas ao lado da mesa, a carne tenra servida em fatias muito finas com um molho denso.

Phoebe experimentou um prato após o outro, na companhia do homem que o marido odiara a vida inteira, e se divertiu imensamente. West Ravenel tinha um humor vívido e malicioso e fazia comentários audaciosos que por muito pouco se mantinham dentro das margens da respeitabilidade. O interesse tranquilo dele parecia envolvê-la com suavidade. A conversa fluiu fácil, agradável, como uma peça de veludo sendo desenrolada. Phoebe não se lembrava da última vez que conversara com tamanha espontaneidade e por tanto tempo. Também não se lembrava de consumir tanta quantidade de comida em muitos anos.

– Quantos pratos restam? – perguntou, quando o *sorbet* para limpar o palato foi servido em minúsculos recipientes de cristal.

– Só os queijos e a sobremesa.

– Não conseguirei tomar nem este *sorbet*.

Ravenel balançou a cabeça e a encarou com um grave ar de decepção.

– Que despreparo. Vai se deixar derrotar por esse jantar?

Ela quase cuspiu o *sorbet* ao deixar escapar uma gargalhada.

– Não é uma disputa esportiva.

– Algumas refeições são como duelos. E a senhora está tão perto da vitória... Eu lhe imploro, não desista.

– Vou tentar – disse Phoebe, sem muita convicção. – Odeio desperdiçar comida.

– Nada será desperdiçado. As sobras vão para a pilha de compostagem ou para a canaleta dos porcos.

– Quantos porcos vocês têm?

– Duas dúzias. Algumas famílias de arrendatários também têm porcos. Venho tentando convencer nossos pequenos agricultores, em especial os que têm terras menos produtivas, a se dedicarem mais à criação de animais do que ao cultivo do milho, mas eles relutam. Consideram a criação de animais, principalmente de porcos, inferior ao cultivo de plantações.

– Não vejo por quê... – começou Phoebe, mas foi interrompida pela voz animada de Pandora.

– Primo West, vocês estão conversando sobre porcos? Contou a lady Clare sobre Hamlet?

Fazendo a vontade da prima, Ravenel contou a história de quando fora visitar a fazenda de um arrendatário e evitar que um porquinho fosse abatido. De repente, a atenção de toda a mesa estava voltada para ele.

Ravenel, que era um contador de histórias carismático, praticamente transformou o porco em um órfão de um romance de Dickens. Depois de resgatar a criatura recém-nascida, relatou ele, ocorreu-lhe que alguém precisava tomar conta do pobre animal, então levou o porquinho para o Priorado Eversby e o entregou a Pandora e Cassandra. As gêmeas ignoraram as objeções do restante da família e dos criados e o adotaram como um animal doméstico.

Conforme o animal ficava mais velho e consideravelmente maior, Ravenel era apontado como culpado pela enormidade de problemas que o porquinho passou a causar.

– Para tornar tudo pior – acrescentou Pandora –, soubemos tarde demais que Hamlet deveria ter sido "castrado" ainda na infância. Lamentavelmente, ele se tornou cheirolento demais para viver dentro de casa.

– Lady Trenear ameaçava me matar toda vez que via o porco trotando pela casa com os cães – prosseguiu Ravenel. – Não ousei dar as costas a ela por meses a fio.

– De fato, tentei empurrá-lo das escadas uma ou duas vezes – admitiu Kathleen, muito séria –, mas não tive forças. Ele é grande demais.

– Você também fez ameaças dramáticas envolvendo o atiçador de fogo – lembrou-lhe Ravenel.

– Não – contestou Kathleen. – Essa ameaça quem fez foi a governanta.

O relato continuou a evoluir, adquirindo tons farsescos quando o Sr. Winterborne relembrou que, em sua estadia no Priorado Eversby para se recuperar de um acidente que lhe provocara problemas nos olhos, foi informado sobre o porco.

– Eu o ouvi transitando pela casa quando ainda estava acamado, e presumi que fosse um cão qualquer.

– Um cão? – ecoou lorde Trenear, à cabeceira da mesa, encarando estupefato o amigo. – Por acaso ele *latia* como um cão?

– Ora, um cão com problemas respiratórios.

Todos à mesa caíram na gargalhada.

Ainda sorrindo, Phoebe olhou de relance para Ravenel e o flagrou a observando. Uma curiosa e inexplicável sensação de intimidade pareceu envolvê-los. Rapidamente, Ravenel voltou sua atenção para uma faca de fruta ainda não utilizada. Pegou-a com uma das mãos e passou o polegar pela lâmina para testar o fio.

Phoebe ofegou, preocupada.

– Não faça isso – pediu com suavidade.

Ele deu um sorriso enviesado e deixou a faca de lado.

– Força do hábito. Perdoe minhas maneiras.

– Não foi isso. Tive medo de que se cortasse.

– Não precisa se preocupar. A pele das minhas mãos é como couro curtido. Quando cheguei ao Priorado Eversby... – Mas ele não terminou a frase. – Esqueça. Prometi não falar sobre cultivo e fazendas.

– Não, por favor, continue. Quando chegou...?

– Tive de começar a visitar os arrendatários, e isso me deixou apavorado.

– Pensei que eles é que teriam ficado apavorados com o senhor.

Ele deu uma risadinha.

— Há muitas coisas que assustam agricultores, mas um bufão barrigudo e meio bêbado vindo de Londres não é uma delas.

Phoebe reagiu com certa surpresa. Raramente ouvira um homem falar de forma tão desprendida de si mesmo — se é que alguma vez ouvira.

— No primeiro dia, eu me encontrava em péssimo estado, após ter decidido parar de viver como um beberrão desenfreado — continuou Ravenel. — A sobriedade não me favorecia. Minha cabeça doía, meu equilíbrio equiparava-se ao de um barquinho de brinquedo e meu humor nunca vira dias piores. O homem com quem fui conversar, George Strickland, se dispôs a responder às minhas perguntas sobre cultivo desde que não precisasse interromper seu trabalho, pois precisava colher aveia e armazená-la no celeiro antes que começasse a chover. Fomos para o campo, onde alguns homens ceifavam e outros recolhiam os talos cortados e os reuniam em feixes. Alguns cantavam para manter o ritmo do trabalho. A aveia chegava à altura do meu ombro, e o cheiro era tão bom... doce, limpo. Era tudo tão...

Ele balançou a cabeça, incapaz de encontrar a palavra certa, o olhar distante.

Após alguns instantes, prosseguiu:

— Strickland me mostrou como unir os caules em feixes, e trabalhei junto com os outros enquanto conversávamos. Quando chegamos ao fim da fileira de aveia, toda a minha vida havia mudado. Fora a primeira coisa útil que eu tinha feito com as minhas mãos. — Ele deu um sorrisinho enviesado. — Na época, eu tinha mãos de cavalheiro. Delicadas, bem-tratadas. Hoje, não são nada bonitas.

— Deixe-me vê-las.

O pedido soou mais íntimo do que ela pretendera. Um rubor coloriu o rosto e o pescoço de Phoebe quando ele aquiesceu e, devagar, estendeu as mãos um pouco abaixo do tampo da mesa, as palmas para baixo.

O barulho ao redor — o fastidioso bater dos talheres em louça de porcelana, as risadas e a conversa leve — pareceu reduzir em volume até eles terem a impressão de serem as duas únicas pessoas no salão. Phoebe olhou para as mãos fortes de Ravenel, os dedos compridos, as unhas bem aparadas, restando apenas uma finíssima linha branca na ponta. Estavam imaculadamente limpas, mas a pele bronzeada era um pouco seca e áspera nos nós dos dedos. Havia algumas pequenas cicatrizes de cortes e arranhões antigos e os últimos vestígios de um hematoma escuro sob a unha de um dos polegares. Phoebe não conseguiu imaginar aquelas mãos macias e bem-tratadas.

Não, não eram esteticamente bonitas. Mas eram lindas.

Phoebe ficou chocada ao se pegar imaginando a sensação daquelas mãos correndo por sua pele, ásperas mas gentis. Ah, a experiência que aqueles dedos guardavam... *Não, não pense nisso.*

– O administrador da propriedade não costuma trabalhar com os arrendatários, não é? – conseguiu perguntar.

– É uma maneira de estabelecer comunicação. Aqueles homens e suas esposas não têm tempo para deixar o trabalho de lado para uma xícara de chá no meio da manhã, mas estão dispostos a conversar enquanto eu ajudo a consertar uma cerca quebrada ou me disponho a fazer tijolos junto com um grupo. Para eles, é mais fácil confiar em um homem com um pouco de suor na testa e calos nas mãos. O trabalho é um tipo de linguagem... depois, compreendemos melhor uns aos outros.

Phoebe ouvia com atenção, percebendo que Ravenel não apenas respeitava os arrendatários da propriedade como gostava deles sinceramente. Era uma pessoa muito diferente do que ela havia esperado. Não importava o que já tivesse sido um dia: o menino cruel e infeliz parecia ter adquirido a capacidade de empatia e compreensão. Não era um bruto. Não era um homem mau, de forma alguma.

Henry, pensou ela, com tristeza, nosso inimigo está se mostrando terrivelmente difícil de odiar.

CAPÍTULO 8

Em geral, West acordava se sentindo renovado e pronto para começar o dia. Naquela manhã, no entanto, o canto do galo pareceu arranhar seus nervos. Ele dormira mal, depois de tanta comida, tanto vinho e tanto estímulo na forma de lady Clare. Seu sono inquieto fora repleto de sonhos com ela em sua cama, envolvida em uma variedade de atos sexuais que ele poderia apostar que ela jamais consentiria em tomar parte. Agora, sentia-se frustrado, rabugento e rígido como o chifre de um corço.

West sempre se orgulhara de ser esperto demais para desejar uma mulher que não poderia ter, mas Phoebe era rara como um ano com duas luas azuis. Passara todo o jantar encantado com a beleza dela, a luz dos candelabros fazendo seus cabelos e sua pele reluzirem como se cobertos de rubis e pérolas. Phoebe era inteligente, perceptiva, tinha raciocínio rápido. West vislumbrara uma perspicácia lacerante, o que achara incrível, mas também vira toques de timidez e melancolia que o atingiram em cheio no coração. Era uma mulher que precisava terrivelmente se divertir, e West queria lhe oferecer alguma diversão adulta.

Lady Clare, no entanto, não era mulher para West Ravenel. Ele era um ex-vagabundo desprovido de propriedade, título e riquezas, enquanto ela era uma viúva bem-nascida com dois filhos pequenos. Precisava de um marido adequado, abastado, não de um romance escandaloso.

No entanto, isso não o impedia de fantasiar. Imaginar aqueles cabelos ruivos espalhados pelo travesseiro, a boca inchada de beijos e aberta sob a dele. A pele nua, marfim e rosada. As concavidades cálidas da parte interna dos braços, a curva suave e fresca dos seios. Um pequeno triângulo de cachos cor-de-fogo para ele brincar...

West deixou escapar um gemido baixo, virou-se de bruços e enterrou o rosto no travesseiro. Uma excitante porém desagradável sensação de calor e frio o dominava. Será que estava com febre? Talvez tivesse algo a ver com a abstinência prolongada. Dizia-se que ficar muito tempo sem alívio físico fazia mal à saúde do homem, então ele devia estar sofrendo de um perigoso acúmulo de essência masculina.

West praguejou baixinho, levantou-se e foi tomar um banho gelado.

Enquanto se vestia, ouvia a agitação dos criados em suas ocupações, tentando não acordar os hóspedes. O abrir e fechar de portas, o murmúrio de vozes. Pequenos ruídos não identificáveis. Ouviu também os cavalos e veículos lá fora, na entrada de cascalho – as entregas do florista, do padeiro, do doceiro e do vendedor de vinhos.

O casamento aconteceria em aproximadamente cinco horas. Seria seguido por um extravagante café da manhã, que contaria com a presença não apenas dos convidados da noite da véspera como da aristocracia local, dos habitantes da região e dos arrendatários do Priorado Eversby. Todos se espalhariam pelos jardins, onde encontrariam mesas e cadeiras dobráveis alugadas para a ocasião. Músicos haviam sido contratados para a cerimônia e para o café da manhã, e fora encomendada uma incrível quantidade de champanhe. O evento custara uma fortuna. Felizmente, aquilo era preocupação de Devon, não dele.

Depois de escovar os dentes e pentear os cabelos úmidos para trás, West desceu. Mais tarde, contaria com a ajuda do valete de Devon, Sutton, para se barbear e vestir o traje de casamento e o paletó diurno. Por ora, precisava conferir se tudo estava saindo como planejado.

Devon era a única pessoa no salão de café da manhã. Estava sentado diante de uma das mesas redondas, com duas folhas de anotações e uma xícara de café diante de si. Ironicamente, mesmo desacostumado a acordar àquela hora, parecia renovado e descansado, enquanto West se sentia cansado e irascível.

O irmão mais velho levantou os olhos das anotações e sorriu.

– Bom dia.

– Pelo bom Deus, com o que está tão satisfeito?

West foi até o aparador e pegou café de uma urna de prata fumegante.

– A partir de amanhã, Cassandra será a única irmã solteira restante.

Não muito tempo antes, Devon herdara desavisadamente uma propriedade decrépita e com as finanças em frangalhos, além da responsabilidade por duzentos arrendatários, um grupo de cinquenta empregados já envelhecendo e, por fim, pelas três jovens e inexperientes irmãs Ravenel. Ele poderia facilmente ter vendido tudo que não estivesse atrelado ao título e derrubado a mansão; poderia ter dito a todos os moradores do Priorado Eversby – incluindo as irmãs Ravenel – que se virassem.

No entanto, por razões que West nunca compreenderia por completo, Devon assumiu o enorme fardo. Com muito trabalho e alguma sorte, conseguiu interromper a espiral de declínio da propriedade, dar início à restauração da residência e pôr em ordem os livros contábeis. As colheitas da fazenda até dariam um pequeno lucro, naquele ano. Helen, a irmã mais velha, se casara com Rhys Winterborne, dono de uma loja de departamentos que era um império por si só, e Pandora, por mais improvável que parecesse, estava prestes a se unir ao herdeiro de um ducado.

– Foram dois anos de preocupação com essas moças, não? – perguntou West. – Muito mais do que o pai e o irmão delas jamais se preocuparam. Você fez bem a elas, Devon.

– Você também.

West respondeu com uma risada breve.

– Eu o aconselhei a lavar as mãos e se afastar dessa confusão toda.

– Mas concordou em ajudar mesmo assim. E assumiu um trabalho mais fatigante que o de qualquer um, mais que o meu, inclusive. Aliás, ouso dizer que você foi responsável pela maior parte do trabalho de salvar a propriedade.

– Santo Deus. Não superestimemos uma administração semicompetente.

– A terra *é* a propriedade. Sem ela, o nome da família e o condado não têm sentido. Graças a você, teremos lucro pela primeira vez em uma década. E operou o milagre de trazer alguns arrendatários para a era moderna da agricultura.

– Tive que arrastá-los o caminho inteiro – acrescentou West, secamente. Ele se sentou ao lado do irmão e olhou de relance para as anotações sobre a mesa. – O banco quebrado da capela já foi consertado, pode riscar isso da lista. O barril de caviar chegou ontem. Está no depósito de gelo. Não sei se as cadeiras de armar extras já chegaram, vou perguntar ao mordomo. – Ele tomou metade do café de um só gole. – E Kathleen, onde está? Ainda deitada?

– Está brincando? Ela acordou há horas. No momento, está com a governanta, mostrando aos entregadores onde colocar os arranjos de flores. – Devon rolava a pena no tampo da mesa com a mão espalmada. Um sorriso carinhoso surgiu em seu rosto. – Você conhece minha esposa... tem que estar tudo perfeito, nos mínimos detalhes.

– É como uma produção teatral no St. James's Music Hall. Lamentavelmente, sem as moças do coro em malhas cor-de-rosa. – West tomou o restante do café. – Meu Deus, esse dia nunca vai terminar?

– São seis da manhã – lembrou Devon.

Os dois suspiraram.

– Nunca lhe agradeci devidamente por se casar com Kathleen apenas no cartório – comentou West. – Quero que saiba que fiquei muito feliz.

– Mas você não foi.

– Por isso fiquei feliz.

– Foi bom não ter que esperar – disse Devon, pensativo. – Mas, se tivesse mais tempo, não teria me importado em organizar uma cerimônia mais elaborada. Por Kathleen.

– Por favor, me deixe fora disso.

Devon sorriu, então se levantou da mesa para pegar mais café.

– Achei que tudo correu bem ontem à noite – comentou ele, por cima do ombro. – Você e lady Clare pareceram se dar bem.

– Como foi que chegou a essa conclusão? – perguntou West, tentando soar indiferente.

– Durante a maior parte do jantar, você a olhava como se ela fosse a sobremesa.

Fazendo questão de manter-se impassível, West se recostou na cadeira e ficou olhando para sua xícara vazia. Era tão pequena e delicada que mal conseguia enfiar o dedo pela asa decorada.

– Por que as asas dessas xícaras são tão pequenas? São feitas para bebês?

– É porcelana francesa. Kathleen diz que devemos segurar a asa entre o polegar e o indicador, com a pontinha dos dedos.

– O que há de errado com as xícaras de adultos?

Infelizmente, a tentativa de mudança de assunto falhou.

– Não fui o único a perceber a atração entre você e lady Clare.

– No momento, eu me sentiria atraído por qualquer mulher disponível que tenha menos de 90 anos – retrucou West. – A primavera, estação da procriação, ainda não terminou, e todas as criaturas desta propriedade estão fornicando alegremente há semanas. Exceto eu. Sabe há quanto tempo estou celibatário? Toda manhã acordo em estado de urgência médica.

– Imagino que uma jovem viúva atraente poderia ajudá-lo com isso – disse Devon, voltando a se sentar.

– Você ainda deve estar sob efeito de todo aquele vinho de ontem à noite. Não há possibilidade de uma mulher como lady Clare ter algum interesse sério por mim. Nem eu gostaria que tivesse.

Devon lançou um olhar astuto para o irmão.

– Acha que ela está muito acima da sua possibilidade de escolha?

Ainda brincando com a xícara, West acidentalmente enfiou a ponta do dedo na asa da peça.

– Não é uma questão de opinião. Ela *está* muito acima das minhas possibilidades de escolha. Moralmente, financeiramente, socialmente e qualquer outro "mente" em que puder pensar. Além do mais, como eu já disse várias vezes, não sou do tipo que pretende se casar.

– Se está apegado à vida de solteiro despreocupado – comentou Devon –, devo lembrá-lo de que ela acabou já faz dois anos. Você poderia muito bem aceitar isso e se estabelecer.

– Eu lhe mostraria o dedo apropriado se ele não estivesse preso na asa desta xícara bebê – resmungou West.

Ele puxou a ponta do dedo médio, tentando libertá-lo sem quebrar a porcelana.

– Se uma mulher como lady Clare demonstra o mais leve interesse em você, não fuja. Ponha-se de joelhos e agradeça aos céus.

– Nós dois passamos a primeira metade das nossas vidas à mercê dos outros – retorquiu West. – Sendo levados de lá para cá por familiares que atormentaram nossa existência, tratando-nos como marionetes. Não voltarei a viver daquela maneira.

Ele nunca esqueceria aqueles anos de privações e impotência. West e Devon eram quase párias no colégio interno, onde todos os outros garotos pareciam se conhecer. Todos haviam frequentado os lugares certos e faziam piadas que West não entendia. Ele invejava a facilidade com que se portavam e se relacionavam. Odiava se sentir diferente, sempre deslocado. Devon rapidamente se adaptara às circunstâncias, mas West era um menino furioso, inoportuno e gorducho. Como defesa, tornou-se um valentão estúpido e debochado.

Com o tempo, o ressentimento cedeu e West aprendeu a aparar suas arestas mais ásperas com humor. Ao alcançar a maioridade, uma pequena mas satisfatória anuidade proveniente de um fundo deixado pelos pais lhe permitiu viver bem, vestir-se bem, mas a sensação de não pertencimento nunca estava muito longe da superfície. De certa forma, isso o ajudou a transitar entre os tão diversos mundos da aristocracia, dos arrendatários, dos criados, dos comerciantes, dos banqueiros, dos sapateiros, dos pastores. Como um observador externo, conseguia ver os problemas e as necessidades dessas pessoas com mais clareza. Não pertencer inteiramente a lugar nenhum era quase como pertencer a todos os lugares. No entanto, isso tinha suas limitações, especialmente no que se referia a mulheres como Phoebe.

– Tomar como esposa uma mulher rica... filha de um duque... Haveria amarras. Grilhões de ouro. Tudo teria que ser do jeito dela. A decisão final sempre seria dela. – West puxou o dedo preso, irritado. – E eu não vou dançar conforme a música dela, ou a do pai.

– Todos temos que dançar conforme a música de alguém. O melhor que se pode esperar é gostar da música.

West olhou com cara feia para o irmão.

– Você fica ainda mais bobo quando tenta uma frase de efeito.

– Não sou eu que estou com o dedo preso em uma xícara – argumentou Devon. – Além do dinheiro, há alguma razão para você não querer cortejá-la? Porque esse motivo não convence.

Não era apenas o dinheiro. Mas West estava cansado demais e rabugento demais para tentar fazer o irmão entender.

– Só porque você abandonou todo o orgulho masculino não significa que eu tenha que fazer o mesmo – resmungou.

– Sabe que tipo de homem é capaz de manter seu orgulho masculino? – perguntou Devon. – Os solteiros. O restante não se importa de implorar e ceder um pouco para não precisar dormir sozinho.

– Se você já terminou...

Mas, ao fazer um gesto irritado, a xícara se soltou do dedo de West e saiu voando pela janela aberta. Os dois ficaram acompanhando, estupefatos, a trajetória do objeto, até que, segundos depois, ouviram a porcelana se estilhaçando no cascalho do caminho de entrada.

No silêncio, West virou-se com os olhos semicerrados para Devon, cujo empenho em tentar conter a risada fazia seus músculos faciais se repuxarem. Finalmente, conseguiu se recompor.

– Fico muito feliz por sua mão estar livre de novo – disse Devon. – Parece que fará uso frequente dela no futuro próximo.

A surpresa do casamento de Pandora e lorde St. Vincent foi a ausência de surpresas. Graças ao meticuloso planejamento feito por Kathleen e pela Sra. Church, a governanta, e à competência dos criados, tanto a cerimônia quanto o café da manhã foram impecáveis. Até o clima cooperou: uma manhã limpa e iluminada sob um céu azul cristalino.

Pandora, que atravessou a nave da capela da propriedade de braço dado com Devon, estava de uma beleza radiante em um vestido de seda branca, as saias ondulantes arrumadas em pregas e drapeados tão intrincados que não foi necessário renda ou qualquer outro enfeite. Ela usava uma grinalda de margaridas frescas e um véu de tule simples, e carregava um pequeno buquê de rosas e margaridas.

Se West ainda tivesse alguma dúvida sobre os sentimentos de lorde St. Vincent, deixou todas de lado por definitivo ao ver a expressão do homem. St. Vincent olhava para a noiva como se ela fosse um milagre, a compostura fria que sempre mostrava em público comprometida por um leve rubor de emoção. Quando Pandora o alcançou e o véu foi erguido, St. Vincent deixou as regras de etiqueta de lado e pousou um beijo carinhoso na testa da noiva.

– Essa parte é só mais tarde – sussurrou Pandora para ele, mas as pessoas ao redor ouviram. O murmúrio de risadas percorreu o ambiente.

Quando o pastor começou a falar, West desviou o olhar discretamente para o banco do outro lado da nave, onde os Challons estavam sentados. O duque sussurrou algo no ouvido da esposa que a fez sorrir, antes de levantar a mão dela e beijar seus dedos.

Phoebe estava sentada do outro lado da duquesa, com Justin no colo. O menino se apoiava na curva macia do seio da mãe e brincava com um elefantinho de couro. O elefante subiu pelo braço de Phoebe. Ela afastou o brinquedo com delicadeza e tentou fazer o filho prestar atenção na cerimônia, mas logo o elefante voltou a subir com determinação pelo braço dela, passando pelo cotovelo e chegando ao ombro.

West acompanhava a cena com interesse disfarçado. Imaginava que Phoebe fosse repreender o menino, mas, quando o elefante estava quase alcançando a curva de seu pescoço, ela virou a cabeça de supetão e deu uma mordida de brincadeira no brinquedo, os dentes muito brancos agarrando a pequena tromba. Justin puxou rapidamente o elefante, com uma risadinha, e se aquietou no colo dela.

West estava fascinado com a naturalidade e o afeto na interação entre os dois. Não era daquele modo que eram tratados os filhos da classe alta, geralmente deixados aos cuidados de amas e raramente vistos ou ouvidos pela mãe. Mas os filhos de Phoebe eram tudo para ela. Qualquer candidato a próximo marido teria que ser também um pai ideal: dedicado, respeitável e sábio.

Isso o tirava completamente do páreo.

Aquela vida – de marido de Phoebe e pai de seus filhos – era feita para outra pessoa. Para um homem digno do direito de conviver intimamente com ela, de assistir aos seus rituais femininos noturnos, de vê-la vestindo a camisola, escovando os cabelos. O homem que a levaria para a cama, faria amor com ela e a abraçaria durante o sono. Alguém, em algum lugar, estava destinado a ter tudo isso.

Fosse quem fosse, West já odiava o desgraçado.

CAPÍTULO 9

Na manhã seguinte ao casamento, Phoebe esperava junto com o pai e o filho no salão de visitas. Apesar da relutância inicial, decidira visitar as fazendas, afinal. Havia poucas opções: era muito cedo, e os hóspedes ainda levariam horas para acordar. Phoebe tentara ficar na cama, mas sua mente inquieta estava demandando mais esforço para manter os olhos fechados do que abertos.

A cama era confortável, mas diferente da de sua casa, o colchão um pouco macio demais para seu gosto.

Casa... A palavra evocou lembranças da residência baixa, ampla e arejada junto ao mar, com caramanchões de rosas cor-de-rosa acima do pátio de entrada, e o caminho nos fundos que descia até a praia. No entanto, logo teria que começar a pensar na propriedade dos Clares como seu lar, embora soubesse que, quando voltasse para lá, sem dúvida se sentiria uma estranha, exatamente como acontecera no dia em que Henry a levara ao lugar pela primeira vez, recém-casada.

Phoebe estava preocupada com a condição de suas terras e fazendas. De acordo com Edward, que lhe mandava relatórios trimestrais sobre os negócios, o rendimento dos arrendamentos e da colheita caíra pelo segundo ano seguido. E o preço dos grãos também caíra. Mas ele dissera que, embora a propriedade estivesse passando por um momento difícil, tudo acabaria voltando ao normal. Aquelas coisas eram cíclicas, justificara.

Mas e se Edward estivesse errado?

Justin disparou pela sala em seu cavalinho de brinquedo, feito de um cabo de madeira com uma cabeça de cavalo entalhada em uma das extremidades e um par de rodinhas na outra.

– Vovô, o senhor é muito gracioso? – indagou ele, galopando e trotando ao redor de Sebastian, que lia a correspondência sentado a uma mesinha.

O duque ergueu os olhos da carta que tinha na mão.

– Por que pergunta isso, criança?

O cavalinho de madeira empinou e deu a volta em um círculo apertado.

– Porque todos estão sempre falando sobre Sua Graça.

Sebastian trocou um olhar risonho com a filha.

– Acho que você está se referindo ao título honorífico – explicou ele a Justin. – Chama-se um duque ou uma duquesa que não são da realeza de "Sua Graça". É uma demonstração de respeito, não uma referência a qualidades pessoais. – Sebastian assumiu um ar pensativo e, após um instante, completou: – Embora, por acaso, eu seja mesmo bastante gracioso.

O menino continuou a correr no cavalo de brinquedo.

Ao ouvir as rodinhas de metal baterem na perna de uma mesa, Phoebe se encolheu e disse:

– Justin, querido, tenha cuidado.

– Não fui eu – protestou o menino. – Foi o Ligeirinho. Ele tem energia demais, é difícil controlar esse cavalo.

– Diga a ele que, se não se comportar, você vai ter que estacioná-lo no armário de vassouras.

– Não dá – disse Justin, em tom de lamento. – As orelhas dele não têm buracos para as palavras entrarem.

Phoebe ficou olhando o filho sair correndo para o saguão de entrada.

– Espero que o Ligeirinho não atropele uma criada, ou derrube um vaso – comentou.

– Ravenel deve chegar logo.

Phoebe assentiu. Ficou brincando, inquieta, com o tecido desgastado no braço da poltrona.

– O que a perturba, cardeal? – perguntou Sebastian, com suavidade.

– Ah, bem... – Phoebe alisou o tecido repetidamente. – Por dois anos, dei carta branca a Edward Larson para administrar a propriedade dos Clares. Agora me arrependo de não ter tido um papel mais ativo no assunto. Preciso começar a pensar como uma mulher de negócios... o que é tão natural para mim quanto cantar ópera. Espero me mostrar à altura.

– É claro que se mostrará. Você é minha filha.

Ela sorriu para o pai, sentindo-se tranquilizada.

West Ravenel entrou na sala. Vestia um paletó simples, calças bastante usadas e uma camisa sem colarinho. As botas de couro já estavam tão gastas e arranhadas que nenhuma quantidade de graxa seria capaz de recuperá-las. Vê-lo tão grande e belo naquela roupa simples fez Phoebe perder o ar.

Aquele jantar longo, luxuoso e estranhamente íntimo agora parecia um sonho. Ela se sentira tão animada, tão falante... talvez por causa do vinho. Lembrava-se de ter se comportado de modo tolo. Rindo demais. Lembrava-se de ter contado a Ravenel que não sentia mais prazer em comer, para logo depois devorar uma refeição de doze pratos como um cavalo faminto dos troles de aluguel de Londres. Deus, onde fora parar seu comedimento usual? Por que não mantivera a língua dentro da boca?

Sentiu o rosto esquentar, a pele arder.

– Milady – murmurou Ravenel, e se inclinou em um cumprimento. Então se virou para o pai dela. – Kingston.

– Já estava trabalhando? – perguntou Sebastian.

– Não, fui a cavalo até o lado leste para dar uma olhada na pedreira. Estamos explorando um depósito raro de hematita e... – Ravenel parou ao ver Justin se escondendo atrás de um sofazinho com o cavalo de pau. Descansou a maior parte do peso do corpo em uma das pernas, em uma pose relaxada, e disse, fingindo aborrecimento: – Alguém deixou um cavalo entrar na casa. Que chateação. Depois que entram, é impossível nos livrarmos deles. Terei que dizer à governanta para montar algumas armadilhas e atraí-los com cenouras.

O cavalo de pau espiou de trás do alto do sofazinho e balançou a cabeça.

– Cenouras não? – perguntou Ravenel, avançando a passos firmes até o sofá. – E que tal maçãs?

Outro balançar de cabeça.

– Um torrão de açúcar?

– Bolo de ameixa – disse uma vozinha abafada.

– Bolo de ameixa… – repetiu Ravenel, com satisfação vilanesca. – A maior fraqueza de um cavalo. Logo ele será capturado na minha armadilha… e então…

Ravenel mergulhou atrás do sofá, agarrando o menino, ainda fora de vista. Um gritinho rasgou o ar, seguido pelas gargalhadas de Justin e pelos sons de uma brincadeira de luta.

Inquieta, Phoebe já se adiantava para intervir. Justin não estava acostumado a interagir com homens adultos, a não ser pelo pai e os irmãos dela. Mas o pai a deteve com um leve toque no braço e um sorriso brando.

O Sr. Ravenel se levantou atrás do sofá, todo desgrenhado e amarrotado.

– Com licença – disse ele, com uma expressão levemente preocupada –, há alguma coisa presa no meu paletó?

Então se virou e olhou por cima do ombro, revelando Justin agarrado às suas costas como um macaquinho, as pernas curtas envolvendo a cintura esguia de Ravenel.

Phoebe ficou surpresa e desarmada ao ver o filho brincando com tanto desprendimento com um homem que era praticamente um estranho para ele. E não pôde deixar de compará-lo com Edward Larson, que não era do tipo de se entregar a brincadeiras espontâneas.

– Podemos ir? – perguntou Ravenel a Sebastian.

– Eu também vou – disse Phoebe. – Se não for incomodá-lo.

– Seria um prazer, milady – disse Ravenel, sua expressão indecifrável.

– Justin, venha comigo – chamou Sebastian. – Vamos deixar o Sr. Ravenel acompanhar sua mãe.

Phoebe lançou um olhar envergonhado para o pai, que fingiu não perceber.

Ravenel se agachou para que Justin descesse de suas costas e foi até Phoebe.

Ela notou vagamente que o pai dizia algo sobre levar Justin para fora.

A voz baixa do Sr. Ravenel atravessou o clamor do seu coração em disparada:

– Espero que não tenha sido coagida a isso.

– Não… Eu quero ir.

Uma risada rouca vibrou através dos sentidos dela.

– Seu entusiasmo é equiparável ao de uma ovelha durante sua primeira tosa.

Ao ver que a expressão dele era mais de simpatia do que de deboche, Phoebe relaxou um pouco.

– Estou constrangida com a perspectiva de o senhor descobrir como sei pouco sobre tudo isso – admitiu. – Vai pensar mal de mim. Vai achar que fui negligente.

Ravenel não respondeu de imediato. Phoebe ficou espantada no momento em que ele tocou seu queixo, erguendo seu rosto. Os dedos de Ravenel eram secos e quentes, a textura da lixa misturada à da seda. A sensação que provocaram percorreu todo o corpo dela, fazendo-o pulsar. Os nós de dois dedos descansaram no pescoço dela, muito de leve. Phoebe olhou no fundo dos olhos azul-escuros de Ravenel e sentiu que uma misteriosa compreensão se estabelecia entre dois.

– A senhora tinha um marido inválido e um filho pequeno para criar – disse Ravenel, muito gentil. – Eram muitas preocupações para sua mente. Achou que eu não compreenderia isso?

Phoebe teve certeza de que ele sentiu quando ela engoliu em seco. Com muito custo, conseguiu dizer apenas:

– Obrigada.

– Pelo quê? – perguntou Ravenel, oferecendo-lhe o braço.

Phoebe aceitou, os dedos se fechando ao redor da manga do paletó sem forro.

– Por não me criticar, mesmo agora que lhe dei a oportunidade perfeita para isso – respondeu ela.

– Um homem com a minha história de vida? Posso ser um patife, mas não sou hipócrita.

– O senhor é muito duro consigo mesmo. O que há de tão imperdoável em seu passado?

Eles saíram da casa e pegaram o amplo caminho de cascalho que contornava a mansão.

– Nada que se destaque particularmente – respondeu ele. – Apenas anos de devassidão padrão.

– Mas o senhor mudou, não foi?

Ele abriu um sorriso malicioso.

– Na superfície, sim.

O dia estava esquentando rapidamente, o ar pesado com os aromas doces de trevos, relva e pastos. As notas do canto de um pardal empoleirado em uma sebe antiga chegaram até eles, junto com o chamado dos tordos no topo das árvores.

Já bem adiante, Sebastian e Justin haviam saído da trilha para investigar as quatro estufas que havia atrás dos jardins franceses. Ao longe, um conjunto de celeiros se destacava acima das fileiras de currais e galpões.

Phoebe tentou pensar o que uma mulher de negócios perguntaria.

– Seu sistema de administração da terra... os métodos modernos, o maquinário... Edward Larson me falou que chamam de "alta agricultura". Ele comentou que condiz com o fato de exigir investimentos altos e ter riscos altos, e que levou à ruína alguns proprietários de terra que o experimentaram.

– Muitos terminaram arruinados mesmo – admitiu Ravenel, para surpresa de Phoebe. – A maior parte porque assumiu riscos tolos ou porque fez melhorias dispensáveis. Mas não é isso que define a alta agricultura, e sim os métodos científicos e o bom senso.

– O Sr. Larson diz que os cavalheiros fazendeiros não precisam conhecer nada além dos métodos tradicionais, já testados e aprovados. E que a ciência deve ser mantida afastada da natureza.

Ravenel estacou, obrigando-a a se virar. Ele abriu a boca, como se fosse fazer um comentário cáustico, mas logo voltou a fechá-la, para em seguida abri-la de novo. Por fim, perguntou:

– Posso falar francamente, ou devo ser polido?

– Prefiro a polidez.

– Muito bem. Sua propriedade está sendo administrada por um maldito idiota.

– Essa é a versão polida? – perguntou Phoebe, ligeiramente surpresa.

– Para começar, a ciência não é algo separado da natureza. Ciência é como a natureza funciona. Em segundo lugar, um "cavalheiro fazendeiro" não é um fazendeiro. Se o sujeito acha necessário acrescentar "cavalheiro" diante da sua ocupação, então aquilo para ele é um passatempo. Em terceiro lugar...

– O senhor não o conhece – protestou Phoebe.

– Conheço o tipo. Um tipo que acha preferível a extinção a ter de acompanhar o progresso. Ele vai arrastar sua propriedade para a ruína apenas para não ter que aprender novas maneiras de fazer as coisas.

– O mais novo nem sempre é melhor.

– Tampouco o mais velho. Se as técnicas de trabalho primitivas são assim tão maravilhosas, por que permitir o uso de um arado puxado a cavalo? Que semeiem à mão!

– Edward Larson não é contra o progresso, ele apenas questiona se uma ceifadeira mecânica poluindo os campos é melhor que o trabalho autêntico de homens bons e fortes com uma enxada.

– Sabe quem faria uma pergunta dessas? Quem nunca esteve em uma plantação de milho com uma foice na mão.

– O que o senhor certamente já esteve – retrucou Phoebe, com sarcasmo.

– Por acaso, estive, sim. É um trabalho brutal. O peso da foice dá um impulso a mais para cortarmos caules mais grossos. É necessário girar o torso em um movimento constante que faz as laterais do corpo arderem. A cada 30 metros para-se para nivelar a lâmina a marteladas, mantendo-a afiada. Saí com os homens pela manhã e não aguentei o dia inteiro de trabalho. Na hora do almoço, todos os meus músculos ardiam e eu não conseguia mais segurar o cabo da foice, as mãos cobertas de sangue e de bolhas. – Ravenel fez uma pausa, parecendo furioso. – O melhor ceifador não consegue cortar um hectare de milho inteiro em um dia. Uma ceifadeira mecânica corta 5 hectares. Larson por acaso mencionou isso enquanto romantizava o trabalho no campo?

– Não – admitiu Phoebe, irritada consigo mesma, com Edward e com o homem a sua frente, tudo ao mesmo tempo.

A voz relaxada do pai soou lá da frente:

– Já estão discutindo? Ainda nem chegamos ao celeiro!

– Não, pai! – gritou Phoebe de volta. – É que o Sr. Ravenel é muito apaixonado quando o assunto é ceifar.

– Mamãe, venha ver o que encontramos! – chamou Justin.

– Um momento, querido.

Phoebe ergueu o queixo e estreitou os olhos para Ravenel. Ele estava perto demais, os ombros bloqueando a luz do sol.

– Saiba que não vai conseguir me intimidar estufando o peito – avisou. – Cresci com dois irmãos muito grandes.

Ele relaxou a postura na mesma hora, e enfiou os polegares nos bolsos da calça.

– Não estou tentando intimidá-la. Sou mais alto que a senhora, não posso evitar isso.

Até parece, pensou Phoebe. Ele sabia muito bem o que estava fazendo. Mas, no fundo, Phoebe achou divertido que se esforçasse tanto para não parecer arrogante.

– Não pense que eu não seria capaz de cortar suas asas – alertou ela.

Ele respondeu com uma expressão inocente:

– Desde que cortasse à mão...

O comentário a surpreendeu tanto que lhe arrancou uma gargalhada. *Canalha insolente.*

West Ravenel deu um sorrisinho, sem tirar o olhar do dela. E, por um momento, Phoebe sentiu um gosto doce no fundo da garganta, como se houvesse acabado de engolir uma colher de mel fresco.

Em um acordo tácito, voltaram a caminhar. Enfim alcançaram Sebastian e Justin, que haviam parado para ver uma gata passeando.

O corpinho de Justin estava completamente imóvel, tamanha sua empolgação, a atenção presa na felina preta.

– Veja, mamãe!

– Ela é selvagem? – perguntou Phoebe a Ravenel.

– Não, mas também não é domesticada. Temos alguns gatos de guarda, para reduzir a população de roedores e de insetos.

– Posso fazer carinho nela? – perguntou Justin.

– Pode tentar – respondeu Ravenel –, mas ela não vai se aproximar muito. Gatos de guarda mantêm distância das pessoas. – Ele ergueu as sobrancelhas quando a gatinha foi até Sebastian e ficou se roçando na perna dele, arqueando o corpo e ronronando. – Com exceção dos duques, ao que parece. Meu Deus, como ela é esnobe!

Sebastian se agachou.

– Venha cá, Justin – murmurou, e acariciou a gata ao longo da coluna.

Ele se aproximou com a mãozinha estendida.

– Devagar – alertou Sebastian. – Faça carinho na direção do pelo.

Justin seguiu as instruções com cuidado, os olhos se arregalando ao ver que ela começou a ronronar ainda mais alto.

– Como ela faz esse som?

– Ninguém encontrou uma explicação satisfatória ainda – respondeu Sebastian. – Pessoalmente, espero que nunca encontrem.

– Por quê, vovô?

Sebastian sorriu para o rostinho do menino, tão próximo do dele.

– Às vezes o mistério é mais prazeroso que a resposta.

O grupo voltou a caminhar na direção dos celeiros, e a gata os seguiu.

Pesava no ar a mistura de odores dos currais, dos grãos estocados e da serragem, somados aos cheiros dos animais, de esterco, suor e sabão. Sentia-se um toque cáustico de sabão e vestígios de tinta fresca e aguarrás, além da densidade abafada dos grãos estocados e o azedume terroso do depósito de alimentos. Em vez da usual estrutura caótica de uma fazenda, os galpões e celeiros tinham sido dispostos na forma de um E.

Enquanto Ravenel os guiava pelos depósitos e oficinas, um grupo de lavradores e vaqueiros se aproximou. Os homens o cumprimentaram tirando o chapéu respeitosamente, mas ainda assim de modo mais casual do que se esperaria da relação empregado-patrão. Eles conversaram com familiaridade com Ravenel, e sorrisos foram vistos de um lado e do outro enquanto trocavam pequenas provocações e brincadeiras. Não estando tão longe deles, Phoebe ouviu um comentário sobre o casamento, seguido por uma pergunta ousada sobre a possibilidade de Ravenel haver encontrado uma dama disposta a "amarrá-lo".

– Vocês acham mesmo que eu encontraria uma boa esposa de fazendeiro *naquele* grupo? – retorquiu Ravenel, provocando uma onda de risadas entre os homens.

– Minha filha Agatha é uma moça grande e robusta – disse um homem enorme, usando avental de couro.

– Ela seria um prêmio para qualquer homem – disse Ravenel. – Mas você é ferreiro, Cotoco. Deus me livre tê-lo como sogro.

– Não estou à sua altura, é? – perguntou o ferreiro, com bom humor.

– Não mesmo: você tem o dobro do meu tamanho. A primeira vez que ela fizesse queixa do marido, você iria atrás de mim com tenazes e martelo.

Uma onda de gargalhadas sonoras.

– Rapazes, hoje temos companhia importante – continuou Ravenel. – Este cavalheiro é Sua Graça, o duque de Kingston. Ele está acompanhado pela filha, lady Clare, e pelo neto, Sr. Justin. – Virando-se para Sebastian, falou: – Vossa Graça, aqui nos tratamos por apelidos. Permita-me apresentá-lo a Nedinho, Tijolão, Bom de Copo, Cotoco, Sabonete e Sorriso.

Sebastian os cumprimentou com uma mesura, a luz da manhã lançando reflexos dourados e prateados em seus cabelos. Embora seus modos fossem relaxados e simpáticos, sua presença era imponente. Impressionados pela presença de um duque no curral, os homens do grupo murmuraram cumprimentos, inclinaram-se em algumas reverências e seguraram os chapéus com mais força. Atendendo a um sinal do avô, Justin tirou o chapéu e se inclinou também. Levando o menino, Sebastian foi falar com os homens um a um.

Depois de anos de experiência à frente do clube para cavalheiros em St. James, Sebastian era capaz de conversar facilmente com qualquer tipo de pessoa, desde membros da realeza até o criminoso mais endurecido pelas ruas. Assim, em pouco tempo os homens da fazenda estavam sorrindo para ele e oferecendo informações sobre o trabalho que faziam no Priorado Eversby.

– Seu pai tem um dom com as pessoas – disse Ravenel, perto do ouvido de Phoebe, enquanto o observava com um misto de interesse e admiração. – Não é comum ver isso em um homem da posição dele.

– Papai sempre zombou da ideia de que os vícios são mais comuns entre os plebeus do que na nobreza – retrucou Phoebe. – Ele diz que em geral acontece o oposto.

Ravenel pareceu achar aquilo divertido.

– Talvez ele tenha razão. Embora eu já tenha visto uma boa cota de vício em ambos os lados.

Os quatro seguiram dali até o galpão das máquinas, que tinha sido dividido em uma série de compartimentos para guardar equipamentos diversos. O interior tinha uma atmosfera fresca e úmida, com faixas estreitas de sol entrando pelas janelas altas. O aroma de carvão seco para alimentar o fogo, de lascas de madeira e de tábuas de pinho recém-cortadas se misturava aos cheiros mais fortes de lubrificante de máquinas, graxa e polidor de metal.

Máquinas complexas preenchiam o espaço tranquilo, cheias de engrenagens e rodas, com entranhas de tanques e cilindros. Phoebe teve que erguer a cabeça para observar uma geringonça equipada com extensões que alcançavam dois andares de altura.

Ravenel riu baixinho da expressão apreensiva dela.

– Isso é uma debulhadora mecânica, movida a vapor – explicou ele. – Seriam necessários mais de dez homens e mulheres trabalhando um dia inteiro para fazer o que essa máquina faz em uma hora. Chegue mais perto... ela não morde.

Phoebe avançou com cautela e parou perto de Ravenel. Sentiu uma breve pressão na base das costas, o toque tranquilizador da mão dele, e seu coração bateu mais acelerado em resposta.

Justin se aproximara também, aos pouquinhos, e encarava com espanto a máquina gigantesca. Ravenel sorriu, abaixou-se e o levantou para que o menino visse melhor. Para surpresa de Phoebe, o filho na mesma hora passou o bracinho ao redor do pescoço dele.

– Os feixes são colocados ali dentro – explicou Ravenel, indo até a parte de trás da máquina e apontando para um enorme cilindro horizontal. – Lá dentro, um conjunto de pentes separa o grão da palha. Em seguida, a palha é erguida até aquele transportador e levada para uma carroça ou uma pilha. O milho cai através de uma série de anteparos e ventiladores e sai por ali. – Ele apontou para um tubo. – Prontinho para o mercado.

Ainda com Justin no colo, Ravenel foi até uma máquina próxima à debulhadora: um motor grande com cilindros, uma caldeira e uma caixa de fumaça, tudo preso a uma estrutura de carruagem sobre rodas.

– Esse motor de tração é acoplado à debulhadora. É o que gera energia para ela funcionar.

Sebastian se aproximou para examinar mais de perto o motor e correu o polegar de leve sobre a sequência de rebites na concha de metal ao redor da caldeira.

– Consolidated Locomotive – murmurou, lendo o nome do fabricante. – Por acaso conheço o proprietário.

– É um motor muito bem-feito – comentou Ravenel –, mas talvez possa dizer a ele que os sifões lubrificantes são péssimos. Temos que substituí-los toda hora.

– Você mesmo pode dizê-lo. Ele é um dos convidados do casamento.

O Sr. Ravenel sorriu para ele.

– Eu sei, mas longe de mim criticar um motor de tração de Simon Hunt ao próprio fabricante. Arruinaria qualquer chance de conseguir um desconto no futuro.

Sebastian riu – uma daquelas gargalhadas cheias, desarmadas, que ele se permitia quando estava na companhia da família ou de amigos mais próximos. Não havia dúvida: o duque gostava do jovem audacioso a sua frente, que claramente não o temia.

– Como o motor sabe aonde ir? – Justin estava perguntando a Ravenel.

– Um homem fica ali em cima, naquele assento, e empurra a alavanca de comando.

– Aquele negócio comprido?

– Isso mesmo.

Eles se abaixaram para examinar a engrenagem que levava às rodas, as duas cabeças morenas muito juntas. Justin parecia fascinado pela máquina, mas ainda mais pelo homem que lhe explicava o funcionamento de tudo aquilo.

Mesmo relutante, Phoebe teve de reconhecer que o filho precisava de um pai, que não lhe bastaria o tempo passado ocasionalmente com o avô ou os tios. Doía-lhe saber que os filhos não tinham lembrança alguma de Henry. Ela fantasiara com o marido passeando com os dois meninos por um jardim florido, na primavera, parando para examinar um ninho de pássaros ou uma borboleta que secava as asas. Era desconcertante o contraste dessas imagens indistintas e românticas com aquela cena de West Ravenel mostrando as engrenagens e alavancas de um motor de tração.

Ficou apreensiva quando viu o homem erguer o menino na direção do assento do motor de tração.

– Espere – disse Phoebe. Ravenel parou e olhou para ela. – Está pretendendo colocá-lo ali em cima? Nessa máquina?

– Eu só vou sentar, mamãe.

– Não consegue ver do chão? – questionou Phoebe.

O filho a encarou com uma expressão ressentida.

– Não é a mesma coisa.

Sebastian sorriu.

– Está tudo certo, cardeal, eu subo com ele.

Ravenel se voltou para um trabalhador parado ali perto.

– Nedinho, pode distrair lady Clare enquanto eu coloco o pai e o filho dela em perigo?

O homem se adiantou, um tanto apreensivo, como se achasse que Phoebe fosse repreendê-lo.

– Milady... gostaria de conhecer o chiqueiro?

Ele pareceu aliviado ao ouvir a súbita risada dela.

– Sim, por favor. Eu adoraria.

CAPÍTULO 10

O empregado a conduziu até um chiqueiro parcialmente coberto, onde uma porca estava deitada com seus filhotes recém-nascidos.

– Há quanto tempo o senhor trabalha nesta propriedade, Nedinho?

– Desde rapaz, milady.

– O que acha de toda essa história de "alta agricultura"? – perguntou Phoebe.

– Não sei dizer. Mas confio no Sr. Ravenel. Firme feito rocha, aquele ali. Quando chegou, metendo o nariz em tudo, nenhum de nós deu nada por aquele sujeitinho esnobe da cidade grande.

– O que os fez mudarem de ideia?

O homem, que já tinha certa idade, deu de ombros, o rosto estreito e retangular formando a sugestão de um sorriso.

– O Sr. Ravenel é especial. É um homem bom e honesto, mesmo sendo tão inteligente. Dê a ele um cabresto e ele encontrará um cavalo. – O sorriso de Nedinho se alargou. – O homem é um corisco.

– Corisco? – repetiu Phoebe, não familiarizada com a palavra.

– Um homem cheio de vida, rápido de corpo e de mente. Levanta cedo e dorme tarde. Um corisco. – Ele estalou os dedos esguios ao repetir a palavra. – O Sr. Ravenel sabe como juntar tudo... as coisas antigas e as novas. Ele leva jeito. Trata a terra com carinho, aquele ali.

– Acho que eu deveria aceitar os conselhos dele, então – ponderou Phoebe, em voz alta. – Sobre as minhas terras.

Nedinho a encarou espantado.

– *Suas* terras, milady?

– São do meu filho – admitiu ela. – Estou tomando conta até ele atingir a idade necessária.

Ele a encarou com compaixão e interesse.

– A senhora é viúva, milady?

– Sim.

– A senhora deveria se acertar com o Sr. Ravenel – sugeriu ele. – Daria um bom marido, aquele ali. A senhora conseguiria ter bons filhos com ele, com certeza.

Phoebe sorriu, constrangida, pois havia esquecido como os homens do campo podiam ser francos mesmo ao tratar de assuntos tão pessoais.

Logo chegaram Ravenel, Sebastian e Justin.

– Mamãe, eu brinquei de conduzir o motor! – exclamou o menino, os olhos reluzindo de entusiasmo. – O Sr. Ravenel disse que vou poder dirigir de verdade quando eu for maior!

Antes de continuarem, Ravenel acompanhou Justin cerimoniosamente a um galpão onde ficavam os tanques com esterco dos porcos, alegando que era a coisa mais fedorenta de toda a propriedade. Depois de parar à porta do galpão e inspirar o ar fedido, Justin voltou correndo, fazendo careta de nojo e expressando alegre repulsa. Dali, seguiram até um celeiro com sala de ordenha, um depósito de rações e um galpão com baias para animais. Vacas de pelagem marrom e branca vagueavam num cercado próximo, enquanto o restante do rebanho pastava no campo além.

– É uma criação em escala maior do que eu esperava – comentou Sebastian, os olhos atentos se desviando para a terra fértil do outro lado da cerca de metal. – Seu gado é criado a pasto? – Quando Ravenel assentiu, ele continuou: – Seria menos dispendioso alimentá-lo com milho. Engordariam mais rápido, não é mesmo?

– Correto.

– Por que deixá-los pastar, então?

Ravenel pareceu de certa forma chateado ao responder:

– Não posso manter os animais confinados a estábulos por toda a vida.

– Não pode ou não quer?

Phoebe olhou para o pai sem entender, perguntando-se por que de repente ele achava o assunto tão interessante, se nunca mostrara interesse algum por gado.

– Mamãe – chamou Justin, puxando a manga do vestido dela, que ia até o cotovelo.

Ao baixar o olhar, ela viu a gata preta se roçando na barra de suas saias. A felina ronronou e começou a andar ao redor das pernas de Justin.

Phoebe voltou a prestar atenção ao que dizia Ravenel.

– ... uma decisão mais acertada para os negócios, mantê-los nas baias, mas há mais que o lucro a considerarmos. Não consigo me convencer a tratar esses animais como meras mercadorias. Parece-me apenas decente... respeitoso... permitir que levem uma vida saudável, natural, pelo máximo de tempo possível. – Ele sorriu quando notou a expressão de um trabalhador que passava por perto. – O vaqueiro-chefe, Tijolão, discorda.

O homem, que mais parecia uma montanha e tinha olhos penetrantes, disse sem rodeios:

– Gado engordado em estábulo tem preço mais alto nos mercados de Londres. O que eles querem é carne macia alimentada a milho.

Claramente, aquele era um assunto que já fora discutido, sem que os dois houvessem chegado a uma solução satisfatória para ambos. A resposta de Ravenel foi conciliatória:

– Estamos cruzando nosso gado com uma nova linhagem Shorthorn. Isso nos dará vacas que engordam mais facilmente alimentando-se nos pastos.

– Cinquenta guinéus para contratar para a temporada um touro premiado de Northampton – resmungou Tijolão. – Seria mais barato... – Ele parou abruptamente, concentrado no cercado das vacas.

Phoebe acompanhou o olhar do homem e foi tomada pelo mais puro pavor ao ver que Justin havia se afastado e estava atravessando a cerca de metal. Parecia ter seguido a gata, que entrara ali atrás de uma borboleta. Mas no cercado não havia apenas vacas. Um touro enorme fora separado do restante do gado. Estava parado em uma postura agressiva, a cabeça baixa e as costas arqueadas.

A menos 5 metros do filho dela.

CAPÍTULO 11

– Justin – Phoebe se ouviu dizer calmamente –, quero que venha andando para trás, na minha direção, bem devagar. Agora mesmo. – Foi necessário o dobro de fôlego para produzir a quantidade usual de som.

O menino ergueu a cabeça. E se sobressaltou visivelmente ao ver o touro. O medo o deixou desajeitado e, ao recuar, ele tropeçou e caiu sentado. O animal imenso se virou para Justin, mudando a posição do corpo com a rapidez de um raio, os chifres agora raspando o chão.

Ravenel já estava pulando a cerca, a mão tocando o alto do mourão, os pés passando por cima da trave sem nem tocá-la. Assim que aterrissou do outro lado, correu para se colocar entre Justin e o touro, dando um grito rouco e sacudindo os braços, na intenção de distrair o animal de seu alvo.

Phoebe cambaleou para a frente, mas Sebastian já estava passando pelos gradis da cerca, em um movimento ágil.

– Fique aqui – disse ele.

Ela se agarrou a um dos mourões da cerca e esperou, tremendo dos pés à cabeça, enquanto via o pai alcançar Justin rapidamente, pegá-lo no colo e carregá-lo de volta. Um suspiro de alívio escapou de Phoebe quando Sebastian lhe entregou o menino através da cerca. Ela se deixou cair de joelhos, abraçando Justin. Cada inspiração era uma prece de gratidão.

– Desculpe... desculpe – dizia Justin, em arquejos.

– Shh... está tudo bem – falou Phoebe, o coração prestes a saltar da boca. Ao perceber que Sebastian ainda não saíra do cercado, ela chamou, a voz vacilante: – Pai...

– Ravenel, o que eu posso fazer? – perguntou ele calmamente.

– Com todo o respeito, senhor... – Ravenel se esquivava e corria, tentando antecipar os movimentos do touro. – Dê o fora daqui.

Sebastian obedeceu prontamente.

– Isso serve para você também, Tijolão – disse Ravenel, com rispidez, quando o chefe dos vaqueiros montou no alto da cerca.

– Mantenha-o andando em círculos! – gritou Tijolão. – Ele não consegue avançar se não conseguir girar as ancas.

– Certo – disse Ravenel bruscamente, orbitando ao redor do touro enfurecido.

– Pode tentar ir um pouco mais rápido?

– Não, Tijolão – retorquiu Ravenel, dando uma súbita meia-volta. – Isso é o mais rápido que consigo, tenho certeza.

Mais trabalhadores se aproximaram correndo da cerca, todos gritando e sacudindo os chapéus no ar para chamar a atenção do touro, mas o animal estava concentrado no homem dentro do cercado. O pesado touro era de uma agilidade impressionante, o corpo de pele frouxa e reluzente imóvel em um momento, mas já virando de um lado para outro no momento seguinte, depois girando em perseguição ao adversário. Ravenel não tirava os olhos da criatura, reagindo instintivamente a cada movimento. Como uma dança macabra, em que um único passo errado seria fatal.

Ravenel disparou para a direita e enganou o touro à meia-volta, para em seguida correr a toda para a cerca, jogando-se ao alcançá-la. O animal girou o corpo e foi atrás dele, mas estacou de súbito, bufando de fúria, pois as pernas de Ravenel já passavam entre as traves.

Aplausos de alívio e comemoração se ergueram da plateia de trabalhadores da fazenda.

– Graças a Deus – murmurou Phoebe, enfiando o rosto entre os cabelos úmidos e escuros de Justin.

E se... e se... Santo Deus, ela mal conseguira sobreviver à perda de Henry. Se alguma coisa tivesse acontecido a Justin...

Sebastian deu palmadinhas leves nas costas dela.

– Ravenel está ferido.

– *O quê?* – Phoebe levantou rapidamente a cabeça, mas só conseguiu ver um aglomerado de homens ao redor de uma forma no chão. Como era possível? Ela o vira mergulhar com facilidade por entre as traves da cerca... Preocupada, ela tirou Justin do colo. – Papai, se puder ficar com ele...

Sebastian pegou o menino sem dizer uma palavra, e Phoebe ficou de pé de um pulo. Erguendo as saias, correu até o grupo de homens e abriu caminho entre eles.

Ravenel estava sentado, quase reclinado, as costas apoiadas no mourão da cerca, a barra da camisa para fora da calça. Por baixo do tecido solto, ele pressionava a lateral do corpo, logo acima do quadril.

Sua respiração soava ofegante e ele suava. Em seus olhos cintilava aquela euforia meio insana de quem acabou de evitar um incidente quase fatal. Um sorriso torto apareceu em seu rosto quando ele viu Phoebe.

– Foi só um arranhão.

O alívio a invadiu.

– Nedinho tem razão – disse ela. – O senhor é *mesmo* um corisco. – Os homens ao redor riram. Phoebe chegou mais perto. – Os chifres do touro o atingiram?

– Não. Foi um prego na cerca.

Phoebe franziu o cenho, preocupada.

– O ferimento precisa ser limpo imediatamente. Vai ter sorte se não acabar com o queixo travado por causa do tétano.

– Nada conseguiria travar esse queixo – comentou Tijolão em um tom travesso, e o grupo inteiro caiu na gargalhada.

– Deixe-me examinar – falou Phoebe, e se ajoelhou ao lado de Ravenel.

– A senhora não pode.

– Por que não?

Ele lhe dirigiu um olhar ligeiramente exasperado.

– É que... não é em lugar decente.

– Ora, por favor, já fui casada.

Sem se deixar deter, Phoebe estendeu a mão para a barra da camisa.

– Espere. – A pele bronzeada de Ravenel ficara mais rosada. Ele olhou aborrecido para os homens que acompanhavam a cena com grande interesse. – Posso ter um pouco de privacidade?

Tijolão começou a dispersar os homens, dizendo bruscamente:

– De volta ao trabalho, camaradas! Não fiquem aí parados.

Eles se afastaram resmungando.

Phoebe levantou a camisa de Ravenel. Os três primeiros botões da calça tinham sido abertos e o cós frouxo revelava um torso esguio, marcado por músculos. Com a mão forte, ele segurava um pedaço de pano sujo pouco acima do quadril, no lado esquerdo.

– Por que está com esse trapo imundo sobre um ferimento aberto? – perguntou Phoebe, irritada.

– Foi a única coisa que conseguiram encontrar.

Ela pegou do bolso três lenços limpos e engomados e dobrou-os.

– Sempre carrega tantos lenços assim? – perguntou Ravenel, surpreso.

Ela não conteve um sorriso.

– Tenho filhos.

Inclinando-se por cima dele, Phoebe afastou o pano sujo cuidadosamente. O sangue escorria do corte de cerca de 10 centímetros. Era uma ferida feia e profunda, que sem dúvida exigiria pontos.

Quando Phoebe pressionou os lenços no ferimento, Ravenel se encolheu e apoiou as costas no mourão da cerca para evitar contato com ela.

– Milady... eu posso fazer isso...

Ele inspirou fundo, agitado, a mão tateando para tomar o lugar da dela.

Sua cor estava ligeiramente alterada, o azul dos olhos cintilando como o centro do fogo.

– Sinto muito, mas temos que aplicar pressão para estancar o sangramento – disse Phoebe.

– Não preciso da sua ajuda – retrucou Ravenel, impaciente. – Me dê isso.

Pega de surpresa pela rispidez dele, Phoebe soltou o pano. Ravenel se recusou a fazer contato visual com ela, o rosto contorcido de dor enquanto pressionava o tecido no machucado.

Ela não resistiu a lançar um olhar furtivo para a parte exposta do torso dele, a pele tão firme e bronzeada que parecia entalhada em bronze. Abaixo, perto do quadril, a pele mais escura dava lugar a um trecho cor de marfim. Era uma visão tão intrigante – e tão íntima – que Phoebe sentiu um aperto agradável no estômago. Inclinada sobre ele, sentia o aroma de poeira, suor e calor de sol que seu corpo exalava. Uma urgência surpreendente a dominou, o ímpeto de tocar a linha onde a pele bronzeada ficava mais clara, traçar com a mão o caminho que fazia na cintura dele.

– O senhor terá que pedir que seus homens tragam um cavalo e uma carroça para levá-lo de volta para casa – conseguiu dizer Phoebe, não sem dificuldade.

– Não há necessidade. Posso ir caminhando.

– Vai piorar o sangramento, se fizer esforço.

– É só um arranhão.

– Fundo – insistiu Phoebe. – Talvez precise de sutura.

– Preciso apenas de um unguento e um curativo.

– Vamos deixar que um médico decida. Enquanto isso, o senhor deve voltar em uma carroça.

O tom de Ravenel era baixo e rabugento quando ele falou:

– Pretende usar a força física para me obrigar? Porque é a única maneira de me fazer entrar na maldita carroça.

Ele parecia tão agitado e ameaçador quanto o touro alguns minutos antes. Mas Phoebe não estava disposta a permitir que Ravenel tornasse o ferimento ainda pior por pura teimosia masculina.

– Perdoe-me se estou sendo autoritária – disse ela, em seu tom mais tranquilizador. – Tenho a tendência a fazer isso quando me preocupo com alguém. A decisão é sua, naturalmente, mas gostaria que seguisse meu conselho, mesmo que apenas para me poupar de me preocupar com o senhor a cada passo do caminho.

A tensão obstinada pareceu ceder.

– Eu é que manipulo as pessoas – informou Ravenel. – Ninguém me manipula.

– Não estou manipulando o senhor.

– Está tentando – insistiu ele, em tom sombrio.

Phoebe não conseguiu conter um sorriso.

– Está funcionando?

Ravenel ergueu a cabeça devagar. Não respondeu, apenas a encarou demoradamente, com uma expressão estranha. O coração dela disparou de tal forma que a deixou zonza. Nenhum homem jamais a encarara daquele jeito. Nem mesmo o marido, para quem ela sempre estivera tão disponível, sua presença entrelaçada com segurança à trama dos dias dele. Desde a infância, Phoebe sempre fora o porto seguro de Henry.

Não sabia o que aquele homem queria dela, mas certamente não era segurança.

– Faça a vontade da minha filha, Ravenel – aconselhou Sebastian, aproximando-se. – A última vez que tentei lhe recusar alguma coisa, ela teve um acesso de raiva e gritou sem parar por pelo menos uma hora.

O comentário a arrancou do transe.

– Pai! – protestou Phoebe, com uma risada, e virou-se brevemente para Sebastian, que estava parado atrás dela. – Eu tinha 2 anos!

– Pois causou uma impressão duradoura.

O olhar de Phoebe pousou em Justin, que estava parcialmente escondido atrás do avô, o rostinho marcado de lágrimas e de tristeza.

– Querido, venha cá – disse ela, com suavidade, querendo confortá-lo.

Ele balançou a cabeça e se escondeu ainda mais.

– Justin, quero falar com você – chamou Ravenel, num tom brusco.

Phoebe o encarou com cautela e expectativa. Será que pretendia repreender o filho dela? Algumas palavras duras da parte dele bastariam para deixar o menino arrasado.

Sebastian fez o neto se adiantar.

Justin foi relutante até Ravenel, o lábio inferior tremendo, os olhos úmidos.

Ao ver o menino naquele estado, Ravenel assumiu uma expressão tão gentil que Phoebe soube que não precisaria intervir.

– Preste atenção – começou Ravenel, com delicadeza. – O que aconteceu foi culpa *minha*. Não sua. Não se pode esperar que você siga regras se eu não avisei quais regras havia. Eu deveria tê-lo feito entender que não podia entrar sozinho nos pátios cercados ou nos chiqueiros. Nunca, por nenhuma razão.

– Mas a gata... – balbuciou Justin.

– Ela é capaz de tomar conta de si mesma. Está bem ali, com pelo menos seis vidas restantes... Está vendo? – Ravenel indicou com um gesto um poste de madeira próximo, onde a gata lambia de leve a pata. Ele pareceu contente ao perceber o alívio do menino. – De qualquer modo, se um animal estiver machucado ou em perigo, não chegue perto. Na próxima vez, peça ajuda a um adulto. Um animal é substituível, um menino não é. Compreende?

Justin assentiu vigorosamente.

– Sim, senhor.

Ser agraciado com o perdão quando esperava uma crítica dura o deixou cintilando de alívio.

– Ravenel, estou em dívida com você – disse Sebastian.

Ele balançou a cabeça na mesma hora.

– Não mereço crédito, senhor. Foi o mais puro reflexo tolo. Pulei para dentro sem a menor ideia do que faria.

– Sim... – respondeu Sebastian, pensativo. – Pois foi disso que eu gostei.

Quando Ravenel conseguiu se colocar de pé, o cavalo e a carroça já haviam sido trazidos. A dor somada à agitação por que passara o deixara exausto demais para brigar. Assim, depois de um ou dois comentários mal-humorados, ele subiu no veículo, devagar. E, para deslumbramento de Justin, convidou-o para ir junto. Eles se acomodaram sobre uma pilha de mantas dobradas, o menino próximo ao lado bom de Ravenel. Quando a carroça partiu, a gata preta pulou para a parte aberta do veículo.

Phoebe e o pai seguiram a pé. Ela deu um sorriso melancólico ao ver o rostinho alegre do filho se distanciando.

– Justin agora venera o Sr. Ravenel.

Sebastian arqueou a sobrancelha, intrigado com o tom da filha.

– Isso é um problema?

– Não, mas... para um menino pequeno, o Sr. Ravenel deve parecer a fantasia de um pai. O herói dele. O pobre Edward Larson tem pouca chance de competir com isso.

Embora o pai permanecesse relaxado, Phoebe sentiu que seu interesse pela conversa se aguçava.

– Eu não tinha noção de que Larson estava na disputa por esse papel – comentou ele.

– Edward e eu temos carinho um pelo outro – disse Phoebe. – E ele também tem carinho pelos meninos; viu os dois nascerem. Na última vez que visitou Heron's Point, Edward deixou claro que estaria disposto a assumir o lugar de Henry.

– Disposto a assumir o lugar de Henry... – repetiu Sebastian, dando lenta ênfase às palavras, o olhar se tornando sombrio. – Foi assim que ele se declarou?

– Não foi um pedido de casamento, e sim o prelúdio para uma conversa mais profunda. Edward não é dado a apressar as coisas. É um cavalheiro, cortês e delicado.

– Realmente. Não lhe falta delicadeza.

De súbito, a voz de Sebastian ficara tão cáustica que seria capaz de dissolver granito.

– Por que fala assim? – perguntou Phoebe, surpresa. – O que tem contra Edward?

– Não posso deixar de me perguntar como minha filha, tão cheia de vida, poderia escolher novamente um homem tão morno. Seu sangue é assim tão ralo que clama por uma companhia tão insípida?

Phoebe estacou, sentindo o ultraje dominá-la como fogo se alastrando pela floresta.

– Henry não era *morno*!

– Não – admitiu o pai, parando e virando-se para encará-la. – Henry tinha uma única paixão, que era você. Por isso acabei por consentir no casamento, apesar de saber o fardo que você teria de carregar. Mas Edward Larson ainda não provou ser capaz de sentimentos mais profundos.

– Ora, ele não faria isso na sua frente – retrucou ela, com ardor. – É um homem discreto. E tomar conta de Henry nunca foi um fardo.

– Minha menina querida – disse Sebastian, com carinho –, o fardo é o que você está carregando agora.

CAPÍTULO 12

Quando Phoebe e o pai entraram na casa, os criados já estavam correndo de um lado para o outro com toalhas e baldes de água fria e quente. E a governanta orientava um deles a levar a maleta de remédios para o quarto do Sr. Ravenel.

– Vou falar com lorde e lady Trenear – murmurou Sebastian, e se encaminhou para as escadas.

A Sra. Bracegirdle estava no saguão de entrada com Justin, que segurava a gata preta. Esperava-se que o animal semisselvagem já tivesse arranhado o menino todo àquela altura, mas não: descansava tranquilamente no colo dele, olhando ao redor com curiosidade, espantada com o cenário desconhecido.

– Sra. Bracegirdle! – exclamou Phoebe, correndo até eles. – Soube do que aconteceu?

– Sim, Justin me contou, e o cocheiro também. A casa está em polvorosa.

– Viu o Sr. Ravenel quando ele entrou?

– Não, milady. Disseram que estava um pouco pálido, mas firme nos pés. Mandaram chamar um médico, apesar dos protestos dele.

– O machucado dele não parou de sangrar – disse Justin. – Os lenços da senhora estão arruinados, mamãe.

– Não tem importância – disse ela. – Pobre Sr. Ravenel... Com certeza terá de levar pontos.

– Ele vai precisar ficar de cama? Vou levar minha gata para visitá-lo.

Phoebe franziu o cenho, a expressão pesarosa.

– Justin, lamento, mas acho que você não vai poder ficar com ela.

– Ah, eu já sabia.

– Ótimo. Bem, então...

– ... mas sabe, mamãe, *ela* quer ficar *comigo*.

– Estou certa disso, querido, mas...

– Ela quer ir morar em Essex conosco.

O coração de Phoebe afundou no peito diante do rostinho esperançoso do menino.

– Mas o trabalho dela é aqui.

– Há ratos em Essex. Grandes e gordos.

– Justin, ela não é uma gata doméstica. Não vai querer viver com uma família. Se tentarmos forçá-la a ficar conosco, vai acabar fugindo.

Ele fez uma expressão determinada que era típica dos Challons.

– Não vai, não.

– Está na hora de se lavar e tirar uma soneca – interveio a babá.

Para Phoebe, foi uma bem-vinda interrupção.

– Como sempre, a Sra. Bracegirdle tem razão. Se puder levar Justin e a gata...

– A gata não pode ir para os aposentos das crianças – retrucou a babá, com uma expressão suave, mas em tom firme.

– Nem temporariamente? – arriscou Phoebe.

A babá nem se dignou a responder, apenas fez Justin entregar o animal. O menino olhou para a mãe com uma expressão de súplica.

– Mamãe, *por favor*, não perca minha gata... quero vê-la depois que eu acordar da soneca.

– Vou tomar conta dela enquanto você descansa – disse Phoebe, com relutância, e estendeu a mão para a criatura desgrenhada. A gata miou em protesto e esticou as garras, recusando-se a ser colocada no chão. – Ah, galochas! – praguejou Phoebe, baixinho, tentando segurar o pacotinho de pelo e ossos que se agitava.

Justin se virou para a mãe, um olhar desconfiado, enquanto a babá o chamava.

– Está tudo certo! – garantiu Phoebe, animadamente, enquanto a gata tentava usar as patas traseiras para subir pelas barbatanas do espartilho como se fossem uma escada.

Phoebe segurou o corpinho magro e peludo contra o ombro, com firmeza, até que a gata se rendeu e se aquietou, as garras ainda cravadas no corpete do vestido.

Subiu segurando o animal com uma das mãos e levantando as saias com a outra. Finalmente, chegou ao quarto que ocupava.

Ernestine, que estava sentada à janela costurando, imediatamente deixou o cesto de costura de lado e foi até a patroa, perguntando:

– O que é isso?

– Uma gata de guarda, não domesticada – disse Phoebe. – Justin a conquistou durante nosso passeio pela fazenda.

– Eu *amo* gatos! Posso pegá-la?

– Pode tentar.

Mas quando Phoebe tentou tirá-la do ombro, a gata sibilou e cravou mais uma vez as garras no corpete do vestido. Quanto mais Phoebe tentava arrancar o bicho dali, mais determinado ele se tornava, grunhindo e se agarrando desesperadamente. Phoebe acabou desistindo e se sentou no chão, perto das janelas.

– Ernestine, pode buscar na cozinha alguma coisa para atraí-la? Um ovo cozido, uma sardinha...

– Agora mesmo, milady.

A camareira saiu em disparada.

Deixada a sós com a gata teimosa, Phoebe acariciou suas costas e a lateral do seu corpo. Dava para sentir os sulcos entre as costelas pequeninas.

– Poderia recolher as garras, por favor? – pediu. – Estou me sentindo uma almofada de alfinetes. – Em um instante a gatinha atendeu ao pedido, ao que Phoebe suspirou aliviada. – Obrigada. – Ela continuou a acariciar o pelo escuro e sedoso, até que encontrou um carocinho embaixo de uma das patas. – Se isso for um carrapato, vou começar a gritar como louca.

Felizmente, ao investigar melhor, percebeu que era uma espécie de resina, o fluido de alguma erva daninha que havia grudado nos pelos. Teria que ser cortada. Aos poucos a gata relaxou, então começou a ronronar alto e subiu no parapeito ensolarado da janela, atrás do ombro de Phoebe, e se deitou de lado ali. Já instalada, olhou ao redor, observando o quarto com o ar entediado de uma rainha, e pôs-se a lamber a pata.

Phoebe se levantou e, ao tentar ajeitar as roupas, descobriu que a frente do vestido cinza estava irremediavelmente estragada.

Ernestine retornou com um prato de frango cozido desfiado, que pousou no chão perto da janela. Embora a gata esticasse as orelhas e fitasse a camareira com os olhos semicerrados, não pôde resistir ao frango. Desceu, esgueirou-se até o prato e devorou tudo.

– Ela não é arisca como costumam ser os gatos de guarda – comentou Ernestine. – A maior parte deles nunca ronrona nem deixa que os peguem no colo.

– Essa parece semidomesticada – concordou Phoebe.

– Ela está tentando subir de posição social – sugeriu a camareira, com uma risada. – Uma gata de guarda com aspirações a gata doméstica.

Phoebe fechou a cara.

– Gostaria que você não tivesse colocado dessa forma. Agora, quando eu a levar de volta para o celeiro, vou me sentir terrivelmente culpada. Mas não podemos ficar com ela.

Alguns minutos depois, agora usando um vestido de verão, de sarja azul com o corpete em seda branca, Phoebe foi até a ala da casa onde residiam os membros da família Ravenel. Depois de pedir orientação a uma criada que encontrou varrendo o tapete do corredor, pegou uma passagem longa e estreita até avistar três homens confabulando à porta de um aposento privado: lorde Trenear, Sebastian e um sujeito com uma valise de médico.

Phoebe sentiu o coração acelerar quando viu West Ravenel de relance, de calça e roupão verde-escuro, logo na entrada do quarto. O grupo conversou amigavelmente por mais um minuto, antes de Ravenel trocar um aperto de mão com o médico.

Quando os homens começaram a se afastar, Phoebe recuou e escondeu-se em uma saleta. Esperou até que passassem e o som de vozes morresse. Quando não havia mais ninguém por perto, dirigiu-se ao quarto de Ravenel.

Não era de todo apropriado que o visitasse desacompanhada. O correto seria mandar um bilhete expressando sua preocupação e desejando melhoras, mas Phoebe precisava agradecer em particular pelo que ele havia feito. E também queria ver com os próprios olhos que ele estava bem.

A porta fora deixada aberta. Ela bateu timidamente no umbral e ouviu a voz grave de Ravenel.

– Entre.

Phoebe deu um passo e logo estacou, sentindo um arrepio dos pés à cabeça, como uma flecha acertando um alvo, diante da visão de um West Ravenel semidespido. Estava de costas para ela, descalço, diante de um lavatório antiquado, secando o pescoço e o peito com uma toalha. O roupão fora jogado em uma cadeira, deixando-o apenas com uma calça cujo cós repousava perigosamente abaixo da linha do quadril.

Henry sempre parecera muito menor sem roupa, vulnerável sem a proteção das camadas civilizadas. O homem diante dela, todo músculos ondu-

99

lantes, pele bronzeada e energia contida, dava a impressão de ter dobrado de tamanho. O quarto parecia pequeno para sua presença. Ravenel tinha ossos largos e o corpo magro. Ela viu os músculos das costas se flexionarem quando ele ergueu o cálice de água e bebeu com gosto. Seu olhar acompanhou a linha da coluna até o quadril, a calça folgada da cor de folhas de outono, sem suspensórios, revelando a chocante ausência de roupa íntima. Como um cavalheiro era capaz de sair sem calções por baixo? Era a coisa mais indecente que Phoebe já vira. Sentia a mente escaldada pelo calor dos próprios pensamentos.

– Passe-me uma camisa limpa da pilha sobre a cômoda, por favor – pediu ele bruscamente. – Vou precisar de ajuda para vestir... esses malditos pontos estão repuxando.

Phoebe se adiantou para obedecer, sentindo milhares de borboletas dançarem e se revirarem no estômago. Teve de tomar cuidado para conseguir pegar uma camisa sem virar a pilha toda. Era do tipo suéter, com uma meia-pala na frente, de um linho belo e fino que cheirava a sabão e ar puro. Hesitante, Phoebe avançou até ele, umedecendo nervosamente os lábios e tentando pensar no que dizer.

Ravenel pousou o cálice de água e se virou, com um suspiro exasperado.

– Santo Deus, Sutton, se vai ser lento assim... – Mas se interrompeu ao vê-la, a expressão agora de perplexidade.

A atmosfera no quarto ficou eletrizada, como se um relâmpago estivesse prestes a cortar o ar.

– A senhora não é o valete – conseguiu dizer Ravenel.

Phoebe estendeu a camisa, constrangida. Para seu embaraço ainda maior, percebeu que o encarava abertamente, encantada, incapaz de se conter. Se West Ravenel de costas era fascinante, de frente era extremamente impactante. Ele era *muito* mais cabeludo que Henry, o peito coberto por pelos escuros que se estreitavam em um V na cintura, e isso sem considerar os antebraços e até mesmo uma pequena trilha abaixo do umbigo. Os ombros e braços eram tão fortes que Phoebe se perguntou por que ele simplesmente não se atracara com o touro para contê-lo.

Ravenel se aproximou devagar para pegar a camisa das mãos nervosas dela. Tomou a peça de roupa desajeitadamente, enfiou as mãos nas mangas e começou a levantá-la por cima da cabeça.

– Espere, deixe-me ajudar – disse Phoebe, a voz embargada.

– A senhora não precisa...

– A pala ainda está abotoada.

Ela abriu a fileira curta de botões enquanto ele ficava parado, as mãos presas nas mangas.

Phoebe sentia o hálito dele, a própria respiração entrecortada. Os pelos do peito dele não eram lisos, mas ligeiramente encaracolados. Teve vontade de roçar o nariz e a boca ali. Ele cheirava a sabonete, a pele masculina, a terra limpa e a relva, e cada exalação a fazia se sentir quente em lugares que não sentia se aquecerem havia anos.

Quando a pala foi enfim desabotoada, Ravenel ergueu os braços e deixou a camisa escorregar pela cabeça, encolhendo o corpo de dor quando a fileira de pontos no ferimento foi retesada. Phoebe estendeu a mão para puxar a barra da camisa, e os nós de seus dedos roçaram inadvertidamente nos pelos escuros do peito dele. Seu estômago deu uma cambalhota. Phoebe sentia-se inteiramente viva e pulsante, da superfície da pele à medula dos ossos.

– Perdoe-me pela invasão – disse ela, levantando os olhos para ele. – Queria saber como o senhor estava.

Uma expressão bem-humorada atravessou o olhar dele.

– Estou bem. Obrigado.

Ele estava tão atraente com o cabelo todo desalinhado, vulnerável e indomável ao mesmo tempo... Em um gesto hesitante, Phoebe começou a abotoar o punho dele. Ravenel permanecia imóvel. Há quanto tempo ela não fazia aquilo por um homem... Só então Phoebe percebeu como sentia falta desse gesto tão pequeno, mas tão íntimo.

– Sr. Ravenel, o que fez pelo meu filho... – disse ela, sem encará-lo. – Estou tão grata que não sei o que lhe dizer.

– Não precisa me agradecer. É responsabilidade do anfitrião não permitir que um touro derrame sangue dos seus convidados.

– Gostaria de poder fazer algo em troca. Gostaria de...

Phoebe enrubesceu quando lhe ocorreu que aparecer no quarto de um homem sem ser convidada e fazer uma declaração daquelas enquanto ele estava semidespido poderia facilmente ser mal interpretado.

Mas ele se comportou com um cavalheiro. Não riu nem fez nenhum comentário provocador enquanto ela abotoava o outro punho da camisa.

– O que eu gostaria, mais do que qualquer coisa – disse ele, baixinho –, é que a senhora aceitasse um pedido de desculpas meu.

– O senhor não fez nada errado.

– Infelizmente, fiz, sim. – Ele deixou escapar um suspiro. – Mas, antes, tenho algo para lhe dar.

Ravenel foi até um armário em um canto do quarto e pareceu procurar por alguma coisa. Ao encontrar um livro pequeno, levou até ela.

Phoebe ficou olhando encantada para as letras douradas e pretas na capa de tecido gasta. O título, apesar de desbotado, estava legível.

STEPHEN ARMSTRONG: CAÇADOR DE TESOUROS

Ela abriu o livro com dedos trêmulos. Logo encontrou as palavras escritas na folha de rosto, com sua letra de criança:

Querido Henry, sempre que se sentir sozinho, procure os beijos que deixei para você nas páginas dos meus trechos preferidos.

Cega por uma névoa ardente, Phoebe o fechou. Não precisava olhar para saber que havia vários xis, representando beijinhos, nas margens de diversos capítulos.

A voz do Sr. Ravenel saiu abafada e áspera:

– Foi a senhora quem escreveu isso.

Sem conseguir falar, ela assentiu e baixou a cabeça, deixando uma lágrima cair no pulso.

– Depois daquele jantar em que conversamos, me dei conta de que conheci seu Henry no colégio interno.

– Henry *sabia* que tinha sido o senhor – conseguiu dizer Phoebe. – Ele achava que o senhor houvesse destruído este livro.

Ravenel parecia mortificado.

– Sinto muito mesmo.

– Não acredito que o guardou por todos esses anos. – Ela pegou um lenço do corpinho do vestido e o levou aos olhos, pressionando, na tentativa de deter as lágrimas. – Choro com facilidade excessiva – explicou-se, envergonhada. – Sempre fui assim. Odeio isso.

– Por quê?

– É uma demonstração de fraqueza.

– É uma demonstração de força – retrucou ele. – Os estoicos são os mais fracos.

Phoebe assoou o nariz.

– Acha mesmo? – perguntou.

– Não, mas achei que talvez a fizesse se sentir melhor.

Ela deixou escapar uma risada trêmula, e as lágrimas cessaram.

– A senhora se sentou ao meu lado no jantar sabendo o tirano que fui com Henry e não disse nada. Por quê?

– Achei que seria mais gentil guardar silêncio.

Algo relaxou na expressão dele.

– Ah, Phoebe... – disse Ravenel, baixinho. E o modo como ele disse seu nome, como uma carícia, fez as entranhas dela se agitarem agradavelmente. – Não mereço essa gentileza. Nasci mau e perverso, e me tornei ainda pior ao crescer.

– Ninguém nasce mau. Havia razões para o senhor fazer maldades. Se seus pais tivessem vivido mais, eles o teriam amado, teriam lhe ensinado a diferenciar o certo do errado...

– Meu bem... Não. – O sorriso dele tinha um toque de amargura. – Meu pai bebia tanto que nem lembrava que tinha filhos. Minha mãe era meio louca e tinha menos moral que a gata que trouxemos para casa hoje. Como nenhum de nossos parentes queria a custódia de dois garotos empobrecidos, Devon e eu fomos mandados para um colégio interno. Passamos lá muitos finais de ano. Eu me tornei um tirano. Odiava a todos. Henry era especialmente irritante... Magro demais, esquisito, melindroso com a comida. Só fazia ler. Roubei aquele livro da caixa que ficava embaixo da cama dele porque parecia ser seu favorito.

Ravenel fez uma pausa, parecendo desconfortável, e passou a mão pelos cabelos desarrumados, que prontamente voltaram a cair em camadas brilhantes e irregulares.

– Não pretendia guardá-lo. Minha intenção era constranger Henry lendo algumas partes em voz alta na frente dele. E quando vi o que você escreveu, mal pude esperar para torturá-lo com aquilo. Mas então li a primeira página.

– Em que Stephen Armstrong está afundando em areia movediça – disse Phoebe, com um sorriso trêmulo.

– Exatamente – disse Ravenel. – Eu precisava descobrir o que acontecia depois.

– Depois de escapar da areia movediça, ele tem que salvar seu verdadeiro amor, Catriona, dos crocodilos.

Ele deixou escapar um riso rouco, bem-humorado.

– Você deixou beijos em todas essas páginas.

– Eu ansiava secretamente que algum dia um herói me resgatasse dos crocodilos.

– Eu ansiava secretamente por ser um herói. Apesar de ter muito mais em comum com os crocodilos. – Ravenel tinha o olhar perdido, resgatando lembranças muito antigas. – Eu não sabia que ler podia despertar tantos sentimentos – continuou, por fim. – Um passeio em um tapete mágico. Parei de atormentar Henry depois disso. Não poderia caçoar dele por amar aquele livro. Na verdade, tive vontade de conversar com ele sobre a história.

– Ele teria adorado. Por que não fez isso?

– Eu estava envergonhado por ter roubado o livro. E queria ficar só mais um pouquinho com ele. Eu nunca havia tido um livro. – Ele ficou um instante em silêncio, ainda recordando. – Era uma delícia encontrar as marcas que você deixou nas suas cenas favoritas. Quarenta e sete beijos, no total. Ficava imaginando que eram para mim.

Nunca ocorrera a Phoebe que o livro poderia ter significado tanto para West Ravenel quanto significara para ela e Henry, ou até mais. Ah, como a vida era estranha! Ela nunca teria sonhado que algum dia sentiria compaixão por Ravenel.

– Houve vezes em que esse livro me impediu de me entregar ao desespero – continuou Ravenel. – Foi uma das melhores coisas da minha infância. – Um sorriso autodepreciativo surgiu em seus lábios. – Naturalmente, foi algo roubado. Henry deixou o colégio antes que eu conseguisse me obrigar a devolvê-lo. Sempre me senti péssimo por isso.

Phoebe não queria que ele se sentisse mal. Não mais.

– Dei meu exemplar a Henry depois que o dele sumiu – disse ela. – Ele pôde ler as aventuras de Stephen Armstrong sempre que quis.

– Isso não me exime do que fiz.

– O senhor era uma criança, devia ter 9 ou 10 anos. Henry compreenderia, se estivesse vivo. E o perdoaria, como eu o perdoo.

Em vez de reagir com gratidão, Ravenel pareceu aborrecido.

– Não desperdice sua bondade comigo. Sou uma causa perdida. Comparado com meus outros pecados, isso foi só uma gota no oceano, acredite. Apenas aceite-o de volta e saiba que lamento muito.

– Quero que fique com ele – apressou-se em dizer Phoebe. – Como um presente meu e de Henry.

– Deus, não.

– Por favor, aceite-o.

– Não quero.

– Quer, sim.

– Phoebe... Não... Maldição.

Eles haviam começado a empurrar o livro para a frente e para trás, cada um tentando obrigar o outro a aceitá-lo. O volume caiu no chão quando Phoebe perdeu o equilíbrio e cambaleou um passo para trás. Ravenel estendeu a mão em um reflexo e puxou-a de volta, e o impulso a trouxe para junto do corpo dele.

Antes que ela pudesse recuperar o fôlego, a boca de Ravenel estava sobre a dela.

CAPÍTULO 13

Certa vez, quando era criança, Phoebe fora surpreendida fora de casa por uma tempestade de verão e vira uma borboleta ser derrubada de seu voo por gotas de chuva. A borboleta tremulou e caiu no chão, bombardeada em todas as direções. Só lhe restou fechar as asas, buscar abrigo e esperar.

Aquele homem era a tempestade e o abrigo, puxando-a para dentro de uma escuridão profunda que a cercou por completo, onde havia sensações demais sendo experimentadas – *quente macio firme doce voraz áspero sedoso exigente*. Phoebe se agitou impotente nos braços dele, embora não soubesse se estava tentando escapar ou se aproximar ainda mais.

Ela ansiara por aquilo, pela rigidez e o calor do corpo dele, pela sensação familiar e ao mesmo tempo tão nova.

Temera aquilo, um homem com uma determinação e uma força que se igualavam às dela, um homem que desejaria e possuiria cada parte dela sem piedade.

A tempestade terminou tão subitamente quanto começara. Ravenel afastou a boca com um som rouco e deixou os braços caírem ao longo do corpo. Phoebe cambaleou, as pernas ameaçando se dobrar como leques de papel, e ele estendeu a mão para firmá-la.

– Isso foi um acidente – disse Ravenel acima da cabeça dela, ofegante.

– Sim – concordou Phoebe, ainda zonza. – Eu compreendo.

– O livro estava caindo... eu fui pegá-lo e... sua boca estava no caminho.

– Não falemos nisso. Vamos ignorar o que aconteceu.

Ravenel endossou a sugestão.

– Nunca aconteceu.

– Sim... Quer dizer, não... Foi... esquecível. Logo, logo esquecerei.

Ravenel pareceu despertar de um transe. Sua respiração desacelerou e ele se afastou um pouco, parecendo ofendido.

– Esquecível?

– Não – apressou-se a corrigir-se Phoebe. – Quis dizer que não pensarei a respeito.

Mas ele parecia ficar mais descontente a cada segundo.

– Isso não contou como um beijo de verdade. Eu estava só começando.

– Eu sei. Mesmo assim, foi muito agradável, portanto não há necessidade de...

– Agradável?

– Sim.

Phoebe não conseguia entender por que ele parecia tão indignado.

– Se algum dia na minha vida eu tiver uma chance de beijá-la – disse ele, carrancudo –, amaldiçoado seja eu se vai ser um beijo de segunda categoria. Um homem tem seus padrões.

– Eu não disse que foi de segunda categoria – protestou ela. – Disse que foi agradável!

– Qualquer homem que se preze preferiria levar um tiro no traseiro a ouvir uma mulher qualificar seu beijo como "agradável".

– Ora, por favor, o senhor está exagerando.

– Agora tenho que corrigir.

– O quê?

Uma risada ofegante escapou de Phoebe, e ela se afastou involuntariamente.

West a trouxe de volta com facilidade.

– Senão, você vai pensar para sempre que aquilo era o meu melhor. Posso acabar com má fama.

– Sr. Ravenel...

– Prepare-se.

Phoebe o encarou boquiaberta, sem acreditar. Ele só podia estar brincando. Não podia estar falando sério... Ou podia?

Um brilho risonho surgiu nos olhos de Ravenel quando ele viu a expressão de Phoebe. Mas então ele passou um braço pela cintura dela. Céus, o homem estava falando sério: realmente pretendia beijá-la! Um misto de confusão e empolgação a deixou zonza.

– Sr. Ravenel, eu...

– West.

– West – repetiu Phoebe, nervosa. – Entenda, eu... eu não duvido dos seus talentos no campo amoroso, duvido dos meus. Há mais de dois anos que não beijo ninguém com mais de 1 metro de altura.

Ele deu uma risadinha, seu hálito tocando o rosto dela.

– Então eleve os olhos pelo menos uns 80 centímetros acima. – Ele ajustou com delicadeza o ângulo do queixo dela. – Passe os braços ao meu redor.

Inexplicavelmente, a ordem gentil lhe provocou arrepios de interesse e excitação. Ia mesmo deixar que ele...?

Sim, insistiu alguma voz temerária dentro dela. Sim, não o impeça, não pense, apenas deixe acontecer.

A imobilidade do momento, como se estivesse em um sonho, era perturbada apenas pela própria respiração entrecortada. Phoebe levou as mãos ao corpo dele e as subiu por suas costas fortes. West a segurou pela nuca, e no instante seguinte sua boca capturou a dela, fazendo uma leve pressão que provocava e acomodava, como se estivesse tentando encontrar o ajuste exato entre eles. Sem saber muito bem como reagir, Phoebe ficou parada, o rosto erguido, enquanto ele lhe acariciava o pescoço e a linha do maxilar com a suavidade de um raio de sol incidindo sobre sua pele. Phoebe não teria imaginado que um homem do tamanho dele seria capaz de tratá-la com tanta gentileza. West aprofundou o beijo, incitando-a a abrir os lábios sob os dele, e ela sentiu a língua dele entrar em sua boca. A lambida provocante dava a sensação de algo tão exótico e pecaminoso que Phoebe enrijeceu o corpo involuntariamente e recuou, surpresa.

    Mas West a manteve junto a si, a aspereza viril da barba lhe arranhando a pele macia. Então ela sentiu um sorriso se abrir no rosto dele. Ao perceber que sua reação o divertira, Phoebe franziu o cenho, mas nem teve tempo de dizer nada, pois West voltou a beijá-la, explorando lenta e habilmente sua boca, a intimidade chocante mas... nem um pouco desagradável. Não mesmo. A exploração doce e inquietante continuou, e o prazer se espalhou em ondas pelo corpo dela, como uma harpa que vibra quando certas notas são tocadas. Phoebe respondeu ao beijo de maneira hesitante, tocando a língua dele com a sua timidamente.

    Quando passou a mão pelo pescoço de West para se apoiar, encontrou as pontas dos cabelos dele, que se encaracolavam ligeiramente na nuca. Os cachos escuros eram frios e lustrosos sob os dedos lânguidos de Phoebe. Então o beijo dele se tornou mais impetuoso, buscando a língua dela enquanto tomava o que queria, e ela se deixou levar, afogando-se em uma onda escura de sensações.

    Já familiarizada com os papéis de esposa, mãe e viúva, Phoebe achava, até então, que não lhe restava mais nada a aprender. Mas West Ravenel estava transformando qualquer ideia que ela pudesse ter do que era um beijo. Ele beijava como um homem que vivera rápido demais, que aprendera tarde demais e que finalmente descobrira o que queria. Phoebe não pôde deixar de se contorcer, o corpo ansiando por um contato mais íntimo e mais profundo. West desceu uma das mãos para o quadril dela, puxando-o em direção ao seu, e a sensação foi tão deliciosa que Phoebe quase desfaleceu. Com um gemido, pressionou o corpo o máximo possível contra a firmeza do dele... Sim, muito rígido. Mesmo com todas as camadas de roupas entre eles, Phoebe sentiu como West estava excitado, a forma grossa e agressiva.

    Trêmula, Phoebe afastou a boca da dele. Seu corpo parecia não lhe pertencer. Mal conseguia se manter de pé. Não conseguia pensar. Apoiou a testa no ombro de West, esperando o coração se acalmar.

    West praguejou baixinho contra a massa de cabelos presos dela. Seus braços relaxaram aos poucos, e ele deslizou a mão pelas costas delgadas dela, em uma carícia inocente e tranquilizadora. Quando conseguiu se recompor, disse:

– Não diga que foi agradável.

Phoebe deu um sorrisinho nos ombros dele.

– Não foi. – Fora extraordinário. Uma revelação. Ela levou a mão ao rosto fino dele. – E nunca mais deve se repetir.

West ficou muito quieto, ponderando. Respondeu com um único aceno de cabeça, concordando, e virou um pouco o rosto para plantar um beijo ardoroso na palma da mão dela.

Em um impulso, Phoebe ficou na ponta dos pés e sussurrou no ouvido dele:

– Não há nada perverso em você, a não ser por seus beijos.

E fugiu do quarto enquanto ainda era capaz.

CAPÍTULO 14

Evie, duquesa de Kingston, passara uma tarde perfeitamente maravilhosa fazendo um piquenique com suas três amigas mais próximas, na propriedade de lorde Westcliff. Conhecera Annabelle, Lillian e Daisy muito tempo antes, durante sua primeira temporada social em Londres, quando eram um grupo de moças esquecidas na lateral do salão de baile. Conforme conversavam e se conheciam melhor, ocorreu-lhes que, em vez de competirem pela atenção dos cavalheiros, seria melhor ajudarem umas às outras, e assim surgira uma grande amizade. Nos últimos anos, havia se tornado um luxo raro encontrarem-se todas, sobretudo porque Daisy passava longos períodos na América com o marido, Matthew. Os dois precisavam viajar com frequência: Matthew era um homem de negócios bem-sucedido e Daisy, uma famosa romancista, com uma editora com sede em Nova York e outra em Londres.

Depois de um dia cheio de conversas, risos, lembranças e planos para o futuro, Evie voltara para o Priorado Eversby no melhor dos humores. Estava cheia de novidades para contar ao marido, incluindo o fato de que o protagonista do romance que a amiga estava escrevendo no momento tinha sido parcialmente inspirado nele.

– Tive a ideia quando seu marido foi mencionado em um jantar festivo alguns meses atrás, Evie – explicara Daisy, tentando limpar uma minúscula mancha deixada por um morango que caíra no corpete de seu vestido. – Alguém comentou que Kingston ainda era o homem mais belo da Inglaterra e que era muito injusto que ele nunca envelhecesse. E Lillian brincou dizendo que ele talvez fosse um vampiro, e todos riram. Isso me lembrou aquele romance *O vampiro*, publicado cerca de cinquenta anos atrás. Decidi escrever algo semelhante, só que em uma versão romântica.

Lillian balançara a cabeça diante da ideia.

– Eu avisei a Daisy que ninguém vai querer ler sobre um amante vampiro. Sangue... Dentes... – Ela fez uma careta e estremeceu em repulsa.

– Ele escraviza mulheres com seu poder de sedução – protestou Daisy. – E também é um duque belo e rico... exatamente como o marido de Evie.

– À luz de tudo isso, é possível perdoar um ou outro mau hábito – disse Annabelle, os olhos azuis cintilando.

Lillian a encarou com uma expressão cética.

– Annabelle, você realmente seria capaz de fingir que não vê um marido que sai por aí sugando a vida das pessoas?

Depois de refletir um pouco, Annabelle perguntou a Daisy:

– *Quão* rico ele é?

E se abaixou, rindo, quando Lillian a acertou com um biscoito.

Rindo das duas, Evie perguntou a Daisy:

– Qual é o título do livro?

– O abraço fatal do duque.

– Eu sugeri *Paixão sanguinária* – disse Lillian –, mas Daisy achou um pouco inadequado.

Quando Evie chegou à propriedade dos Ravenels, encontrou Phoebe a sua espera, ansiosa por relatar os eventos da manhã.

– A não ser pelo Sr. Ravenel, ninguém se machucou – garantiu Phoebe. – Justin ficou um pouco abalado, mas está perfeitamente bem.

– E seu pai?

– Manteve a frieza de um pepino durante todo o evento, é claro. Passou a tarde jogando bilhar com os outros cavalheiros e depois subiu para descansar. Mas quando voltávamos para casa essa manhã, ele disse algumas coisas muito desagradáveis sobre Edward Larson... e sobre Henry!

– Ah, meu bem...

Phoebe então lhe relatou toda a conversa. Evie ouviu com atenção e a acalmou com a promessa de conversar com Sebastian e tentar suavizar a impressão que ele tinha de Edward Larson.

Agora, Evie subia as escadas apressada em busca do marido. Ia o mais rápido que podia sem que parecesse estar correndo. Enfim chegou aos aposentos que estavam ocupando, um quarto espaçoso e bem equipado, com um cômodo de vestir anexo, além de uma pequena antecâmara convertida em lavatório.

No quarto principal, encontrou o marido em uma grande e antiga banheira. Como não cabia uma banheira no lavatório, os criados haviam instalado uma portátil no quarto, e sempre que alguém queria usá-la, esses mesmos criados tinham todo o trabalho de enchê-la com grandes baldes de água quente trazidos pelas criadas.

Sebastian estava recostado com uma das longas pernas apoiada na outra extremidade da banheira, segurando um copo de cristal de conhaque. Os cabelos, que já haviam sido de um tom intenso de âmbar, haviam ganhado belos tons de prata nas laterais e nas têmporas. O ritual diário de nadar pela manhã o mantivera em forma e sua pele tinha um viço natural como se ele vivesse em um verão eterno. Sebastian poderia ser Apolo descansando no Olimpo: um deus luxurioso e dourado de sol a quem faltava qualquer modéstia.

A voz preguiçosa dele se ergueu através do véu de vapor aromático:

– Ah, aí está você, minha bichinha. Aproveitou o passeio?

Evie foi até ele, sorrindo.

– Sim. – Ela se ajoelhou ao lado da banheira, para que seus rostos ficassem na mesma altura. – M-mas não teve tantas emoções quanto o seu, pelo que soube.

Evie gaguejava desde criança. Diminuíra ao longo dos anos, mas ainda acontecia com uma sílaba ou outra, aqui e ali.

Sebastian acariciou o rosto dela com o olhar e, com a ponta do dedo, traçava o aglomerado de sardas no alto do peito dela.

– Então você soube do incidente com o touro.

– Sim. E soube que você entrou no cercado para resgatar Justin.

– Eu não estive em perigo em nenhum momento. Ravenel atraiu a atenção do touro enquanto eu pegava Justin.

Evie fechou os olhos brevemente e, em seguida, pegou o copo da mão dele. Tomou o pouco de conhaque que restava e pousou o copo vazio no chão.

– Você não se machucou?

Sebastian enfiou dois longos dedos molhados no decote dela, puxando-a para mais perto da banheira. Os olhos dele eram de um azul-claro reluzente e cintilavam como estrelas no céu de inverno.

– Acho que dei um mau jeito que talvez exija seus serviços.

Ela sorriu.

– Que serviços?

– Preciso de ajuda no banho. – Ele pegou uma das mãos dela e a enfiou na água. – Para locais difíceis de alcançar.

Evie conteve uma risada e puxou a mão.

– Você consegue alcançar *esse* lugar.

– Meu bem – disse Sebastian, enfiando o nariz no pescoço dela –, eu me casei com você para não ter que fazer isso. Então... diga-me onde acha que dei o mau jeito.

– Sebastian – reclamou ela, tentando soar severa, enquanto ele passava as mãos molhadas pelo corpete dela –, v-você vai molhar meu vestido.

– É só você tirá-lo – retrucou ele, com um olhar esperançoso.

Evie deu um sorrisinho malicioso e se levantou para fazer a vontade dele. Sebastian adorava vê-la se despir, ainda mais quando a roupa era intrincada, com muitos laços e botões. Ela usava um vestido leve de musselina rosa e, por cima, um colete da mesma cor, todo fechado com botõezinhos de pérola... Exatamente o tipo de roupa que ele gostava de vê-la tirar.

– Conte-me como foi o piquenique – pediu Sebastian.

Ele desceu o corpo um pouco mais, o olhar acompanhando com intensidade os movimentos da esposa.

– Foi uma delícia. Fomos em troles até uma colina verdejante. Os criados estenderam mantas no chão e dispuseram as cestas e baldes de gelo... Então, deixaram-nos a sós para nos regalarmos e conversarmos à vontade. – Evie continuou a se dedicar aos botões, alguns estavam difíceis de abrir. – Daisy nos contou sobre sua última viagem a Nova York e está escrevendo um romance gótico com... você não imagina... um personagem inspirado em você. Um v-vampiro!

– Humm. Não sei se gosto da ideia de ser uma criatura de um romance gótico. O que esse vampiro faz?

– Ele é um demônio belo e elegante que morde o pescoço da esposa toda noite.

A expressão dele se desanuviou.

– Ah, então está tudo certo.

– Mas ele nunca bebe sangue dela o bastante para matá-la – continuou Evie.

– Entendo. Ele a mantém convenientemente à disposição.

– Sim, mas a ama. Você a faz parecer uma barrica com uma torneira. Não é que ele queira fazer isso, mas... Perguntou alguma coisa?

– Perguntei se você pode se despir mais rápido.

Evie bufou, com um misto de bom humor e exasperação.

– Não, não posso. Há b-botões demais, e são muito pequenos.

– Que pena. Porque daqui a trinta segundos vou arrancar qualquer peça de roupa que ainda restar em você.

Evie sabia muito bem que não era uma ameaça vazia: ele já fizera aquilo, em mais de uma ocasião.

– Sebastian, *não*. Eu gosto desse vestido.

Um humor diabólico brilhou nos olhos dele, e Evie começou a fazer grandes esforços para abrir os botões mais rápido.

– Nenhum vestido é tão lindo quanto seu corpo nu. Todas essas sardas lindas espalhadas pelo seu corpo, como milhares de beijos de anjos... Restam 20 segundos.

– Você nem t-tem um relógio! – reclamou ela.

– Estou contando pelas batidas do meu coração. É melhor se apressar, meu bem.

Evie lançou um olhar ansioso para a fileira de botões de pérola que pareciam ter se multiplicado. Com um suspiro de derrota, deixou cair os braços.

– Vá em frente, rasgue logo – murmurou.

Então ouviu a risada sensual de Sebastian e o barulho da água se agitando. Ele se levantou, a água escorrendo pelos contornos esguios e musculosos do corpo, e Evie arquejou quando foi puxada para seus braços molhados.

A voz dele, bem-humorada, chegou bem junto do ouvido sensível dela:

– Minha pobre esposa. Deixe-me ajudá-la. Como você deve se lembrar, tenho jeito com botões...

113

Mais tarde, deitada ao lado do marido, profundamente relaxada e ainda vibrando de prazer, Evie disse, com a voz lânguida:

– Phoebe me contou sobre a conversa de vocês durante a caminhada de volta.

Sebastian demorou para responder, os lábios e as mãos ainda correndo suavemente pelo corpo da esposa.

– O que ela disse?

– Ela ficou aborrecida com sua opinião sobre Edward Larson.

– Não mais do que eu, quando soube que ele levantou o assunto de casamento com ela. Você sabia disso?

– Imaginei que ele viesse a fazer isso, mas era só uma suspeita.

Sebastian se ergueu apoiado em um dos cotovelos e olhou para a esposa com o cenho franzido.

– Rezo a Deus que me poupe de ter que chamar outro Larson de genro.

– Mas você gostava tanto de Henry... – comentou Evie, surpresa com o comentário.

– Como um filho. No entanto, isso nunca ocultou o fato de que ele estava longe de ser o parceiro ideal para Phoebe. Não havia equilíbrio entre eles. A força de vontade dele jamais sequer chegou perto da dela. Phoebe foi para Henry muito mais uma mãe do que uma esposa. Eu só consenti no casamento porque ela estava obstinada demais para considerar outra pessoa. Por razões que ainda não entendo completamente, para ela era apenas Henry, ou ninguém.

Evie brincou com os pelos macios do peito do marido.

– Apesar dos defeitos de Henry, Phoebe sempre soube que ele era inteiramente seu. Isso valia qualquer sacrifício. Nossa filha queria um homem cuja capacidade de amar fosse incondicional.

– E ela alega encontrar essa mesma capacidade naquele Larson pedante sem personalidade?

– Acredito que não. Mas dessa vez nossa filha tem outros objetivos para o casamento.

– Sejam quais forem os objetivos dela, não vou permitir que meus netos sejam criados por um fraco.

– Sebastian... – repreendeu Evie, contendo o riso.

– Tenho a intenção de que ela se una a Weston Ravenel. Um camarada jovem e saudável, sagaz e com uma boa dose de vigor másculo. Fará muito bem a ela.

– Vamos deixar que ela decida.

– É melhor decidir logo, senão Westcliff vai arrebatá-lo para uma de suas filhas.

Aquele lado de Sebastian, dominador quase a ponto de ser autocrático, era um traço quase inevitável em homens de vasta riqueza e poder. Evie sempre procurara refrear essas tendências do marido, e às vezes lhe lembrava que, no fim de tudo, ele era um mero mortal que precisava respeitar o direito das pessoas de tomarem as próprias decisões. Geralmente ele retrucava com algo como "Não quando estão obviamente erradas", ao que ela retrucaria "Mesmo assim", e ele acabava cedendo, depois de fazer um grande número de observações cáusticas sobre a estupidez de quem ousava discordar dele. O fato de ele estar quase sempre certo dificultava a posição de Evie, mas mesmo assim ela nunca recuava.

– Também gosto do Sr. Ravenel – murmurou ela –, mas não sei muito sobre o passado dele.

– Ah, eu sei de tudo – comentou Sebastian, com sua arrogância casual.

Conhecendo o marido que tinha, Evie pensou, conformada, que ele com certeza já lera relatórios de todos os membros da família Ravenel.

– Não há como garantir que ele e Phoebe se atraiam um pelo outro.

– Você diz isso porque não os viu pela manhã.

– Sebastian, por favor, não se intrometa.

– *Eu*, me intrometer? – Ele ergueu as sobrancelhas, parecendo bastante indignado. – Evie, o que está pensando de mim?

Ela pousou o rosto no peito dele e passou a ponta do nariz, carinhosamente, nos pelos.

– Que você está se intrometendo.

– De tempos em tempos, talvez eu ajuste uma situação para obter o resultado desejado para meus filhos, mas isso não é se intrometer.

– Como chama, então?

– Cuidado de pai – disse ele, presunçoso, e a beijou antes que ela pudesse responder.

CAPÍTULO 15

No dia seguinte, uma grande quantidade de carruagens e cavalos se aglomerava na entrada do Priorado Eversby; a maior parte dos convidados do casamento se preparava para partir. Os Challons ficariam por mais três dias, para estreitarem os laços com os Ravenels.

– Querida – insistira Merritt com Phoebe durante o café da manhã –, tem *certeza* de que não quer ir conosco para Stony Cross Park? Sterling e eu vamos passar pelo menos uma semana lá, e todos adoraríamos passar mais tempo com você e as crianças. Como posso convencê-la?

– Obrigada, Merritt, mas estamos acomodados e confortáveis aqui, e eu... eu preciso passar algum tempo quieta, depois de tanta socialização.

Um brilho provocador surgiu nos olhos de Merritt.

– Parece que meus poderes de persuasão não são páreo para certo par de olhos azuis.

– Não é isso – apressou-se a dizer Phoebe. – Não tem nada a ver com ele.

– Um ligeiro flerte não lhe fará mal algum.

– Mas não levaria a nada.

– E precisa? Podemos simplesmente nos divertir. Pense nisso como um treino para quando você voltar a frequentar a sociedade.

Depois de se despedir de amigos e conhecidos, Phoebe decidiu levar os filhos e a Sra. Bracegirdle para uma caminhada matinal, antes que o calor do dia se instalasse. No caminho, finalmente devolveriam a gatinha preta para o celeiro.

Sua intenção fora fazê-lo na véspera, mas, quando Justin e Ernestine levaram a gata a um dos jardins para "atender ao chamado da natureza", o animal sumiu. Phoebe se juntara à busca, mas a fugitiva não foi encontrada em parte alguma. Já quase à noite, enquanto se trocava para o jantar, Phoebe ouviu um arranhar, e lá estava um par de patas pretas sendo enfiadas por debaixo da porta fechada. A gata conseguira, de algum modo, entrar novamente na casa.

Com pena do animal, Phoebe mandou buscar na cozinha outro prato de restos de comida. A gata comeu com voracidade, a língua praticamente arrancando o brilho do prato de porcelana. Depois de saciada, esticou-se no tapete, ronronando com tamanho prazer que Phoebe não teve coragem de mandá-la embora. A gata passou a noite enroscada na cesta de costura de Ernestine e, pela manhã, teve arenque defumado como desjejum.

– Ela não parece que quer voltar para o celeiro – disse Justin, olhando de esguelha para a mãe, que segurava a gata contra o ombro.

A babá caminhava ao lado deles, empurrando Stephen em um carrinho de vime com uma sombrinha de cambraia para protegê-lo do sol.

– O celeiro é a casa dela – retrucou Phoebe. – Ela vai ficar feliz de voltar ao convívio dos irmãos.

– Ela não parece feliz em estar voltando para lá – insistiu Justin.

– Mas está. Ela... *Ai!* Galochas... – A gata subiu mais alto no ombro de Phoebe, as garrinhas perfurando a musseline do vestido. – Sra. Bracegirdle, realmente gostaria que me deixasse colocá-la no carrinho com Stephen. Há bastante espaço perto dos pés dele.

– A gata não pode ir com o bebê – foi a resposta inflexível da babá.

Infelizmente, Phoebe viu frustrado seu plano de devolver a gata a seu lar logo que chegaram ao celeiro. Ela conseguiu soltar as garras do animal do vestido e a pousou no chão, perto da porta.

– Veja, lá está um de seus amigos – disse Phoebe ao ver um gato cinza vagueando perto de um galpão de ferramentas. – Ande, vá... Vá brincar.

Mas o gato cinza soltou um sibilo sinistro e se afastou. A gatinha preta então deu meia-volta e foi atrás de Phoebe, o rabo erguido como se estivesse levantando um chapéu em um cumprimento esperançoso.

– Não – disse Phoebe, com firmeza. – Vá, vá. Você não pode vir conosco.

Mas quando ela tentou se afastar, a gata continuou a segui-la.

Foi quando Phoebe viu um dos trabalhadores que conhecera na véspera.

– Bom dia, Nedinho.

Ele se aproximou e tocou a aba do chapéu em um cumprimento.

– Milady.

– Parece que acabamos pegando emprestada uma gata de guarda da fazenda. Estamos tentando devolvê-la, mas ela insiste em nos seguir. O senhor teria algum conselho sobre como fazer um gato ficar onde o deixamos?

– Se eu conseguisse isso, não seria um gato, seria um cachorro.

– Talvez você pudesse segurá-la para nos dar tempo de escapar?

– Eu faria de bom grado, milady, se ela não fosse deixar meus braços em farrapos.

Phoebe assentiu.

– O senhor tem razão – disse ela, com um suspiro de pesar. – Vamos continuar nossa caminhada, e com sorte ela desiste e volta para o celeiro.

Para desalento de Phoebe, porém, a gata continuou acompanhando-os, e ainda começou a miar, inquieta, conforme o celeiro desaparecia de vista. Seguiram pela estradinha de conduzir gado entre os pastos de verão e de inverno. Faias sombreavam a trilha de terra funda margeada por sebes e paredões de terra. Ao se aproximarem de uma pequena ponte de ferro fundido que se arqueava por cima de um córrego, os miados da gata se tornaram queixosos.

Phoebe parou, com um gemido.

– Que belo e tranquilo passeio pela natureza!

Ela se abaixou para pegar a gatinha, e levou um susto quando o animal enfiou as garras em seu ombro. Exasperada, Phoebe a colocou no carrinho de bebê.

Antes que a babá pudesse fazer alguma objeção, ela avisou:

– Eu tomo conta de Stephen.

A Sra. Bracegirdle se manteve impassível.

– A senhora quer que eu empurre a gata no carrinho, milady?

– Sim, caso contrário chegarei ao Priorado Eversby transformada em peneira.

O rosto de Justin se iluminou.

– Vamos ficar com ela, mamãe?

– Só até conseguirmos encontrar alguém para devolvê-la ao celeiro.

Phoebe acomodou a gata no lençol branco de seda do carrinho de bebê. Stephen balbuciou coisas ininteligíveis, com animado interesse, e se esticou para tocar a criatura peluda, as mãozinhas se abrindo e se fechando como uma estrela-do-mar. Phoebe deu uma risada e pegou o filho no colo antes que ele puxasse o rabo da gata.

– Ah, não, não faça isso. Seja gentil com a gatinha.

A gata esticou as orelhas e lançou um olhar sinistro para o menino.

– Miau! – exclamou Stephen, inclinando-se pesadamente nos braços da mãe para alcançá-la. – Miau!

Phoebe o colocou no chão, segurando uma das suas mãos gorduchas.

– Vamos ao lado do carrinho, querido.

Stephen começou a andar animado, em seu passinho cambaleante. Quando a babá empurrou o carrinho, a gata levantou a cabeça por cima da beirada de vime e ficou observando o cenário que passava. Stephen achou extremamente engraçado ver um gato em seu carrinho, e caiu na gargalhada. Nisso, Phoebe e Justin também começaram a rir, e até a babá esboçou um sorriso.

Antes de cruzarem a ponte, desceram para dar uma olhada no córrego, que tinha juncos, agrião e íris amarelas nas margens. A água corria suavemente sobre o leito de pedras, clara como gim, já tendo sido filtrada pelo calcário das montanhas ao atravessar Hampshire.

– Mamãe, quero colocar os pés na água! – exclamou Justin.

Phoebe lançou um olhar de dúvida para a babá.

– Vamos parar por alguns minutos?

A Sra. Bracegirdle, que não era de desperdiçar uma boa oportunidade de descansar um pouco, assentiu na mesma hora.

– Ótimo – disse Phoebe. – Justin, precisa de ajuda para tirar os sapatos e as meias?

– Não, eu consigo.

Mas quando o menino se inclinou para abrir os botões dos sapatinhos de couro, um barulho inesperado chamou sua atenção. Ele parou e procurou a origem do som, que vinha de um ponto adiante do córrego.

Phoebe estranhou ao ver um homem caminhando sozinho ao longo da margem, assoviando uma canção popular. Um chapéu surrado de aba larga sombreava seu rosto. Ele tinha o corpo esguio e atlético, o passo relaxado e confiante, um tanto pomposo até. Curiosamente, sua camisa larga e sua calça de trabalho de algodão pareciam molhadas, como se ele tivesse entrado no córrego vestido. O tecido se colava aos contornos definidos de seu corpo.

– Pensando bem, talvez seja melhor não – murmurou Phoebe, seus instintos a alertando para se afastar o mais rápido possível. Duas mulheres e duas crianças pequenas eram alvos fáceis para um homem daquele tamanho. – Venha, Justin.

No entanto, para espanto absoluto de Phoebe, o menino ignorou a ordem e, com um gritinho de alegria, correu na direção do estranho de aparência duvidosa.

O homem ergueu a cabeça, e sua risada rouca provocou um arrepio de reconhecimento em Phoebe.

– Ah – disse ela, baixinho, vendo West Ravenel colocar o chapéu surrado na cabeça de Justin, erguê-lo e seguir caminhando com ele na direção de Phoebe.

CAPÍTULO 16

Phoebe não via West desde que fora ao quarto dele, na véspera. Desde aquele beijo inesquecível que ela deveria esquecer. Só que as sensações que experimentara pareciam ter se entrelaçado a sua pele, um estímulo sutil mas constante que ela não sabia como eliminar. Parecia que seus lábios ainda estavam um pouco inchados, ansiando por serem tocados, acariciados. Aquilo era uma ilusão, ela sabia, mas a sensação só se intensificava conforme ele se aproximava.

Justin conversava animadamente com West.

– ... mas a Galochas não quis ficar lá. Ela veio nos seguindo desde o celeiro, e agora está no carrinho do Stephen.

– Galochas? Por que a batizou assim?

– É o que a mamãe diz quando a gata fura o vestido dela.

– Pobre mamãe. – A voz grave de West era carregada de bom humor, mas seu olhar para Phoebe foi intenso e penetrante.

Ela já prometera a si mesma que, na vez seguinte que o encontrasse, permaneceria composta e agradável. Sofisticada. Mas o plano já fora por água abaixo, como a penugem de um dente-de-leão sendo levada pela brisa. Sentiu-se cheia de prazer e empolgação e, por um momento, tão aturdida que nem conseguia falar.

West se virou para cumprimentar a babá e sorriu ao ver a gata no carrinho de bebê. Depois de pousar Justin no chão, agachou-se diante do menininho mais novo.

– Olá, Stephen – disse, em um tom gentil e vibrante. – Que rapaz bonito você é. Tem os olhos da sua mãe.

O menino robusto se escondeu parcialmente atrás das saias da mãe, chupando o dedo, e espiou o estranho simpático. Um sorriso tímido se abriu em seu rosto, revelando uma fileira de dentinhos brancos.

Ao olhar para West, Phoebe notou um hematoma se formando em seu braço exposto, a manga da camisa enrolada.

– O senhor sofreu um acidente? – perguntou, preocupada. – O que aconteceu com seu braço?

Ele ficou de pé novamente, as mechas escuras e brilhantes dos cabelos molhados caindo na testa.

– Hoje é dia de dar banho nas ovelhas. Uma delas acertou meu braço com o casco enquanto tentava fugir da água.

– E a sutura? Só Deus sabe que tipo de sujeira o ferimento absorveu enquanto estava dentro de uma banheira de ovelhas.

Ele pareceu se divertir com a preocupação dela.

– Não está me incomodando nem um pouco.

– Vai incomodá-lo bastante se inflamar!

– Nós criamos uma piscina temporária no córrego, improvisando um dique com duas portas velhas. Alguns homens ficam com água até a cintura, enquanto outros lhes entregam as ovelhas. Meu trabalho era ajudar a virar a ovelha e esfregar a lã até a água sair limpa.

– Como se vira uma ovelha ao contrário? – perguntou Justin.

– Você agarra um punhado de lã na altura do pescoço, depois segura a perna do lado oposto e... – West parou e ficou olhando pensativo para Justin. – Seria mais fácil lhe mostrar. Vamos fingir que você é uma ovelha.

Ele avançou para o menino, que pulou para trás com um gritinho de alegria.

– Eu sou uma ovelha que gosta de ficar suja! – gritou Justin, e saiu correndo. – E o senhor não vai me pegar.

– Ah, não vou, é? – West driblou o menino com destreza e o pegou no colo, fazendo-o gargalhar. – Agora vou lhe mostrar como se lava uma ovelha.

– *Espere* – disse Phoebe, tensa, o coração acelerado. Todos os seus instintos saltaram em alerta ao ver o filho sendo agarrado com tanta brutalidade. – Ele vai pegar um resfriado. Ele...

West parou e se virou para ela com Justin bem seguro nos braços. Olhou-a com as sobrancelhas erguidas em uma expressão zombeteira, e só então ela percebeu que ele não tinha a menor intenção de jogá-lo no córrego. Estavam só brincando.

Depois de colocar o menino no chão com cuidado exagerado, West foi até ela, estreitando os olhos ligeiramente.

– Muito bem, então. Vou ter que demonstrar com a senhora.

Antes que sua mente pudesse registrar as palavras, Phoebe tomou um susto ao se ver sendo erguida no colo. Um choque atravessou seu corpo quando foi acomodada contra um peito muito rígido, o tecido fino do corpete do seu vestido ficando ensopado no contato com a camisa molhada de West.

– Não ouse! – disse Phoebe em um arquejo, rindo e se debatendo. – Ah, meu Deus, o senhor está cheirando a curral... Ponha-me no chão, seu bruto...

Ela ria incontrolavelmente, como não ria desde a infância. Agarrou com força o pescoço dele, com os dois braços.

– Se me jogar na água, vou levá-lo junto! – conseguiu ameaçar.

– Vai valer a pena – comentou West casualmente, carregando-a na direção do córrego.

Ninguém na vida adulta de Phoebe ousara tratá-la daquela forma. Ela o empurrou incansavelmente, mas todos os esforços para escapar se mostraram inúteis.

– Nunca o perdoarei – declarou, mas o efeito foi arruinado por mais uma sucessão de gargalhadas frenéticas. – Estou falando sério!

A voz baixa de West fez cócegas no ouvido dela:

– Acho que você não serve para uma demonstração de como dar banho numa ovelha. Tem o tamanho de um cordeirinho.

Ele parou e a manteve no colo, aconchegada junto ao corpo, por alguns segundos. Phoebe ficou ali, naquele abraço roubado, enquanto sua mente invocava uma imagem do corpo de West sobre ela deitada no chão, o calor humano acima e a terra fria embaixo. Um tremor a percorreu.

– Calma – disse West. – Eu não ia jogá-la no córrego. – Ele a aconchegou um pouco mais. – Pobre cordeirinho, eu a assustei? – Ele falava de um jeito tão carinhoso e íntimo que quase a fez estremecer de novo.

West a pousou no chão, com muito cuidado, mas os braços de Phoebe não queriam soltá-lo. Uma sensação estranha a dominou, como se ela estivesse ouvindo o prelúdio pungente de uma canção que nunca seria escrita. Lentamente, ela enfim o soltou, e recuou.

Rindo, Justin colidiu com ela por trás, abraçando-a. Um instante depois, Stephen também se aninhou na mãe e agarrou as saias dela, erguendo o rostinho sorridente. Os meninos adoraram vê-la brincando.

Phoebe tentou soar casual quando disse a West:

– Vamos ficar alguns minutos por aqui. O senhor é bem-vindo a nos fazer companhia.

Ele sustentou o olhar dela.

– Gostaria que eu ficasse?

Phoebe poderia ter pensado que a pergunta era uma tentativa zombeteira de fazê-la implorar pela companhia dele, mas continha um leve toque de insegurança. Então ela se deu conta de que West Ravenel não a encarava como uma certeza. Ele não fazia qualquer presunção sobre ela ou sobre o que ela poderia querer. Compreender isso fez uma onda de calor invadi-la.

– Sim... fique.

Não demorou muito e West estava andando com Justin pelo córrego, com água na altura dos tornozelos, ajudando o menino a recolher seixos. Phoebe, que havia tirado os sapatos e as meias discretamente, estava sentada em uma das margens com Stephen, que enfiava o pé na água e observava os peixinhos nadando velozes no raso. A Sra. Bracegirdle já cochilava de leve, tendo estendido uma manta sobre uma área de terra coberta de musgo e se sentado com as costas apoiadas no tronco de um salgueiro próximo.

Phoebe sentiu uma pressão na lateral do corpo e se virou: a gatinha preta tinha pulado do carrinho e agora se roçava nela carinhosamente.

– Miau! – exclamou Stephen, esticando as mãozinhas para o animal.

– Devagar – alertou Phoebe, e passou a mãozinha do filho de leve pelas costas da gata. – Ah, ela gosta disso. Está sentindo como ronrona?

– ... as faixas brancas são calcário – dizia West a alguns metros dali, abaixando-se para examinar um seixo na palma da mão de Justin. – É feito de conchas de criaturas tão minúsculas que só conseguimos vê-las com um microscópio.

– De onde vêm essas criaturas minúsculas?

– Elas formavam o fundo do oceano. Toda essa terra já foi coberta por água.

– Eu conheço essa história! – disse Justin, animado. – A arca de Noé.

– Isso foi bem antes de Noé.

– Quanto tempo antes?
– Milhões de anos.
Justin deu de ombros.
– Não conheço um milhão. Só sei contar até 10 – respondeu candidamente.
– Hum... – West pensou como poderia explicar melhor. – Você sabe quanto tempo tem um segundo?
– Não.
– Um. Dois. Três. Quatro. Cinco. – A cada número que contava, West estalava os dedos. – Isso foram cinco segundos. Agora, se continuássemos estalando os dedos sem parar por dez dias, daria quase 1 milhão de segundos.

Embora Justin não tivesse compreendido muito bem a explicação, claramente gostou do estalar de dedos. Tentou imitar, mas os dedinhos não obedeciam.

– Assim – disse West, e posicionou a mão dele, unindo o polegar e o dedo médio. – Tente de novo.

Justin franziu o cenho em concentração e tentou mais uma vez, mas não saiu som algum.

– Continue praticando – aconselhou West. – Enquanto isso, vamos voltar para terra seca.

– Mas eu preciso de mais seixos.

West sorriu.

– Você já encheu os bolsos, daqui a pouco sua calça vai cair. Venha, vamos mostrá-los a sua mãe.

A gata preta recuou alguns passos, cautelosa, observando Justin esvaziar o conteúdo dos bolsos em um lenço que Phoebe abrira no chão.

Ela admirou os seixos multicoloridos e pegou o que tinha faixas brancas.

– Como sabe tanto sobre a formação do calcário, Sr. Ravenel? – perguntou Phoebe.

– Por causa da pedreira que há na propriedade. Antes de começarmos a escavá-la, tive de consultar especialistas em minas, incluindo um geólogo.

– O que é um geólogo? – indagou Justin.

A pergunta fez West sorrir.

– É um cientista que estuda rochas e bebe demais.

Quando Phoebe devolveu a pedra ao lenço, Stephen agarrou-a e prontamente a levou à boca.

– Não, querido – disse ela, impedindo-o –, isso não é para você.

O bebê choramingou, contrariado, e tentou pegar outra pedra proibida. Em pouco tempo estava chorando alto, o que acordou a babá. Ela fez menção de se levantar, esfregando os olhos, mas Phoebe disse:

– Está tudo certo, Sra. Bracegirdle. Justin, pode pegar um brinquedo no carrinho?

Ele correu até lá, procurou na lateral e voltou com um cavalinho de couro, com enchimento macio. As pernas do brinquedo estavam quase em farrapos, graças à ação dos dentinhos do bebê. Stephen pegou o cavalinho, olhou-o com desdém, jogou-o no chão e continuou a resmungar.

Na mesma hora, a gata se adiantou, abocanhou o brinquedo e saiu correndo com ele.

West se aproximou e pegou Stephen do colo de Phoebe.

– Por que tanto barulho? – perguntou, acomodando o bebê junto ao peito.

O espanto silenciou Stephen, que ficou encarando os olhos azuis sorridentes do homem com seus olhinhos marejados.

– Pobre rapaz. Como ousam lhe oferecer um brinquedo quando você tinha uma pedra perfeita para brincar? É um ultraje... É, sim... Uma atrocidade...

Para surpresa de Phoebe, o mau humor de Stephen se acalmou enquanto ouvia o "estranho". Ele levou a mão ao peito de West, explorando a textura da pele coberta de pelos. De repente, West abaixou o rosto e assoprou a barriguinha de Stephen, deixando escapar um som rude, que fez o bebê dar risadinhas. West, então, levantou o menino no ar e começou a jogá-lo para o alto repetidamente, arrancando gritinhos de prazer.

– Sr. Ravenel, eu preferia que não jogasse meu filho para o alto como se ele fosse uma mala velha.

– Ele está gostando – retrucou West, mas suavizou o movimento.

– Ele também gosta de mascar pontas de charutos descartadas – falou Phoebe.

– Todos temos nossos maus hábitos – disse West ao bebê, aninhando-o de novo junto ao peito. – Justin, venha... temos trabalho a fazer.

West se abaixou e pegou no chão um graveto do comprimento de seu antebraço.

– Para que é isso? – perguntou Phoebe, os olhos arregalados.

125

— Vamos garantir que não reste nem um crocodilo na área — respondeu West, e entregou o graveto a Justin. — Se algum se aproximar, dê uma surra nele com isso.

Justin deixou escapar um gritinho de empolgação e seguiu West de perto.

Phoebe conteve o impulso de lembrar ao filho que não havia crocodilos na Inglaterra. Apenas riu e ficou olhando enquanto os três aventureiros se afastavam. Então, balançando a cabeça, foi se sentar ao lado da Sra. Bracegirdle.

— É um homem e tanto — comentou a babá.

— Eu diria que é um homem *em excesso* — retrucou Phoebe, com ironia.

Elas ficaram observando West se afastar com os meninos, ainda com Stephen no colo. Justin levantou a mão livre e West a segurou sem hesitar.

— Falam bem dele no salão dos criados — arriscou a babá. — Bom homem, bom patrão. Merecia ter um lar para chamar de seu. Bem-apessoado, e na idade certa para ser pai, também.

— Sra. Bracegirdle, ele é apenas semidomesticado — disse Phoebe, lançando um olhar divertido e incrédulo para a babá.

— O que é isso, milady... Não há homem vivo que a senhora não seja capaz de domar.

— Não quero um homem que eu precise domar. Gostaria que fosse civilizado e capaz de controlar a si mesmo. — Phoebe arrancou uma flor de uma moita de camomila silvestre e, esfregando-a entre os dedos, inalou o aroma doce, que lembrava maçã. Olhando para a mulher ao seu lado, acrescentou, baixinho: — Além do mais, parece que esqueceu o que Henry me pediu.

— Não, milady. Assim como não esqueci que ele lhe pediu isso em seus últimos momentos. A senhora teria prometido qualquer coisa para tranquilizá-lo.

Phoebe se sentia confortável conversando sobre Henry com a ex-babá dele, que o amara do primeiro ao último dia de sua vida.

— Henry pensou muito no meu futuro — disse Phoebe. — Ele viu as vantagens de um casamento com Edward, que tem boa reputação e a natureza de um cavalheiro. Ele será um bom exemplo para os meninos durante o crescimento.

— Sapatos elegantes com frequência machucam o pé.

Phoebe pegou mais flores de camomila para compor um pequeno buquê.

– Achei que a senhora aprovaria uma união entre mim e o primo de Henry. Edward se parece muito com ele.

– Acha mesmo, milady?

– Sim, a senhora o conhece desde que ele era menino. Edward se parece muito com Henry, só que sem as peculiaridades.

Apesar de ser relativamente jovem, Edward era um cavalheiro à moda antiga, refinado e de voz suave, um homem que jamais sonharia fazer uma cena. Conheciam-se fazia muitos anos, e Phoebe nunca o vira perder a calma. Ela jamais precisaria se preocupar com a possibilidade de ele ser infiel, frio ou distante. Eram características que simplesmente não existiam nele.

Não era difícil se imaginar satisfeita junto de Edward.

A parte difícil era se imaginar dormindo com ele. Sua mente não conseguia invocar essa imagem senão de forma nebulosa, como em um teatro de sombras.

Quanto a West Ravenel, no entanto, o problema era exatamente o contrário. A ideia de dividir a cama com ele a deixava com a boca seca e o coração acelerado.

Perturbada pelo rumo que tomavam seus pensamentos, Phoebe amarrou o pequeno buquê de camomila com uma das hastes e o ofereceu à Sra. Bracegirdle.

– É melhor eu ir ver o que o Sr. Ravenel e as crianças estão fazendo – disse ela, em um tom leve. – A essa altura, é provável que tenha colocado os dois para brincar com facas e fósforos.

Encontrou-os em uma margem baixa do córrego, os três desarrumados e enlameados. Stephen estava encarapitado no colo de West, a batinha imunda. Pareciam absorvidos em um projeto de montar torres com seixos planos. Com o graveto, Justin cavara um canal na areia e agora trazia água do córrego com as mãos em concha.

– Eu tirei uma pedra das mãos do bebê – disse Phoebe –, e você lhe dá uma dúzia?

– Shhhh – fez West, sem nem olhar para ela. Um canto de sua boca se curvou quando acrescentou: – Não interrompa um homem quando ele está trabalhando.

Stephen pegou uma pedrinha plana com as duas mãos e a guiou para uma pilha com uma determinação vacilante. Colocou-a em cima das outras pedras e fez força, segurando-a na posição enquanto West ajeitava a construção com cuidado.

– Muito bem – parabenizou West.

Justin ofereceu outra pedra ao irmão, que a aceitou com um grunhido de entusiasmo e, com o rostinho comicamente sério, a pousou no alto da mesma pilha. Phoebe acompanhou tudo com atenção, impressionada com o interesse e a empolgação do filho com o projeto.

Desde a morte de Henry, que não conhecera o segundo filho, Phoebe o protegera e mimara o máximo possível. Enchera o mundo dele com objetos belos e delicados e com um conforto infinito. Não lhe ocorrera que o menino talvez quisesse – ou precisasse – brincar com pedras, gravetos e lama.

– Ele vai ser um construtor – declarou West. – Ou um escavador.

– Stephen tem sorte – disse Justin, para surpresa de Phoebe. – Eu queria ter um trabalho um dia.

– E por que não teria? – perguntou West.

– Sou um visconde. Não vão me deixar não ser, mesmo se eu quiser.

– Um visconde pode ter um trabalho.

Justin parou de cavar e olhou para o homem ao seu lado com uma expressão esperançosa.

– Pode?

– Talvez, se for uma profissão distinta – intercedeu Phoebe com gentileza –, como diplomacia ou direito.

West a encarou com uma expressão sardônica.

– O avô dele passou anos à frente de um clube de jogo em Londres e, pelo que sei, ainda se envolve diretamente na gerência diária do negócio. Essa é uma profissão distinta?

– Está criticando meu pai? – perguntou Phoebe, exasperada.

– O oposto. Se o duque tivesse se deixado tolher pelas expectativas da nobreza, provavelmente não teria hoje um único xelim em seu nome. – West parou para ajustar a torre de pedras enquanto Stephen posicionava mais uma no alto. – A questão é que ele dirige o clube e não deixou de ser duque por isso. O que significa que, quando Justin crescer, poderá escolher qualquer ocupação que desejar. Até mesmo uma "não distinta".

– Quero ser geólogo – informou o menino. – Ou treinador de elefantes.

Phoebe encarou West e perguntou, indignada:

– E quem vai tomar conta da propriedade dos Clares?

– Talvez Stephen. Ou a senhora. – Ele sorriu ao ver a expressão dela. – Isso me lembra que tenho de cuidar da contabilidade amanhã. Gostaria de dar uma olhada nos livros?

Phoebe hesitou, dividida entre o desejo de repreendê-lo por colocar ideias na cabeça do seu filho e o de aceitar a oferta. Seria imensamente útil aprender sobre o sistema de contabilidade da propriedade, e ela sabia que West explicaria tudo de uma maneira que ela conseguisse compreender.

– Estaríamos sozinhos? – perguntou Phoebe, preocupada.

– Temo que sim. – West baixou a voz ao continuar, como se falasse de algo escandaloso: – Só nós dois no escritório, debruçados sobre detalhes lascivos de estimativa de despesas e lucros... Depois, passaremos para a parte realmente libidinosa: inventário, esquemas de rotação de culturas...

O homem não perdia uma chance de provocá-la.

– Certo, vou com o senhor – disse Phoebe, com ironia. Ela pegou dois lenços do bolso. – Um para as mãos de Stephen – falou, entregando-os a West – e outro para as de Justin.

– E quanto a mim? – perguntou West. – Não quer que as minhas mãos fiquem limpas?

Phoebe tirou mais um lenço do corpete e o entregou a ele.

– A senhora parece uma mágica.

Ela sorriu e voltou para perto da Sra. Bracegirdle, que arrumava o interior do carrinho de bebê.

– Vamos voltar para casa – avisou Phoebe bruscamente. – Não se aborreça quando vir os meninos. Estão ambos imundos, mas se divertiram imensamente. Por acaso viu a gata?

– Está embaixo do carrinho, milady.

Phoebe se agachou e viu um par de olhos cor de âmbar cintilando nas sombras debaixo do carrinho. A gata saiu dali com o cavalinho de brinquedo na boca, que deixou no colo de Phoebe.

Ela achou divertido e um tanto comovente o nítido orgulho da gatinha em lhe oferecer o presente. O brinquedo estava irreconhecível, o couro todo rasgado e a maior parte do enchimento removido.

– Obrigada, minha querida. Que atencioso de sua parte. – Phoebe enfiou o brinquedo no bolso e pegou a gata no colo. Pela primeira vez não sentiu as garrinhas se cravando em seus braços. – Acho que teremos de ficar com você até partirmos de Hampshire. Mas você ainda não é uma gata doméstica, por isso não pode ir para Essex conosco. Minha decisão está tomada... e nada me fará mudar de ideia.

CAPÍTULO 17

"Não há nada perverso em você, a não ser por seus beijos."

Desde que Phoebe sussurrara essas palavras no ouvido dele, West se encontrava em um estado muito peculiar. Feliz. Miserável. Desestabilizado, inquieto, faminto, quente. Acordava várias vezes no meio da noite, o sangue clamando pela manhã.

Quase como na época em que bebia até o estupor e, ao recuperar a consciência, via-se em um quarto escuro, desnorteado e tonto, sem a menor ideia de quanto tempo se passara ou mesmo onde estava. Sem se lembrar de nada, nem mesmo dos prazeres de absoluta autoindulgência que o haviam levado até ali.

Sentou-se à longa mesa no escritório apainelado de carvalho, diante de pilhas de livros contábeis e pastas de documentos. Era um dos seus cômodos preferidos na casa, um espaço compacto e retangular, cercado por estantes. O piso era coberto por carpete grosso e o ar carregava os agradáveis aromas de papel velino, pergaminho e tinta. A luz do dia entrava por uma janela grande, formada por vários painéis antigos de vidro cintilante não maiores do que sua mão.

Normalmente, West se sentia feliz ali. Gostava de fazer a contabilidade – a tarefa o ajudava a compreender a situação da propriedade em todos os aspectos. Dessa vez, porém, o interesse que ele em geral tinha pelo mundo ao redor – as pessoas, a terra, o gado, a casa, o clima, até a comida – se concentrara exclusivamente em Phoebe.

Precisava estar ou muito perto dela, ou muito, muito longe. O meio-termo era uma tortura. Saber que Phoebe estava na mesma casa, ou em algum lugar da propriedade, algum lugar ao seu alcance, fazia cada célula de seu corpo ansiar por ela.

No dia anterior, ao se deparar com ela de forma tão inesperada, West se vira tomado por uma intensa felicidade, prazerosa na superfície mas dolorosa nas camadas mais profundas de sua alma. Phoebe estava tão linda ali, perto do córrego, como se fosse mais uma das íris silvestres que enfeitavam as margens.

De todos os erros que ele já cometera na vida, e Deus sabia que tinham sido muitos, o pior fora beijá-la. Jamais se recuperaria. Ainda sentia o rosto dela nas mãos, a maciez de sua boca. Dali a vinte anos, seus dedos ainda seriam capazes de moldar a curva exata do crânio dela. Cada beijo doce que Phoebe lhe dera fora como uma promessa, um salto de fé após outro. West se forçara a ser cuidadoso e gentil, quando sua vontade era puxá-la com força para si e devorá-la. Era como se seu corpo não tivesse sido feito com outro propósito além de dar prazer a ela, acariciá-la com a boca, preenchê-la com a rigidez de seu membro.

Quanto ao que Phoebe poderia pensar ou sentir, West não tinha ilusões de que seu desejo fosse correspondido. Pelo menos não plenamente. Se havia uma coisa em que ele era bom, era em avaliar o nível do interesse de uma mulher. Havia apreço e atração da parte de Phoebe, mas não chegava nem perto do que ele sentia. Ainda bem. Ela já tinha muitos problemas... não precisava acrescentá-lo à lista.

Ele ouviu a voz do irmão:

– Aqui estão os últimos relatórios de operações financeiras e investimentos. – Devon entrou no escritório trazendo uma pasta de documentos, que deixou cair na mesa com um baque. – Até agora, o conselho de Winterborne surtiu efeito, sobretudo no que diz respeito ao investimento em ações da ferrovia e em commodities. – Ele puxou uma cadeira e se sentou com as pernas esticadas. Fitando a ponta dos sapatos bem engraxados, comentou: – A única mancha na carteira de investimentos é, como sempre, a propriedade de Norfolk. Ainda dando prejuízos.

Uma casa e um terreno em Norfolk estavam entre as várias propriedades que Devon havia herdado junto com o título. Infelizmente, os últimos três condes haviam negligenciado a manutenção da propriedade, como tinham feito com todo o resto. A maior parte dos campos férteis era só mato, e a elegante casa de campo georgiana fora abandonada.

– Restam apenas cinco famílias de arrendatários – continuou Devon –, e o que recebemos fica abaixo do valor que pagamos em impostos anuais.

Poderíamos vender essa propriedade, já que não está atrelada ao título. Ou... você poderia fazer alguma coisa com ela.

West o olhou sem entender.

– Que diabo eu faria com ela?

– Você poderia fazer de Norfolk seu lar. A casa está em boas condições e o terreno é adequado para o tipo de cultivo experimental que você mencionou ter interesse em começar um dia. Poderia atrair novos arrendatários para lhe garantir rendimentos. Se a quiser, é sua.

Um sorriso se abriu no rosto de West. Seria para sempre grato pela generosidade do irmão. Se Devon tivesse crescido como um herdeiro privilegiado, talvez se comportasse como um imbecil renomado, mas não: era incansável em elogiar e recompensar West amplamente por suas contribuições ao bom funcionamento da propriedade.

– Está tentando se livrar de mim? – perguntou West, mas em tom leve.

– Jamais. – O olhar de Devon era terno e firme. Os dois haviam passado anos e anos tendo apenas um ao outro, de modo que o laço entre eles era indissolúvel. – Só me ocorreu que talvez você queira ter a própria vida um dia. A privacidade de sua casa. Esposa e filhos.

– Por mais que eu aprecie o presente dos impostos... – começou West, com ironia.

– Eu me responsabilizaria pelos impostos até você começar a ter lucro. Mesmo depois que eu contratasse alguém para assumir seu trabalho aqui, você poderia continuar a receber uma porcentagem do lucro bruto, no lugar do salário de administrador que recebe hoje. É claro que ainda precisaremos do máximo de supervisão que você puder nos dispensar...

– Você não me deve isso, Devon.

– Eu lhe devo minha vida, no sentido mais literal. – Devon fez uma pausa, e, quando continuou, sua voz estava mais suave: – Quero que sua vida seja tão plena quanto a minha. Você merece ter sua família.

– Ainda está distante o dia em que decidirei me casar.

– E quanto a lady Clare? – perguntou Devon.

– Talvez eu tenha um *affair* com ela daqui a cinco ou dez anos, depois que o próximo marido começar a entediá-la. Por ora, ela não é experiente o bastante para meu gosto.

– Toda vez que ela entra em um cômodo em que você está, todos ouvimos seu coração acelerar.

West se sentiu ruborizar.

– Bobagem.

Devon demonstrava preocupação com um toque de exasperação. Era a mesma expressão de irmão mais velho com que encarava o irmão nos tempos de escola, quando o pegava atormentando outros meninos ou trapaceando.

– Sempre fiquei do seu lado, West, durante toda a nossa vida. Você não tem nada a perder me contando a verdade.

West cruzou os braços sobre a mesa e apoiou o queixo na mão, olhando carrancudo para as estantes.

– Acho que estou apaixonado. Ou isso, ou desenvolvi algum mal no estômago que provoca também um suor incontrolável. De uma coisa não há dúvida: não devo me arriscar a me casar e reproduzir. Você, de algum modo, conseguiu superar as consequências funestas de nossa criação. É um bom marido e, por um milagre, bom pai. Não vou provocar o destino tentando fazer o mesmo.

– O que o impede? O fato de já ter sido um canalha?

– *Você* era um canalha. Eu era um desastre. Dois anos de comportamento decente não apagam toda uma história.

– Isso não importa agora.

– Vai importar. Imagine Justin daqui a alguns anos, encontrando algum menino cuja família eu arruinei porque tive um caso amoroso com a mãe do garoto. Ou quando alguém contar a ele sobre uma festa formal em que apareci incapaz de caminhar em linha reta de tão bêbado. Ou o fato encantador de que fui expulso de Oxford porque coloquei fogo no meu quarto. Ou que tal isto: imagine o momento em que eu tiver que contar a ele que o pai me odiou até o dia de sua morte por tê-lo atormentado no colégio interno.

– Se a mãe dele o perdoou, não acha que ele fará o mesmo?

– Para o inferno com o perdão. Não faz com que nada do que aconteceu desapareça.

– Acho que você não entendeu em que consiste o perdão.

West levantou a cabeça e disse, em um tom desolado:

– Temos que parar de falar disso. Phoebe logo estará aqui para que eu a ensine a analisar os livros contábeis da fazenda.

Ele se arrependia amargamente de tê-la convidado. Fora um impulso estúpido.

Devon suspirou e se levantou.

– Antes de eu ir, gostaria de compartilhar com você uma pérola de sabedoria sobre as mulheres que aprendi a duras penas.

– Deus, você precisa mesmo?

– Nem tudo depende do que você quer. É preciso considerar também o que elas querem. Sejam quais forem nossas intenções, as mulheres não gostam quando tomamos decisões por elas.

~

Ao chegar à porta do escritório, que havia sido deixada parcialmente aberta, Phoebe bateu na madeira. Aquilo lhe lembrou quando entrara no quarto de West e o encontrara semidespido. A lembrança a deixou nervosa.

– Lady Clare.

West apareceu à porta, muito belo e arrumado em um terno escuro e um lenço de pescoço clássico, listrado. Os cabelos estavam elegantemente penteados para trás e o rosto recém-barbeado. Quem não o conhecesse jamais suspeitaria do que estava por baixo de todas aquelas camadas civilizadas, pensou Phoebe, e enrubesceu, porque sabia que havia pontos acima do quadril esquerdo; um hematoma deixado pelo casco de uma ovelha no antebraço direito; uma linha que dividia a parte bronzeada do corpo da parte mais clara abaixo da cintura e um peito coberto de pelos que a intrigava mais a cada vez que pensava a respeito.

Depois de conduzir Phoebe para dentro do cômodo, West a acomodou a uma mesa cheia de livros.

– Que mudança interessante, vê-lo totalmente vestido – comentou Phoebe, com leveza.

West se virou e se apoiou na mesa, sorrindo para ela.

– Vamos começar flertando?

– Eu não estava flertando.

– Não vamos nos enganar... Sua alusão às minhas roupas e à ausência delas foi um flerte *descarado*.

Phoebe riu. Havia algo diferente nos modos de West naquele dia, uma camaradagem acompanhada por um sutil distanciamento. Era um alívio; tudo seria mais fácil.

– Foi um flerte acidental – disse ela.

– Pode acontecer com qualquer um – disse ele, em um tom cortês.

O olhar de Phoebe se voltou, então, para a pilha de livros contábeis.

– Minha nossa.

– Mantemos um livro para cada departamento da propriedade. Despesas domésticas, colheita, gado leiteiro e aves, gado de corte, folha de pagamento, inventário e por aí vai. – West lhe dirigiu um olhar questionador. – Não é assim que fazem na propriedade dos Clares?

– Nunca chequei os livros da nossa propriedade. Apenas o das despesas domésticas, que é responsabilidade minha e da governanta. Edward Larson toma conta do restante desde que a saúde de Henry piorou.

– Por que não deixou o administrador da propriedade cuidar disso?

– Ele já era muito idoso e queria se aposentar. Foi um grande alívio quando Edward se ofereceu para cuidar de tudo. Henry confiava completamente nele.

– Eram primos em primeiro grau?

– Sim, mas se tratavam como irmãos. Henry não gostava de se relacionar com pessoas de fora da família dele ou da minha. Preferia manter o mundo pequeno e seguro.

West inclinou ligeiramente a cabeça, deixando a luz incidir sobre os cabelos brilhantes, cor de chocolate.

– E o seu também, por consequência – comentou.

– Eu não me importava.

Ele a olhou com ar pensativo.

– Por mais que eu aprecie a paz da vida no campo, ficaria louco se não visitasse meus amigos em Londres ocasionalmente e aproveitasse diversões mais sofisticadas do que as existentes aqui.

– Sinto falta de algumas coisas de Londres – confessou Phoebe –, mas agora sou obrigada a me manter afastada, principalmente durante a temporada social. Como viúva e mãe de um herdeiro presuntivo, serei alvo de todos os caça-fortunas da Inglaterra.

– Se isto a faz se sentir melhor, prometo nunca pedi-la em casamento.

– Obrigada – disse Phoebe, com uma risada.

Mais profissional agora, West puxou um grande volume da pilha e pousou-o diante dela.

– Quando vai se mudar para Essex?

– Em quinze dias.

– Quando estiver instalada, peça para ver os livros de contas gerais. Em um deles haverá as declarações anuais de lucros e perdas da propriedade.

Você deve olhar para os últimos quatro ou cinco anos... Por que essa expressão aborrecida? É cedo demais para isso.

Phoebe pegou um lápis da mesa e começou a brincar com ele distraidamente, tamborilando com a ponta na margem da página.

– É pela ideia de pedir os livros contábeis a Edward – explicou ela. – Sei que vai aborrecê-lo. Vai interpretar como um sinal de que não confio nele.

– Não tem nada a ver com confiança. Ele deve encorajar seu envolvimento no assunto.

– A maior parte dos homens não o faria.

– Um homem com bom senso faria. Ninguém vai cuidar dos interesses de Justin e Stephen melhor que a mãe deles.

– Obrigada. Por acaso, concordo com o senhor. – Ela torceu os lábios. – Infelizmente, Edward não aprovaria, nem a mãe de Henry. Na verdade, ninguém ligado à propriedade dos Clares vai gostar.

Phoebe só se deu conta de que estava apertando o lápis com muita força quando West gentilmente o tirou de sua mão.

– Sei como é intimidante ter que aprender tudo isso, mas não é nada comparado ao que você já teve que enfrentar. – West pousou a mão quente sobre a dela. – Você tem uma determinação de aço. Passou meses infernais cuidando de um filho pequeno, um marido à beira da morte e uma casa inteira, com uma paciência fora do normal. Perdeu refeições e horas de sono, mas nunca esqueceu de ler uma história de ninar para Justin e acomodá-lo na cama. Só se permitia chorar, ou desmoronar, quando estava sozinha, por alguns minutos. Então lavava o rosto, colava os cacos do coração partido e saía com uma expressão animada e meia dúzia de lenços nos bolsos. E fazia tudo isso sentindo-se nauseada a maior parte do tempo, porque estava esperando um segundo filho. Nunca faltou às pessoas que precisavam de você. Não vai faltar agora.

Phoebe se sentia chocada até o fundo da alma.

– Quem lhe contou tudo isso? – perguntou, num fiapo de voz.

– Ninguém – As pequenas marcas de expressão na lateral dos olhos de West se aprofundaram quando ele abriu um sorriso. – Phoebe... qualquer pessoa que a conheça, mesmo que só um pouco, saberia disso a seu respeito.

– Guano peruano – leu Phoebe em voz alta, de uma lista de despesas. – Você gastou *100 libras* em fezes de morcego importadas?

West sorriu.

– E teria comprado mais, se estivesse disponível.

Estavam no escritório fazia horas, mas o tempo passava sem se darem conta. West respondera às perguntas de Phoebe em detalhes e sem condescendência. Mostrara a contabilidade, abrira no chão vários mapas da propriedade e das terras arrendadas e pegara da prateleira volumes com títulos como *Agroquímica* e *Operações de drenagem de solo arável*. Phoebe imaginara que tudo se resumiria a anotar longas colunas de números e preencher formulários, mas acabara descobrindo que a contabilidade de uma propriedade ia muito além dos números. Envolvia pessoas, animais, comida, clima, ciência, mercados... Envolvia o futuro. E o homem que lhe explicava tudo isso era tão articulado e entusiasmado com o assunto que conseguia tornar interessantes até os métodos contábeis.

A conversa foi interrompida por um criado trazendo uma bandeja com sanduíches e outras guloseimas.

– Obrigada – disse Phoebe, aceitando a taça de vinho tinto que West lhe estendeu. – Temos permissão para tomar vinho enquanto fazemos a contabilidade?

– Posso lhe garantir que sem isso não há como enfrentar o inventário e a cotação. – West ergueu a taça em um brinde. – Que Deus dê rapidez ao arado.

– Isso é um brinde de fazendeiro?

– É *o* brinde de fazendeiro.

– Que Deus dê rapidez ao arado – repetiu Phoebe, e tomou um gole do vinho ácido e refrescante. Depois que o criado saiu e fechou a porta, ela voltou a atenção para a lista de fertilizantes a sua frente. – Por que guano peruano? Os morcegos britânicos não produzem o bastante?

– É o que se esperaria. No entanto, o peruano contém mais nitrogênio, necessário ao solo argiloso. – West virou algumas páginas e apontou para uma coluna. – Veja esses rendimentos do trigo.

– O que significam esses números?

– Considerando tudo, significam que 100 libras gastas em guano peruano nos ajudaram a produzir 900 alqueires a mais de trigo.

Phoebe ficou extasiada com a informação.

– Quero que todos os arrendatários da nossa propriedade tenham esse fertilizante.

West riu do entusiasmo dela.

– O nitrogênio não funciona em todas as terras. Cada lote tem solo e necessidades de drenagem diferentes. Por isso é que o administrador deve se encontrar com cada arrendatário pelo menos duas vezes por ano; para discutir as especificidades da situação de cada um.

– Ah.

A empolgação de Phoebe desapareceu rapidamente, e ela se refugiou em um grande gole de vinho.

West assumiu uma expressão de alerta.

– Larson não se encontra com eles regularmente?

Phoebe respondeu sem tirar os olhos da página.

– Os Larsons acreditam que é melhor não se familiarizar demais com os arrendatários. Dizem que isso os encoraja a fazer exigências, a pedir favores, que os torna relapsos com o pagamento. De acordo com Edward, os levantes como os que ocorreram há pouco tempo na Irlanda poderiam facilmente acontecer aqui. Alguns proprietários de terra teriam até sido mortos pelos próprios arrendatários.

– Em todos esses casos – disse West, com uma expressão sombria –, o proprietário era conhecido por tirar vantagens de seus arrendatários, maltratá-los. – Ele fez uma pausa. – Então... Larson se comunica com os arrendatários por um intermediário?

– Sim. Ele manda um oficial de justiça recolher o pagamento, e se...

– Um *oficial de justiça*? – West começou a soar menos calmo. – Por quê, em nome de Deus? Ele poderia recorrer a um administrador ou... *qualquer um*, meu Deus. É realmente necessário usar a força da lei para aterrorizá-los duas vezes por ano?

Depois de tomar o vinho todo, Phoebe retrucou, na defensiva:

– As coisas são feitas de forma diferente em Essex.

– Não importa onde seja, Phoebe, o trabalho de um administrador inclui *administrar*. Larson é assim tão refinado que não pode ter uma conversa com um pequeno agricultor? Ele acha que a pobreza é contagiosa, maldição?

– Não – apressou-se a esclarecer Phoebe. – Ah, eu o fiz desgostar de Edward, passei uma impressão errada sobre ele. Edward é um homem...

– Não, eu já desgostava dele.

– ... encantador, sempre gentil e atencioso... Passou horas na cabeceira da cama de Henry, lendo para ele e confortando-o... e me confortando também. Edward me deu apoio, e pude contar com ele mesmo nos momentos mais sombrios...

– Na verdade, eu o odeio.

– ... e ele foi muito bondoso com Justin, e Henry viu isso tudo, por isso me pediu que prometesse... – Ela se interrompeu bruscamente.

West a encarou sem piscar.

– Que prometesse o quê?

Phoebe deixou de lado a taça vazia.

– Nada.

– Que promessa você fez?

– Não é nada.

– Maldição – murmurou West. Phoebe sentia-se transpassada pelo olhar dele. – Uma suspeita insana passou pela minha cabeça. Mas não pode ser verdade.

Ela folheava cegamente as páginas do livro contábil.

– Estava me perguntando... quanto comporta a medida de um alqueire?

– Oito galões. Diga-me que não é verdade.

Phoebe queria fugir, por isso se afastou da mesa e foi até as estantes.

– Como eu poderia saber o que está pensando?

A voz de West saiu como o estalo de um chicote, sobressaltando-a:

– Diga-me que Henry não a fez prometer se casar com o *maldito primo dele*!

– *Pode falar baixo?* – sussurrou Phoebe, com dureza. E virou-se para encará-lo. – Gostaria que não gritasse para a casa inteira ouvir!

– Meu Deus, ele fez isso. – Inexplicavelmente, West havia ruborizado por baixo do bronzeado. – E você prometeu. Pelo amor de tudo o que é mais sagrado, por que você prometeu?

– Henry estava angustiado de preocupação por mim, por Justin e pelo bebê que ainda não nascera. Quis se certificar de que seríamos amados e bem-cuidados. Quis que sua propriedade e seu sobrenome fossem resguardados. Edward e eu combinamos um com o outro.

– Ele nunca será mais do que um Henry falsificado para você!

– Edward é muito mais do que um Henry falsificado para mim! Que presunção da sua parte, como pode...

– Não há uma única centelha de paixão entre vocês. Se houvesse, a essa altura ele já a teria levado para a cama.

Phoebe arquejou, ultrajada.

– Eu estava de luto, seu... seu cretino!

West não pareceu nem um pouco arrependido.

– Já se passaram dois anos. Se fosse eu no lugar de Larson, já teria ao menos beijado você.

– Eu estava morando na casa dos meus pais. Não houve oportunidade para isso.

– O desejo cria oportunidades.

– Não sou mais uma jovenzinha ansiando por beijos roubados atrás de vasos de palmeiras. Tenho outras prioridades, nessa altura da vida. Edward seria um bom pai para meus filhos, e... – Ela se virou de novo para as estantes e começou a alinhar os livros e limpar a poeira da lombada de couro de um dos volumes mais antigos. – Relações físicas não são tudo.

– Ora, por favor, Phoebe. Também não podem ser descartadas.

Phoebe arriscou um olhar para West. Ele estava com o rosto enfiado nas mãos.

– As mulheres têm necessidades diferentes – disse ela.

A voz dele saiu abafada.

– Você está me matando.

Phoebe passou a ponta do dedo pela capa rasgada de um livro, como se pudesse curá-lo.

– As lembranças bastam – disse ela, baixinho.

Silêncio.

– A maior parte desses sentimentos morreu com Henry – acrescentou.

Mais silêncio.

West fora embora do cômodo? Desconcertada com a falta de resposta dele, Phoebe virou-se.

E sobressaltou-se ao encontrá-lo logo atrás de si.

Antes que ela pudesse dizer uma palavra, ele já a puxara para seus braços e capturara sua boca.

CAPÍTULO 18

O beijo começou fresco e doce como o vinho que tomaram e foi rapidamente ganhando intensidade. Phoebe sentiu a carícia urgente da língua de West, como se ele estivesse tentando aproveitar ao máximo o sabor dela antes de ser repelido. Ele a puxou mais para si. Phoebe não resistiu e deixou a cabeça cair para trás, apoiada no braço firme dele. Aquela era a verdade que seu corpo não conseguia esconder: ela queria aquilo, aquela voracidade; queria sentir o coração dele batendo com força contra o seu.

West afastou a boca da dela e desceu pelo contorno do pescoço. Ao encontrar o ponto em que uma veia pulsava com força, beijou-a ali, mordiscando sua pele.

– Você não é uma mercadoria – disse ele, a voz instável. – Não pode ser passada de um homem para outro como um quadro ou um vaso antigo.

A voz dela saiu fraca ao responder:

– Não é assim que as coisas são.

– Ele lhe disse que a quer?

– Não como você está insinuando. Edward é... Ele é um cavalheiro...

– Quero você com todo o meu corpo. – West roçou a boca na dela, sentindo o contorno de seus lábios antes de devorá-la de novo em um beijo ardente e primitivo. Puxou-a para si até os dedos dos pés dela mal tocarem o chão. – Você é tudo em que eu penso. Tudo que eu vejo. Você é o centro de uma estrela, e a força da gravidade que me atrai cada vez mais, e não me importo nem um pouco se vou acabar incinerado. – Ele apoiou a testa na dela, ofegante. – Era isso que ele deveria lhe dizer.

Em algum lugar na mente de Phoebe havia pensamentos práticos, palavras sensatas, mas tudo foi afogado em uma maré de sensações quando a boca de West voltou a reclamar a dela. Ele a beijou com a completude de um homem apaixonado, lenta e implacavelmente, como se ele fosse o fogo e ela, o oxigênio. Phoebe se abriu para ele, agarrou-se a ele, deixou seu corpo se derreter junto ao dele. Estava envolvida por braços tão fortes que seriam capazes de esmagá-la. O sangue corria rápido por suas veias, o que a deixava zonza, com as pernas bambas.

West desceu com ela para o chão, controlando o movimento com facilidade. Então se ajoelhou acima dela, despiu o paletó, jogou-o de lado e desfez de qualquer jeito o nó do lenço de pescoço. Phoebe sabia que podia detê-lo com uma palavra, mas ficou ali deitada, trêmula de expectativa por coisas que não poderia nem nomear. West levou a mão à barra das saias dela e levantou-as um pouco, deixando os tornozelos à mostra. Tirou os sapatos de salto baixo, os dedos se curvando gentilmente nos calcanhares dela, e então... inclinou-se para colar os lábios à seda das suas meias finas, beijando um pé de cada vez.

Phoebe apenas o olhava, impressionada com a ternura, com a veneração do gesto.

Ele sustentou seu olhar, com aqueles olhos de um azul que Phoebe só vira em sonhos. Então se inclinou sobre ela, o peso firme e excitante fazendo-a abrir as pernas por baixo das saias. Deslizou um dos braços por baixo do seu pescoço e voltou a buscar sua boca. Ele era cuidadoso, atento, concentrado em cada reação dela. Então começou a acariciar as partes de pele expostas de seu corpo: os pulsos, o pescoço, atrás das orelhas.

A fricção terna da boca dele deixou as terminações nervosas de Phoebe em fogo, e ela não pôde evitar se contorcer de prazer. Estava começando a compreender o significado mais profundo da palavra *tentação* – como era possível tirar dos trilhos, em questão de minutos, uma vida inteira de bom comportamento. O corpete do seu vestido estava aberto; nem havia percebido que West o abrira. O espartilho era parcialmente sustentado por barbatanas e feito de um tecido mais flexível que a rígida combinação usual de ferro e cotil, o grosso tecido de algodão próprio para confeccionar espartilhos. Depois de abrir a parte de cima do espartilho, West ergueu os seios dela, liberando-os da meia-taça que os sustentava. Phoebe sentiu o toque úmido da língua dele, o calor sendo absorvido pelo mamilo enrijecido. Então os lábios dele se fecharam sobre seu seio e sugaram devagar, provocando uma onda intensa de prazer que se estendeu até os dedos dos pés. Ele passou para o outro seio, capturou o bico macio com a boca e começou a chupá-lo, a brincar com ele também.

Com uma das mãos, West ergueu a frente das saias dela até que as únicas camadas de tecido entre os dois eram a calça dele e o algodão fino dos calções dela. Ele apoiou mais o peso sobre o corpo dela, a rigidez do seu membro cutucando a maciez da carne, provocando uma ânsia ardente.

Phoebe sentiu a mão ligeiramente áspera dele segurando seu seio, o polegar provocando e acariciando o bico. Por mais que tentasse permanecer imóvel, o prazer se espalhava por todo o seu corpo... pulsando, formigando, tremulando, todas as sensações implorando para serem reunidas em um único acorde de alívio. Phoebe começou a erguer os quadris em um movimento rítmico além de seu controle. Mais tarde, ficaria mortificada ao se lembrar daquele comportamento devasso, mas, naquele momento, o desejo era maior que tudo.

Deixou escapar um gemido de protesto quando West rolou para o lado, aliviando-a de seu peso, e tentou trazê-lo de volta.

Ele respirava em arquejos trêmulos.

– Phoebe... Não, estou perto demais, não consigo...

Ela o interrompeu colando a boca à dele em um beijo exigente. Cedendo, West a deitou de novo sobre o emaranhado caótico de saias. O corpete aberto prendia os braços dela, impedindo seus movimentos. Ele beijou os seios expostos e lambeu toda a lateral do corpo, enfiando o nariz nas curvas macias. Em seguida, enfiou a mão por baixo das saias e encontrou a abertura da roupa íntima. Espalmou a mão ali, acariciando em movimentos repetitivos os pelos macios que cobriam o monte do sexo dela, provocando nela um profundo arrepio de prazer. Com muita suavidade, abriu caminho por entre os pelos e correu a ponta de um único dedo pela abertura íntima.

Ansiando por mais pressão, por um contato mais explícito, Phoebe ergueu o corpo contra a mão dele, mas o toque de West permaneceu delicado e sem pressa, explorando a topografia intrincada da intimidade dela. Ah, Deus, ele sabia o que estava fazendo, estimulando-a a corresponder cada vez mais, deixando-a em um estado de expectativa impotente. Suavemente, quase por acidente, West aprofundou o toque até a ponta do dedo roçar o clitóris dela. Todo o seu corpo se sobressaltou.

Um espasmo voraz a atravessou quando ele retirou o dedo.

– Por favor... – sussurrou ela, a boca seca.

West a fitou com um leve sorriso, os olhos de um azul enevoado. Ele aproximou os lábios do seio dela e fechou-os sobre o bico. Por longos minutos, ficou sugando e lambendo, enquanto a mão passeava preguiçosamente pelo corpo dela. Phoebe se sentiu arder com uma ânsia que era quase dolorosa e gemeu, esquecendo tudo que não fosse o prazer que West provocava nela. Depois de ir e voltar, de se desviar, em uma lentidão torturante, ele finalmente alcançou o espaço entre as coxas dela e tocou a entrada úmida e vulnerável. Phoebe o agarrou pelos ombros, arquejando contra a abertura da camisa dele, as pernas tensas. A ponta do dedo dele a penetrou, abrindo a carne tenra conforme mergulhava em seu corpo. Ela sentiu movimentos bem lá dentro... carícias provocantes... uma pressão peculiar que fez disparar uma onda de calor em seu interior mais profundo.

West retirou lentamente o dedo e ficou brincando com as dobras sedosas dos lábios internos, como pétalas circundando o botão rígido do sexo. A ponta úmida de um dedo deslizou novamente sobre a carne sensível, e a abrasão suave das calosidades nas mãos dele a arranhou muito de leve, quase a enlouquecendo. A tensão foi aumentando de tal forma dentro dela, tão erótica, tão insuportável, que Phoebe teria feito qualquer coisa para aliviá-la.

– Como você é sensível – sussurrou West junto ao rosto afogueado dela. – Talvez seja melhor para você... mais suave... se eu usar a língua. Você gostaria?

A respiração ficou presa na garganta dela.

Um brilho bem-humorado dançou nas profundezas azuis ardentes dos olhos dele ao ver a reação que suas palavras haviam provocado.

– Eu... acho que eu não... – foi tudo o que ela conseguiu dizer.

Ele roçou a boca de leve na dela.

– Meu lema é: você nunca vai saber se não experimentar.

– É o pior lema que eu já ouvi – comentou ela, a voz fraca.

West sorriu com malícia.

– Ora, ele torna a vida interessante. – Aqueles dedos experientes e maliciosos brincaram entre as coxas de Phoebe, enquanto West sussurrava: – Deixe-me beijá-la aqui. – Diante da hesitação dela, ele a animou: – Sim. Diga que sim.

– Não, obrigada – disse Phoebe, cada vez mais preocupada, e West riu baixinho.

Ela sentiu uma pressão, a sensação impotente de estar sendo invadida, e percebeu que ele estava tentando enfiar dois dedos.

– Relaxe... Você é tão doce, tão macia... Phoebe... Pelas próximas 10 mil noites, vou sonhar com sua boca linda, com a forma milagrosa do seu corpo, com todas essas sardas que a transformam em uma obra de arte...

– Não zombe – disse ela, sem fôlego, e mordeu o lábio quando seu corpo se rendeu à gentil intrusão, os dedos dele girando de leve enquanto a preenchiam.

– Quer uma prova da minha sinceridade? – West pressionou deliberadamente o membro rígido na coxa dela. – Sinta isso. Só de pensar em você eu fico assim.

O homem não tinha vergonha alguma. Vangloriando-se de suas partes masculinas como se fossem motivo de orgulho! Embora… era preciso admitir… o volume fosse impressionante. Phoebe lutou contra a curiosidade quase irresistível, até não aguentar e descer a mão para investigar. Quando sentiu toda a extensão daquele membro pesado e incrivelmente rígido, viu-se impressionada.

– Minha nossa… – murmurou.

Então recolheu rapidamente a mão, e ele sorriu diante de seu rosto enrubescido.

– Me beije – sussurrou West. – Como se estivéssemos na cama, com uma noite inteira pela frente. – Os dedos dele a penetraram mais fundo. – Me beije como se eu estivesse dentro de você.

Phoebe obedeceu cegamente, sentindo o estômago rodar. West a acariciava, brincava com seu corpo, às vezes a penetrando com os dedos, outras vezes apenas brincando com os pelos úmidos entre suas coxas, ou subindo para tocar seus seios. Era impressionante como parecia conhecer o corpo dela, os pontos que eram sensíveis demais para serem tocados diretamente, os ritmos constantes que mais a estimulavam.

Phoebe nunca sentira nada tão intenso. Era como se cada nervo de seu corpo estivesse aceso e cintilasse. Sempre que o desejo dela chegava ao limite do clímax, West parava e a fazia esperar até o ardor retroceder um pouco, para então recomeçar. A necessidade do ápice a fazia tremer, mas ele ignorava suas súplicas e protestos, mantendo o próprio ritmo. Os dedos dele a preencheram suavemente, e ele apoiou a outra mão na curva do sexo dela, massageando um lado e outro do clitóris. Os músculos íntimos de Phoebe se tensionavam e relaxavam, e de novo, e de novo, em pulsações profundas, além do seu controle.

O prazer ressoou através do corpo dela como o toque de um clarim, e dessa vez West não parou, guiou-a mais fundo na sensação que a envolveu e através do prazer que a dominou. A visão dela foi nublada por um brilho intenso, os músculos em convulsão. West recebeu em sua boca o grito baixo que ela deixou escapar e a beijou com a intensidade que ela desejava, por um longo tempo, sem parar de acariciá-la e de provocá-la até os espasmos de prazer darem lugar a tremores mais suaves. Bem devagar, ele tirou os dedos longos de dentro do corpo dela. E continuou a segurá-la, aconchegada contra si, enquanto ela respirava em arquejos e se recuperava.

Em meio à névoa exausta que eram seus pensamentos naquele momento, Phoebe se perguntou o que aconteceria a seguir. Estavam entrelaçados, e ela sentia West ainda excitado. Será que ele iria querer se satisfazer? O que deveria fazer por ele agora, e como? Ah, Deus, sua mente era um borrão de prazer, seu corpo frouxo como uma saca de sal. Sentia-se horrivelmente tímida pelo que haviam acabado de fazer, mas também fascinada a ponto de quase derramar lágrimas. Jamais havia experimentado algo tão delicioso quanto estar protegida nos braços dele, totalmente segura, quente e saciada.

Com cuidado, West começou a arrumar a desordem que eram as roupas dela, amarrando e abotoando com mãos experientes. Tudo que ela conseguiu fazer foi ficar deitada ali, como uma boneca largada, temendo o retorno à realidade.

Ele a colocou sentada. Quando falou, seu tom era irônico e bem-humorado:

– Quanto àqueles sentimentos que você não tem mais... O que você ia dizendo?

Phoebe o encarou surpresa, e seu corpo se enrijeceu como se ele tivesse jogado um balde de água fria no seu rosto.

Não foi o que ele disse que a chocou, mas sua expressão distante, um canto da boca se curvando em um sorriso arrogante. O amante terno havia desaparecido, deixando-a com um estranho sardônico.

Toda a sensação de intimidade, de conexão, fora uma ilusão. Não havia sinceridade em nada que ele dissera. Seu único objetivo era provar que ela ainda tinha necessidades físicas, e conseguira isso com sucesso espetacular, humilhando-a.

Fora seu primeiro momento de contato íntimo com outro homem... e para ele não passara de um jogo.

Ah, como se sentia tola!

– Espero que tenhamos aprendido nossa lição – zombou West, em tom suave, tornando tudo ainda pior.

Mas Phoebe conseguiu disfarçar a mágoa e fúria em uma fachada dura.

– Realmente – retrucou ela, seca, incapaz de encará-lo enquanto se colocava de pé. – Embora talvez não tenha sido a lição que você achou que estava me ensinando. – Ela ajeitou o corpete e alisou as saias. Quase saltou como uma corça assustada quando West fez menção de ajudá-la. – Não preciso de mais assistência.

West recuou na mesma hora. E esperou em silêncio enquanto ela terminava de se arrumar.

– Phoebe... – começou, agora mais suave.

– Obrigada, Sr. Ravenel – disse ela, ignorando a fraqueza que sentia nas pernas enquanto seguia a passos largos para a porta. Eles já não estavam mais se tratando pelo primeiro nome. E, se dependesse dela, jamais voltariam a tal intimidade. – Foi uma tarde muito instrutiva.

Phoebe saiu do escritório e fechou a porta com todo cuidado, embora tivesse vontade de batê-la.

CAPÍTULO 19

Para quem olhasse de fora, o jantar daquela noite – a última reunião das famílias antes de os Challons partirem, na manhã seguinte – foi pura leveza e divertimento. O casamento e o tempo de visita que se seguira foram um grande sucesso, estreitando as relações entre as famílias e pavimentando o caminho para novos encontros.

Quanto a West, seu nível de aproveitamento foi equivalente a uma noite passada em uma masmorra medieval. Quase teve cãibras no rosto, tamanho seu esforço para agir normalmente. E ficou impressionado com Phoebe, que se portava com perfeita compostura, muito sorridente. Um autocontrole formidável – ela tomava cuidado para não ignorá-lo totalmente, mas não lhe dava mais do que o mínimo de atenção necessária para evitar comentários. De vez em quando o olhava de relance com um sorriso insípido, ou sorria educadamente de algum gracejo que ele tivesse feito, mas seu olhar nunca o encontrava de verdade.

É melhor assim, West dissera a si mesmo milhares de vezes desde a tórrida cena no escritório. Fora a decisão certa: fazer com que ela o odiasse. Momentos depois de Phoebe atingir o clímax, quando a tinha aconchegada nos braços, sentindo seu corpo lindo acomodado contra o dele, West estivera prestes a derramar tudo que pensava, tudo que sentia por ela. Mesmo agora, pensar o que poderia ter dito o aterrorizava. Em vez disso, optara por constrangê-la de propósito, e fingira ter apenas se divertido com ela.

Agora não haveria mais expectativas, anseios nem esperança de qualquer dos lados. Agora ele não precisava temer a possibilidade de ir atrás dela em um momento de fraqueza. Phoebe partiria no dia seguinte e tudo voltaria a ser como antes. Ele encontraria um modo de esquecê-la. O mundo estava cheio de mulheres.

Os anos passariam enquanto os dois levassem vidas separadas. Ela se casaria e teria mais filhos. Teria a vida que merecia.

Infelizmente, ele também.

Depois de uma péssima noite de sono, West acordou com a sensação de haver uma pedra de gelo no estômago. De terem estacionado um motor de tração sobre seu peito. Seguiu, devagar, seus rituais matinais. Estava entorpecido demais para sentir o calor da toalha que usou no rosto antes de se barbear. Quando passou pela cama desfeita, teve vontade de se deitar de novo, totalmente vestido.

Já basta, disse a si mesmo, com rigor. Não era atitude de homem ficar se lamentando e se arrastando daquele jeito. Resolveu seguir seu dia como sempre, a começar pelo café da manhã. O aparador estaria cheio de costeletas grelhadas, ovos, fatias de bacon e presunto, batatas fritas na manteiga com ervas, porções de pudim de pão – cada uma com sua cota mais do que justa de calda –, uma travessa de rabanetes crocantes e picles sobre uma camada de gelo, frutas do pomar em calda e cobertas por creme fresco...

Pensar em comida lhe deu náuseas.

West andou de um lado para outro, sentou-se, levantou-se, andou de um lado para outro mais um pouco, até, finalmente, parar diante da janela, a testa apoiada no vidro gelado. Seu quarto tinha vista para os estábulos e para a garagem de carruagens, onde os veículos e cavalos estavam sendo preparados para levar os Challons à estação privativa da ferrovia na propriedade.

Não podia deixar Phoebe ir embora daquele jeito, odiando-o, pensando o pior a seu respeito. Não que soubesse como deixar as coisas entre eles, mas certamente não era daquele jeito.

Então se lembrou do que Pandora lhe dissera na véspera do casamento, que não se julgava merecedora de se casar com um homem como lorde St. Vincent. "Não há nada melhor do que ter algo não merecido", retrucara ele.

Que idiota petulante havia sido. Agora compreendia o risco e a dor terríveis de se querer alguém muito acima do seu alcance.

Desceu as escadas até o escritório, onde os livros contábeis que mostrara a Phoebe na véspera estavam arrumados em pilhas sobre a mesa. Procurou entre os volumes, achou o que queria e pegou. Então se sentou à mesa e pegou pena e tinta.

Quinze minutos depois, ele subia de novo as escadas com o livro na mão. Não parou até chegar à porta do quarto dela. Ouviu barulhos lá dentro, gavetas sendo abertas e fechadas, a tampa de um baú batendo no piso. Ouviu a voz abafada de Phoebe falando com a camareira.

O coração de West parecia querer saltar do peito como uma cotovia engaiolada. Bateu à porta com cautela. Os sons dentro do quarto cessaram.

Logo a porta foi aberta e uma camareira o encarou com as sobrancelhas erguidas.

– Senhor?

West pigarreou antes de dizer, rouco:

– Gostaria falar com lady Clare... brevemente... se for possível. – Depois de uma pausa, acrescentou: – Tenho algo para dar a ela.

– Um momento, senhor.

E a porta foi fechada.

Quase um minuto se passou antes que fosse aberta de novo. Dessa vez, era Phoebe. Ela usava roupas de viagem, os cabelos presos no alto em um intrincado coque trançado. Parecia tensa e cansada, pálida como um fantasma, a não ser pelo rubor intenso nas faces. A palidez apenas ajudava a enfatizar os belos ângulos do queixo e das maçãs do rosto. Os homens se apaixonariam por aquele lindo rosto antes mesmo de perceberem que havia muito mais para amar.

– Sr. Ravenel – disse ela com frieza, sem encontrar os olhos dele.
West se sentiu um imbecil ao estender o livro.
– Para você.
Ela o aceitou.
– O manual moderno para proprietários de terras – leu, em tom monótono.
– É repleto de boas informações.
– Obrigada, é muito atencioso da sua parte – disse ela, com frieza. – Agora, se me der licença, preciso terminar de arrumar minha bagagem...
– O que aconteceu ontem... – West teve que parar e respirar fundo. Tinha a sensação de que os pulmões haviam diminuído pela metade. – Eu a levei a tirar conclusões erradas sobre o que me levou a fazer o que fiz. Não foi para provar que você ainda podia sentir aquilo. Foi para provar que sentia aquilo por *mim*. Fui egoísta e estúpido. Não deveria ter tomado tais liberdades.
Phoebe fechou a cara, saiu para o corredor e fechou a porta. Depois de olhar ao redor para se certificar de que tinham privacidade, enfim o encarou, os olhos vivos e penetrantes.
– Não foi isso que me ofendeu. – Ela falava baixo e em tom exasperado. – Foi como você se comportou depois, tão cheio de si e...
– Eu sei.
– ... tão arrogante...
– Eu estava com ciúmes.
Phoebe o encarou, parecendo ter sido pega de surpresa.
– De Edward?
– Porque você vai se casar com ele.
Ela baixou o olhar.
– Ainda não tomei nenhuma decisão a esse respeito. Com tudo o que tenho a enfrentar quando voltar para a Mansão Clare, o casamento dificilmente seria uma prioridade em minha mente.
– Mas você prometeu a Henry...
– Não concordei em sacrificar minha vontade – disse ela, secamente. – Prometi considerar a ideia porque era o que Henry queria, mas posso simplesmente nunca mais me casar. Ou me casar com outra pessoa.
A ideia de algum homem desconhecido a cortejando, fazendo amor com ela, fez West ter vontade de socar a parede.
– Espero que encontre alguém à sua altura – murmurou ele. – Para mi-

nha tristeza, não tenho nada a oferecer além de um relacionamento que a insultaria e rebaixaria.

– É mesmo? Você me parece bastante adequado ao casamento.

– Não me casaria com você – disse West, sem pensar, e se arrependeu na mesma hora ao ver a reação dela. – Não quis dizer que…

– Entendo. – A voz dela cortaria uma maçã. – Você me deseja apenas como amante, não como esposa. É isso?

A conversa não estava seguindo, de forma alguma, na direção que ele havia esperado.

– Nenhuma das duas coisas – apressou-se em dizer. – Quer dizer, *ambas*. – Ele não estava dizendo coisa com coisa. – Maldição! – Depois de engolir em seco, decidiu ser dolorosa e implacavelmente sincero. – Phoebe, você sempre foi protegida de homens como eu. Nunca teve de encarar as consequências do passado sórdido de alguém. Eu não poderia fazê-la passar por isso, ou os meninos. Eles precisam de um pai de quem queiram estar à altura, não cujas culpas precisem expiar. Quanto a mim… não fui feito para o casamento. E se fosse, nunca tomaria como esposa alguém tão acima de mim em todos os aspectos. Tenho consciência de como isso soa tacanho, mas mesmo homens tacanhos conhecem seus limites.

– Eu não estou acima de você – protestou Phoebe.

– Você é perfeita demais para ser inteiramente humana. Pertence a uma ordem de seres mais elevados… Não exatamente um anjo, mas próximo disso. Nunca encontrei nem nunca encontrarei uma mulher que desperte em mim o que você desperta. Não sei como chamar o que sinto. Mas sei que você deve ser venerada por um homem que conquiste o direito a isso… e esse homem não sou eu. – Ele fez uma pausa. – Vou levar a gata agora.

– O q-quê? – perguntou Phoebe, atordoada.

– A gata. Coloque-a em um cesto e eu a levarei de volta para o celeiro. A menos que queira ficar com ela.

– Não, eu… Obrigada, não, mas…

– Vá pegá-la. Eu espero.

Parecendo desorientada, Phoebe entrou no quarto, deixando a porta aberta. Retornou trazendo um grande cesto com tampa, de onde se ouviam pequenos miados que escapavam pelos buraquinhos do vime.

West o pegou das mãos dela.

– Quando você for embora, não estarei lá para ver a carruagem partindo. Não vou conseguir. Se tentasse dizer adeus, tenho certeza de que acabaria constrangendo a nós dois.

– Espere – começou Phoebe, parecendo ofegante. – Preciso perguntar...

Fosse o que fosse, West não queria ouvir. Não suportaria. Colocou a cesta embaixo de um dos braços e, com a mão livre, puxou-a pela nuca. E a beijou. Sentiu os lábios trêmulos de Phoebe sob os seus. O calor delicioso de tê-la o atravessou, derretendo o desespero gelado. Finalmente, conseguiu respirar fundo de novo. E saboreou a boca cheia e doce, pressionando e provocando os lábios sedosos, roubando-lhe o máximo possível de sabor. Queria passar anos beijando-a sem parar. Mas se obrigou a se afastar e a soltou.

– Vamos esquecer esse também – disse West, ligeiramente rouco.

E se afastou enquanto ainda era capaz, levando a gatinha que protestava dentro do cesto.

~

– Você não vai a lugar algum – disse Devon, quando West avisou que estava indo ao celeiro. – Os Challons logo partirão... Você tem que se despedir deles.

– Não, não tenho – retrucou West secamente, ainda segurando a gata infeliz dentro do cesto. – Vou ficar bem longe até eles irem embora.

O irmão ficou aborrecido.

– Achei que você poderia acompanhá-los até a estação ferroviária.

– Vou acompanhar essa maldita gata de volta ao celeiro.

– O que devo dizer ao duque se ele reparar na sua ausência?

– Existem apenas três possíveis razões para precisarem de mim por aqui – comentou West, azedo. – Quando alguma coisa quebra, inunda ou atola em um brejo. Use uma dessas desculpas. Garanto que os Challons não vão dar a menor importância se eu me despedir deles ou não.

– Você brigou com lady Clare? Por isso parecia que estava sentado em cima de um porco-espinho durante todo o jantar?

West deu um sorrisinho apesar do mau humor.

– Foi essa a impressão que passei? Garanto que teria preferido me sentar em cima de um porco-espinho.

Devon relaxou o semblante.

– Você não pode fugir dos seus problemas.

– Na verdade, posso, sim – retrucou West, já se afastando com o cesto.
– Veja... estou fazendo isso agora mesmo.

Enquanto se afastava, West ouviu o irmão dizer:

– Já tentou ser honesto com ela sobre seus sentimentos?

– Santa mãe de Deus, você consegue se ouvir? – retrucou, sem se virar.
– Até Kathleen seria capaz de me dar conselhos mais viris.

Ele saiu pelos fundos da casa e não parou até alcançar o conjunto de depósitos e celeiros. A visão e os ritmos familiares do lugar o ajudaram a recuperar o equilíbrio e aliviaram um pouco sua infelicidade. Tinha diante de si dias de muito trabalho, o que, com sorte, o deixaria exausto o bastante para conseguir dormir à noite.

Quando alcançou o celeiro, pousou o cesto no chão com cuidado, levantou a tampa e pegou a gatinha preta, que chiou e lhe lançou um olhar ameaçador.

– Sinto muito, Galochas. É hora de nós dois voltarmos ao trabalho. Vá pegar alguns ratos.

A gata saiu em disparada.

West foi até a oficina do ferreiro, onde Cotoco e alguns dos outros homens consertavam um eixo de carroça quebrado. Haviam erguido o pesado veículo com a ajuda de um conjunto de diferentes polias para conseguir alcançar a parte de baixo. Embora sua ajuda não fosse necessária nem tivesse uma boa razão para ficar ali, West se demorou o máximo possível. A todo momento olhava o relógio de bolso, o que, após um tempo, levou Cotoco a perguntar, bem-humorado:

– Não estamos trabalhando rápido o bastante para seu gosto, Sr. Ravenel?

West deu um sorrisinho e balançou a cabeça, guardando o relógio.

– Só voltarei quando tiver certeza de que os hóspedes já se foram.

Nedinho olhou de relance para ele, com um interesse animado.

– E a viúva de cabeleira ruiva e seu menininho? – ousou perguntar. – Não quis se despedir deles, senhor?

– Lady Clare é uma mulher fina, sofisticada – retrucou West, aborrecido. – Sofisticada demais para mim, infelizmente. Seria colocar a carroça diante dos bois, e não sou homem de andar atrás da carroça.

Houve um murmúrio de concordância entre os homens. Mas Nedinho se arriscou a dizer:

– Eu, por mim, não me importo de estar na traseira da carroça, desde que minha esposa nos mantenha no caminho certo.

Todos riram.

– Eu também não me importaria, se a esposa fosse uma bela visão – declarou Cotoco. – E dá para ver que a viúva Clare é uma boa parideira, o senhor teria uma cria saudável de uma fêmea dessas.

Embora soubesse que o comentário não tivera a intenção de ser desrespeitoso, ele dirigiu um olhar de alerta a Cotoco, para indicar que o assunto estava encerrado. Depois que o eixo da carroça foi removido, West voltou para o Priorado Eversby. A manhã estava fria e o céu, azul. Um bom dia para viajar.

Seguiu pela trilha de cascalho que contornava a casa, para dar uma olhada no pátio da frente. Não havia carruagens nem a aglomeração de criados atarefados. Definitivamente, os Challons já haviam partido. West exalou o ar, aliviado, e entrou na casa pela porta da frente.

Apesar de sua considerável lista de tarefas, pegou-se sem saber o que fazer. Sentia-se como uma árvore com o centro de gravidade fora da base, prestes a tombar em uma direção imprevisível. Na casa, os criados se agitavam organizadamente, limpando os quartos recém-esvaziados e tirando a roupa de cama, enquanto outros recolhiam pratos, talheres e as comidas do café da manhã. West olhou para o cesto vazio que tinha na mão. Não sabia o que fazer com aquilo.

Foi até o quarto onde Phoebe se hospedara e pousou o cesto perto da porta. A cama havia sido feita às pressas, o lado onde ela dormira não estava com os lençóis totalmente esticados. West não resistiu a se aproximar e passar os dedos pela coberta, lembrando-se do peso leve porém firme do corpo dela, a sensação do hálito dela em seu rosto...

Um miado plangente interrompeu seus pensamentos.

– Que diabo...? – murmurou ele, e deu a volta na cama. Para sua surpresa, ali estava a gata preta, suja de terra e parecendo irritada. – Como você pode estar aqui? Acabei de deixá-la no celeiro!

Galochas deixou escapar outro som desconsolado e vagou pelo quarto vazio. Provavelmente correra para a casa assim que ele a soltara, e dera um jeito de entrar. A gatinha pulou para a cama e se enroscou na ponta.

Depois de um momento, West se sentou na lateral do colchão. Pegou um travesseiro, buscando algum resquício de Phoebe. Ao descobrir um leve aroma de sabonete misturado à doçura das rosas, inspirou fundo. Quando abriu os olhos, deu com a gata o encarando, os olhos dourados solenes e acusadores.

– Você não pertence à vida dela mais do que eu – disse West, com frieza. – Você não pertence nem a esta casa.

Galochas não esboçou reação alguma além de sacudir a ponta do rabo fino, como alguém tamborilando os dedos impacientemente.

Será que a gatinha insistiria em voltar outras vezes, em busca de Phoebe? Era impossível não se compadecer da pobre criaturinha magrela. West deixou escapar um suspiro exasperado.

– Mesmo se eu pudesse levar você até ela, duvido que ela fosse adotá-la. Só Deus sabe o que seria de você. Além do mais, quer mesmo viver em Essex? Ninguém quer.

Tuc, tuc, tuc, bateu o rabo da gata.

West ficou olhando-a por um bom tempo.

– Talvez seja possível alcançá-los na estação de Alton – supôs. – Mas você teria que voltar para dentro daquele cesto de costura, e sei que não gostaria nem um pouco disso. E teríamos que ir a cavalo, o que a agradaria ainda menos. – Um sorriso involuntário iluminou o rosto dele ao pensar como Phoebe ficaria irritada. – Ela me mataria. Imagine se vou arriscar minha vida por uma gata de guarda.

Mas o sorriso não foi embora.

Com sua decisão tomada, West deixou o travesseiro de lado e foi pegar o cesto.

– Escolha seu destino, gata. Se resistir a entrar no cesto, a aventura se encerra aqui. Se estiver disposta a entrar... veremos o que pode ser feito.

~

– Faça um bolo, faça um bolo, seu padeiro... – cantava Evie, brincando com Stephen, no vagão de trem privado dos Challons. Eles ocupavam um dos lados do assento de estofamento alto, com Sebastian descansando no outro canto. O menino batia as mãozinhas junto com a avó, olhando encantado para ela. – Misture, misture...

Phoebe e Seraphina ocupavam o assento oposto, enquanto Ivo e Justin estavam de pé à janela, acompanhando o movimento nas plataformas.

Como a parada programada para a estação de Alton era curta, os Challons permaneceram no vagão, que tinha as paredes apaineladas em madeira de bordo e era decorado em elegante veludo azul, com acabamento em detalhes dourados. Para manter a temperatura agradável no interior do vagão, haviam sido colocadas bandejas de gelo no chão, cobertas com uma grade ornamental.

Ao fim da canção, Evie recomeçou, animada:

– Faça um bolo, faça um bolo...

– Meu bem – interrompeu Sebastian –, estamos envolvidos na produção de bolos desde que pusemos os pés neste trem. Em nome da minha sanidade, peço que escolha outra brincadeira.

– Stephen – perguntou Evie –, quer brincar de esconder?

– Não – foi a resposta séria do bebê.

– Quer brincar de "chamar as galinhas"?

– Não.

Evie lançou um olhar travesso para o marido antes de perguntar à criança:

– Quer brincar de cavalinho com o vovô?

– Quero!

Sebastian deu um sorriso sofrido e pegou o menino.

– Eu sabia que deveria ter ficado quieto.

Ele colocou Stephen nos joelhos e começou a sacudi-lo, arrancando gritinhos de prazer.

Phoebe voltou a atenção, distraidamente, para o livro em seu colo.

– Que romance está lendo? – perguntou Seraphina, levantando os olhos da revista de moda. – É bom?

– Não é um romance, foi um presente do Sr. Ravenel.

Os olhos azuis de Seraphina cintilaram com interesse.

– Posso ver?

Phoebe o estendeu para a irmã.

– Um manual para proprietários de terras? – perguntou Seraphina, torcendo o nariz.

– Tem muitas informações que me serão úteis quando eu voltar para a propriedade dos Clares.

Seraphina abriu o livro com cuidado e leu a dedicatória em caligrafia elegante:

Milady,

Quando em dificuldade, lembre-se das palavras de nosso amigo em comum, Stephen Armstrong: "Sempre é possível sair da areia movediça, basta não entrar em pânico."

Ou mande me chamar, e eu lhe lançarei uma corda.

– W. R.

Todas as vezes que lera aquelas palavras (pelo menos uma dúzia, desde que haviam deixado o Priorado Eversby), Phoebe sentira uma onda de euforia. Não lhe escapara que West havia marcado partes do livro com xis, exatamente como ela fizera no de Henry, tanto tempo antes. Eram um flerte sutil, aqueles xis – Phoebe poderia interpretá-los como beijos, se quisesse, enquanto West sempre poderia negar essa intenção.

Homem complicado. Enfurecedor.

Phoebe desejou que ele não tivesse aparecido a sua porta naquela manhã. Teria sido mais fácil ir embora estando brava. Em vez disso, ele minara toda a sua mágoa e raiva com uma honestidade cáustica. Tinha despido sua alma para ela. Só não dissera que a amava.

Aquele relacionamento – se é que podia chamar assim – acontecera rápido demais. Não houvera tempo para saborear nada, não houvera tempo para pensar. Haviam se comportado como adolescentes, movidos pela paixão e pelo impulso, desprovidos de bom senso. Phoebe não esperava voltar a se sentir daquele jeito, jovem, esperançosa e intensamente desejada. West a fizera acreditar que houvesse em si qualidades inexploradas, apenas esperando para serem descobertas.

– Você vai mandar chamá-lo? – perguntou Seraphina, baixinho, ainda olhando para a dedicatória.

Phoebe se certificou de que os pais continuavam ocupados com Stephen antes de sussurrar:

– Acho que não.

– Ele está muito interessado em você. – Seraphina devolveu o livro. – Todos notaram. E você gosta dele, não gosta?

– Gosto. Mas há muitas coisas que não sei a respeito do Sr. Ravenel. Ele tem um passado de má reputação, e preciso pensar nos meus filhos. – Phoebe hesitou, pois não gostou de como estava soando: austera e intolerante. Suspirou e acrescentou, abatida: – Ele deixou claro que casamento está fora de questão.

Seraphina pareceu perplexa.

– Mas todos querem se casar com você.

– Ao que parece, nem todos. – Phoebe abriu o livro e tocou as iniciais W.R. com a ponta do dedo. – Ele diz que não é talhado para a paternidade, e... bem, que casamento não é para todo homem.

– Um homem com a aparência dele deveria ser obrigado *por lei* a se casar – comentou Seraphina.

Phoebe deu uma risadinha relutante.

– De fato, seria um desperdício.

Uma batida à porta esmaltada do vagão as alertou para a presença de um carregador e do inspetor da plataforma do lado de fora.

Sebastian devolveu o bebê a Evie e foi falar com os homens. Depois de alguns instantes, voltou com um cesto na mão. Parecia confuso mas bem-humorado quando o entregou a Phoebe.

– Isso foi deixado na estação para que entregassem a você.

– Agora? – perguntou Phoebe, com uma risadinha desconcertada. – Ora, acho que é o cesto de costura de Ernestine! Não me diga que os Ravenels se deram ao trabalho de mandar alguém se deslocar até Alton para devolvê-lo?

– Não está vazio – informou o pai.

O cesto que Sebastian pousou no colo da filha tremeu e se agitou, e ouviu-se um miado irado, que mais parecia um uivo.

Espantada, Phoebe lutou com o fecho da tampa até conseguir abrir.

A gata preta saltou do cesto e subiu freneticamente pela frente do vestido dela, agarrando-se com tamanha ferocidade ao seu ombro que nada teria conseguido soltar suas garras.

– *Galochas!* – exclamou Justin, e correu para a gata.

– *Locha!* – gritou Stephen, empolgado.

Phoebe acariciou a gata frenética, tentando acalmá-la.

– Galochas, como... Por que você... Ah, isso só pode ser coisa do Sr. Ravenel! Vou *matá-lo!* Pobrezinha.

Justin parou ao lado da mãe e ficou fazendo carinho na gata suja e desgrenhada.

– Agora vamos ficar com ela, mamãe?

– Acho que não temos escolha – respondeu Phoebe, distraída. – Ivo, vá com Justin até o vagão-restaurante e pegue um pouco de água e comida para ela, por favor.

Os dois saíram em disparada na mesma hora.

– Por que ele fez isso? – queixou-se Phoebe. – Provavelmente também não conseguiu obrigá-la a ficar no celeiro. Mas ela não nasceu para ser um animal doméstico. Com certeza vai fugir assim que chegarmos em casa.

Sebastian voltou a se sentar perto de Evie e disse, com ironia:

– Cardeal, duvido que essa criatura se afaste 1 metro de você.

Havia um bilhete dobrado no fundo do cesto. Phoebe o pegou e abriu. Era a letra de West.

FELINO DESEMPREGADO BUSCA TRABALHO EM CASA DE FAMÍLIA

A quem possa interessar,
Venho por meio desta oferecer meus serviços como experiente caçadora de ratos e dama de companhia. Referências de família respeitável podem ser providenciadas, caso necessárias. Disposta a aceitar casa e comida como pagamento. Preferência por alojamento interno.

A seu dispor,
Galochas, a gata.

Ao terminar de ler, Phoebe encontrou o olhar curioso dos pais.

– É uma candidatura de emprego – explicou, mal-humorada. – Da gata.

– Que encanto! – exclamou Seraphina, lendo o bilhete por cima do ombro da irmã.

– Dama de companhia, até parece... – resmungou Phoebe. – Um animal semisselvagem, que vivia ao ar livre e se alimentava de animais peçonhentos.

– Não sei, não... – comentou Seraphina, pensativa. – Se ela fosse realmente selvagem, não iria querer contato algum com humanos. Com tempo e paciência, talvez possa ser domesticada.

Phoebe revirou os olhos.

– É o que vamos descobrir.

Os meninos voltaram do vagão-restaurante com uma tigela de água e uma bandeja com petiscos para a gata. Galochas desceu até o chão, onde ficou apenas o tempo necessário para devorar o ovo cozido, o pãozinho com anchovas e o caviar negro trazidos num pratinho de prata sobre gelo.

Então lambeu os lábios, ronronou e pulou de volta para o colo de Phoebe, enrodilhando-se com um suspiro.

– Eu diria que ela está se adaptando muito bem – falou Seraphina, com um sorriso, e cutucou Phoebe com o cotovelo. – Qualquer um pode deixar para trás um passado de má reputação.

Duas badaladas do sino e um assovio longo sinalizaram a partida do trem. Saindo da estação, Phoebe sentiu uma profunda tristeza. Havia algo de melancólico em um trem apitando, as duas notas se erguendo no ar como um conjunto de parênteses vazios. Dominada por uma saudade que pela primeira vez não tinha nada a ver com Henry, ela afastou um pouco a cortina de franjas douradas para olhar para a plataforma pela janela.

Entre o aglomerado de passageiros e carregadores, uma figura morena e esguia se destacava, o ombro apoiado casualmente em uma coluna.

West.

Os olhares dos dois se cruzaram através da plataforma quando o vagão passou. Phoebe prendeu a respiração, sentindo ondas de calor se alternarem com arrepios de frio, que deixaram seu corpo trêmulo. Não foi apenas desejo físico – embora o desejo fosse uma parte considerável da sensação. Em poucos dias havia se formado um vínculo entre eles. Um vínculo doloroso e inconveniente, que ela torcia para que não se prolongasse. Phoebe o encarou sem piscar, tentando manter o contato visual o máximo de tempo possível.

Com uma leve insinuação de sorriso, West tocou a aba do chapéu. E sumiu.

CAPÍTULO 20

Essex
Três meses depois

Sentada à escrivaninha, Phoebe levantou os olhos quando a forma alta e esbelta de Larson entrou pisando firme no salão de visitas da Mansão Clare.

– Bom dia – cumprimentou ela, animada. – Que surpresa vê-lo.
Um sorriso cálido se abriu no rosto magro dele.
– Uma surpresa agradável, espero.
– Naturalmente.

Como sempre, Edward estava impecavelmente vestido e bem-penteado, a imagem perfeita de um cavalheiro do campo. Os cabelos castanhos haviam sido repartidos de lado e arrumados em ondas perfeitas. A barba estava feita, mas não por sua escolha: certa vez, Edward havia tentado deixar crescer costeletas, que estavam na moda, mas os pelos da barba eram esparsos e cheios de falhas como os de um adolescente, o que o forçara a abandonar a tentativa.

– O cômodo parece diferente – comentou ele, olhando ao redor. – O que você mudou?
– As cortinas.

Ele observou o tecido de seda em tom creme.
– São novas?

Phoebe riu.
– Não se lembra das cortinas de brocado marrom que passaram os últimos trinta anos aí?

Ele deu de ombros, os olhos castanhos sorridentes.
– Na verdade, não. Bem, gosto dessas.

As cortinas eram parte de um projeto de redecoração a que Phoebe se dedicara desde que voltara à propriedade dos Clares. Ficara consternada ao descobrir que, passados dois anos, a casa inteira ainda tinha a atmosfera do quarto de um doente. Silenciosa e cheirando a mofo, as fileiras de janelas cobertas por cortinas pesadas, as paredes e carpetes encardidos. Comparada com a casa arejada e iluminada de sua família, em Sussex, parecia lamentável. Se as crianças iriam morar ali, decidira Phoebe, teria que arejar e redecorar o local.

Recorrendo ao fundo que lhe havia sido deixado como viúva, Phoebe mandara vir de Londres catálogos com amostras de papéis de parede, tecidos e tintas. Contratara trabalhadores locais para pintar as paredes de creme e lixar o chão e todos os itens em madeira da casa, restaurando o acabamento natural. Os tapetes antigos foram substituídos por peças de Kidderminster feitas à mão, com fundo verde-sálvia ou creme. Poltronas e sofás receberam estofamento novo em veludo verde ou algodão em estampas florais. Embora ainda houvesse muito a fazer, Phoebe estava satisfeita com os resultados até ali. O cheiro de mofo e decadência fora substituído pelo de tinta fresca, cera de madeira e produtos novos. A casa recuperara a vida, despertando do longo período de luto.

– Gostaria de um chá? – ofereceu Phoebe.

Edward se inclinou para lhe dar um beijo no rosto.

– Não, obrigado. Infelizmente, tenho poucos minutos. Preciso discutir alguns assuntos com você.

– Você trouxe os livros contábeis? – perguntou ela, esperançosa.

Edward abaixou a cabeça, contrito.

Claramente, ele não trouxera.

A reação pueril não diminuiu em nada a irritação de Phoebe, que pareceu picá-la em vários lugares, como se estivesse cercada por um enxame de abelhas.

Por razões que ela ainda não entendia bem, Edward levara embora todos os volumes de livros contábeis – incluindo os das áreas de cultivo doméstico e dos arrendatários – da Mansão Clare. E os colocara no escritório particular que dividia com o pai em uma cidade próxima. Os Larsons administravam não apenas a própria propriedade como supervisionavam as de muitas famílias abastadas do condado.

Quando Phoebe deu por falta dos livros, Edward se desculpou por ter esquecido de lhe avisar que os pegara e explicou que, para ele, era mais fácil gerenciar tudo dos escritórios do pai. E prometeu devolvê-los o mais rápido possível. Mas toda vez que Phoebe reiterava o pedido, Edward oferecia alguma desculpa conveniente.

– Edward, já se passaram três meses desde a primeira vez que lhe pedi – reclamou Phoebe.

– Eu sabia que você estava ocupada com a redecoração da casa.

Com esforço, ela conseguiu manter a voz calma, apesar de sua irritação só aumentar.

– Sou capaz de fazer mais de uma coisa ao mesmo tempo. Gostaria de ter os livros de volta o mais rápido possível. Você vem nos visitar ao menos duas vezes por semana, o que é um prazer para nós, e já poderia tê-los trazido em alguma dessas ocasiões.

– Não é apenas jogá-los dentro de uma bolsa – argumentou Edward. – São pesados.

Phoebe fechou a cara.

– E mesmo assim você conseguiu levá-los – lembrou, deixando transparecer uma ponta de aborrecimento. – Não pode trazê-los de volta usando o mesmo método?

– Phoebe, querida... – O tom de Edward já era diferente. – Não me dei conta de como isso era importante para você. Só pensei que... Bem, não é como se você fosse fazer alguma coisa com eles.

– Quero examiná-los. Quero entender como andam os negócios, principalmente no que diz respeito aos arrendatários.

– A propriedade vai bem – apressou-se a dizer ele. – Os aluguéis têm sido pagos com a precisão de um relógio. Não há nada com que se preocupar. – Edward fez uma pausa, a expressão irônica. – Sei que os Ravenels a deixaram agitada em relação à modernização, mas é do interesse de um proprietário de terras adotar uma abordagem moderada. Não queremos que gaste todo o seu capital em esquemas impetuosos. Meu pai recomenda um curso de ação lento e constante, assim como eu.

– Não estou "agitada" – protestou Phoebe, não gostando nada da insinuação de que estava sendo caprichosa ou temerária. – Minha intenção é conhecer melhor os problemas e preocupações dos meus arrendatários e discutir opções razoáveis para ajudá-los.

Um sorriso fugaz passou pelo rosto de Edward.

– Qualquer arrendatário com quem conversar terá uma longa lista de necessidades e desejos. Farão de tudo para arrancar até o último xelim do seu bolso, especialmente se você se oferecer para comprar máquinas que façam o trabalho por eles.

– Não há nada de errado em quererem um trabalho menos exaustivo. Eles poderiam ser mais produtivos com menos esforço, e talvez ainda ter mais tempo livre.

– E para que precisam de tempo livre? O que fariam com esse tempo? Leriam Platão? Fariam aulas de violino? Estamos falando de pessoas do campo, Phoebe.

– Não cabe a mim pensar como elas vão passar o tempo livre. A questão é se têm direito a ele.

– Você obviamente pensa que elas têm esse direito. – Edward abriu um sorriso carinhoso. – Isso é prova de seu coração mole e sua compaixão feminina, qualidade que fico encantado em descobrir em você. Agora, quanto aos livros contábeis... Se vai tranquilizá-la, eu os devolverei assim que possível. Mas você não vai conseguir decifrá-los sem mim. O sistema de contabilidade tem suas peculiaridades.

– Então passe uma tarde aqui comigo, me explicando.

Assim que as palavras saíram de sua boca, Phoebe se lembrou da tarde que passara com West, analisando livros contábeis e mapas, tomando vinho, rindo dos gracejos bobos dele sobre vacas... E daqueles minutos ardentes, quando terminara deitada no chão com ele, meio enlouquecida de desejo e prazer. Ah, Deus, como desejava esquecer! Àquela altura, West já deveria ter desaparecido dos seus pensamentos.

Nos três últimos meses, Edward fizera avanços cautelosos, elevando a amizade deles ao patamar de um cortejar tranquilo, sem exigências. Não houvera declarações de paixão selvagem, olhares ardentes nem comentários ousados. Era um cavalheiro.

A resposta dele a trouxe de volta ao presente:

– Vamos encontrar um dia para isso – prometeu. – No entanto, só terei tempo depois que voltar de viagem. Foi isso que vim discutir.

– Que viagem? – perguntou Phoebe, indicando, com um gesto, que ele a acompanhasse até o sofá.

– Tem a ver com a mãe de Henry – disse Edward. – Ela visitou meus pais ontem pela manhã.

– Eu não sabia. – Phoebe balançou a cabeça, desconcertada. – Como vivemos na mesma casa e ela não me disse nada?

Edward pareceu lamentar.

– Pelo que entendo, ainda há uma tensão entre vocês duas em relação à redecoração.

Phoebe gemeu, recostou-se no canto do sofá e ergueu os olhos para os céus.

– Eu disse que ela não podia transformar a casa toda em um memorial. Esse lugar estava escuro como um túmulo. E me comprometi a deixar a maior parte dos cômodos do andar de cima intocados... Cheguei a deixar o quarto principal e me mudar para um quarto menor, no fim do corredor, mas parece que nada disso a satisfez.

– Com o tempo ela se acostuma. Enquanto isso, você vai ficar feliz em saber que ela encontrou uma estação de águas onde quer passar o inverno este ano.

– Georgiana vai passar o inverno fora? – perguntou Phoebe, espantada. – Depois de me atormentar por dois anos para que eu voltasse a morar aqui, a fim de que ela pudesse acompanhar o crescimento dos netos?

– A cavalo dado não se olham os dentes, lembra-se?

– *Sim* – apressou-se a dizer Phoebe, fazendo-o rir. – Quando o cavalo em questão vai partir?

– Em dois dias.

– Tão rápido? Minha nossa.

– Há uma nova estação de águas em Bordighera, na Riviera Italiana, com grandes casas mobiliadas a preços razoáveis. No entanto, há uma condição. O gerente da estação reservou duas vilas para olharmos, mas não pode segurá-las por muito tempo, já que a procura é grande. Georgiana me pediu que a acompanhasse para ajudá-la a escolher uma das duas e a se instalar. Não sei bem por quanto tempo ficarei fora. Provavelmente quinze dias. Se Bordighera não for adequada, terei que levá-la para Cannes ou Nice e organizar tudo para acomodá-la.

– É um pouco cedo para começar a se preparar para o inverno quando ainda nem é outono, não acha?

– A cavalo dado... – lembrou ele.

– Você tem razão. – Phoebe suspirou e sorriu. – É muito gentil da sua parte ter todo esse trabalho com ela.

– Não é trabalho nenhum. Henry me pediu que tomasse conta dela e de você, e é o que farei. – Edward se aproximou para dar um beijo suave e delicado na boca de Phoebe. Seu hálito tinha um agradável toque de canela. – O que gostaria que eu lhe trouxesse da Itália? Presilhas de cabelo? Um corte de couro para uma luva?

– Apenas volte são e salvo.

– Isso eu farei.

Ele se aproximou para beijá-la de novo, mas Phoebe recuou alguns centímetros.

– *E* deixe os livros aqui antes de ir.

– Dama obstinada – sussurrou Edward, em um tom bem-humorado, e roubou outro beijo. – Por acaso, em toda essa discussão, Georgiana fez uma colocação importante: com ela ausente da propriedade dos Clares, minhas visitas frequentes aqui podem causar especulações pouco lisonjeiras.

– Não estou preocupada.

– Eu estou – disse Edward, com um sorriso. – Pense na *minha* reputação, se não quiser pensar na sua. – Ele segurou a mão dela. – Quando eu voltar, gostaria de cortejá-la publicamente. Pode pensar nisso enquanto eu estiver fora?

Phoebe não gostou nada da ideia. Depois que a corte de Edward se tornasse pública, o relógio começaria a contar o tempo para um noivado.

– Edward, você precisa saber que não tenho pressa de me casar de novo. Agora que o peso do luto se aliviou, pretendo assumir a propriedade e ajudar meus filhos a aprenderem o que precisam para o futuro.

– Posso ensinar a eles o que precisarem. Quanto à propriedade... você já é a senhora da casa, não precisa ser também o senhor dela. – Ele sorriu diante da ideia. – Podemos esperar até que esteja pronta para tornar público o fato de eu a estar cortejando. Tenho sido paciente até aqui, não tenho?

– Eu não lhe pedi para esperar – retrucou Phoebe, franzindo o cenho.

– Não, foi uma escolha minha, e um privilégio. No entanto, não gosto de pensar em você sem a proteção de um homem, ou nos meninos sem uma supervisão paterna. Posso tornar sua vida mais fácil de várias formas. Depois que nos casarmos, posso ajudar a lidar com Georgiana e servir como um amortecedor entre vocês. Ela me disse que ficaria mais tranquila se houvesse um homem na casa de novo, especialmente se fosse um membro da família em quem confie. – Ele levou a mão de Phoebe aos lábios e beijou seus dedos. – Vou lhe fazer companhia. Vou lhe dar segurança. Podemos ter filhos... Uma irmã para Justin e Stephen, talvez um menininho nosso.

Phoebe apertou ligeiramente a mão de Edward para mostrar seu afeto, antes de recolher os dedos com jeito.

– Meu querido amigo – disse ela, com tato –, você merece ter a própria vida, em vez de tomar os restos da vida de Henry.

– Eu não classificaria você e as crianças como "restos". – Edward puxou o rosto dela para junto do seu. – Sempre tive carinho por você, Phoebe, mas esse carinho está se tornando algo mais.

Não compare, ordenou Phoebe a si mesma quando subia as escadas. *Não compare.*

Mas era inevitável.

Edward acabara de lhe dar vários beijos longos e demorados, e, para ser sincera, fora agradável. Ele tinha lábios macios e quentes, que roçaram os dela repetidamente, o hálito doce se misturando ao dela. Mas Phoebe não sentira nada próximo da empolgação delirante que a preenchera quando sua boca fora devorada pela de West Ravenel ou da urgência primitiva do abraço dele. Por mais que achasse Edward atraente, ele nunca a deixaria trêmula de desejo, nunca a seduziria até transformá-la em uma versão trêmula e tonta de si mesma.

Não era uma comparação justa. Edward era um perfeito cavalheiro, reservado por natureza, de boas maneiras. West Ravenel, por outro lado, tivera uma criação de poucas restrições e, como resultado, falava e agia com mais liberdade do que os outros de sua classe social. Era um homem de sangue quente, imprevisível: parte herói, parte canalha.

Ele era um erro que Phoebe não podia se permitir cometer.

Frustrada e com saudades, Phoebe foi até a pequena saleta particular onde a sogra passava a maior parte dos dias. A porta estava aberta. Depois de bater de leve no umbral e não ouvir resposta, entrou.

As paredes eram revestidas por um papel de um tom escuro de ameixa, a mobília forrada com tecidos pesados em cores vinho e marrom. As grossas cortinas de brocado estavam fechadas, impedindo a entrada de quase toda a luz do dia, permitindo apenas a iluminação necessária para revelar Georgiana sentada perto da janela.

A mãe de Henry tomava chá a uma mesa em miniatura. Imóvel, parecia uma figura entalhada em mármore, em um mausoléu. O único movimento na sala era do vapor se erguendo da xícara de porcelana a sua frente.

O corpo de Georgiana havia encolhido a proporções diminutas desde a morte do filho. O luto deixara marcas no rosto dela, como linhas escritas em pergaminho. Toda vestida de seda negra, com as saias volumosas e antiquadas amontoando-se a sua volta, parecia um tentilhão acomodado no ninho.

– Georgiana – chamou Phoebe, baixinho, quase com pena de emitir som –, a redecoração que fiz está levando você a sair de casa? Eu mantive minha promessa de não tocar nos quartos do andar de cima.

– Eu não deveria ter consentido em mudança nenhuma. Esta casa já não parece mais o lar em que Henry cresceu.

– Lamento. Como eu lhe disse, não é bom para Justin e Stephen serem criados em um ambiente tão escuro. Eles precisam de luz, de ar, de uma atmosfera alegre.

E você também, pensou Phoebe, observando, com preocupação, a palidez da sogra.

– Eles devem ficar em seus devidos aposentos. Os cômodos do andar de baixo são para adultos, não para crianças traquinas.

– Não posso confiná-los. Esta casa também é deles.

– Antigamente, as crianças eram pouco vistas e nunca ouvidas. Nos dias de hoje, parece que elas devem ser vistas e ouvidas por toda parte e em todas as horas.

Na opinião de Georgiana, as crianças deveriam ser criadas com severidade e mantidas dentro de limites controlados. Para sua frustração, nunca conseguira conter o espírito irreprimível do próprio filho nem seguir os caminhos diversos da mente dele. Uma das primeiras decisões de Henry depois de herdar a propriedade fora transformar um pátio em um jardim de topiarias, cheio de formas de animais. Ela reclamara que aquilo era indigno e de manutenção muito dispendiosa.

– Você transformou um pátio elegante em algo absolutamente bizarro – repetira ela por anos a fio.

– *Perfeitamente* bizarro – sempre retrucara Henry, com satisfação.

Phoebe sabia que a presença de Justin devia despertar lembranças distantes na sogra. Ele era mais robusto e atlético do que o pai fora, sem nada de delicadeza ou timidez, mas herdara o mesmo brilho travesso nos olhos e o sorriso meigo.

– Esses seus meninos são muito barulhentos – comentou Georgiana, com amargura. – Todas essas corridas enlouquecidas por aí, os gritos... Esse alvoroço constante machuca meus ouvidos. *Machuca*.

Compreendendo o que causava essa dor em Georgiana, Phoebe respondeu com afeto:

– Talvez lhe faça bem passar algum tempo em um clima ameno. O sol, o ar salgado... Acho que terá o efeito de um tônico. Edward disse que você vai partir logo. Há algo que eu possa fazer para ajudar?

– Comece a pensar no bem-estar de seus filhos. Nenhum homem seria um pai melhor para eles do que Edward. O ideal para todos é que você se case com ele.

Phoebe ficou incomodada, e endureceu o tom:

– Não estou convencida de que seria o ideal para *mim*.

Georgiana abanou o ar com a mão magra, como se estivesse afastando um mosquito.

– Não seja infantil, Phoebe. Você chegou a um momento da vida em que há mais a considerar do que seus sentimentos.

Phoebe ficou sem fala, o que provavelmente foi para o bem. Enquanto se esforçava para não estourar, lembrou a si mesma que, dos cinco filhos que Georgiana dera à luz, Henry fora o único a chegar à idade adulta, e agora ele também se fora.

– Não preciso que você me lembre que devo pensar no bem-estar dos meus filhos – disse Phoebe, baixinho. – Sempre os coloquei em primeiro lugar e sempre colocarei. Quanto a eu ser infantil... gostaria de ser ainda mais. – Um leve sorriso se abriu em seu rosto. – Crianças são otimistas. Têm um desejo natural por aventura. Para elas, o mundo não tem limites, apenas possibilidades. Henry sempre foi um pouco infantil, por esse lado... Nunca se desencantou com a vida. Era o que eu mais amava nele.

– Se você o amou, vai honrar os desejos dele. Henry queria que Edward estivesse à frente de sua família e sua propriedade.

– Henry queria ter certeza de que nosso futuro estaria em boas mãos. Mas já está.

– Sim. Nas de Edward.

– Não, nas *minhas*. Vou aprender tudo que for preciso sobre administração. Contratarei pessoas para me ajudar, se for necessário. Farei este lugar prosperar. Não preciso de um marido para fazer isso por mim. Se eu me casar de novo, será com um homem da *minha* escolha, no meu tempo. Não posso prometer que será Edward. Eu mudei nesses dois anos, mas até agora ele não me vê como sou, apenas como fui. A propósito, Edward parece não ver como o *mundo* mudou, prefere ignorar as realidades que não o agradam. Como posso confiar nosso futuro a essa pessoa?

Georgiana a fitou com amargura.

– Não é Edward que está ignorando a realidade. Como você pode se imaginar capaz de administrar esta propriedade?

– Por que não seria?

169

– As mulheres não sabem liderar. Nossa inteligência não é menor que a dos homens, mas é moldada para a maternidade. Somos capazes de operar uma máquina de costura, mas não de inventá-la. Pergunte a mil pessoas se elas confiariam mais em você ou em Edward para tomar decisões relativas à propriedade: quem você acha que escolheriam?

– Não vou perguntar a opinião de mil pessoas – disse Phoebe, com serenidade. – Basta uma única opinião, que, por acaso, é a minha. – Ela se encaminhou para sair, mas parou à porta e não resistiu: – Isso é liderança.

E saiu, deixando a sogra fumegando de raiva em silêncio.

CAPÍTULO 21

Na manhã da partida de Georgiana, Phoebe fez questão de vestir os filhos em suas melhores roupas, para que se despedissem com honra. Justin usava uma calça curta de sarja preta e uma camisa de linho com gola de marinheiro, enquanto Stephen vestia uma bata de linho, também com gola de marinheiro. Ela aguardava no saguão de entrada com os meninos e a sogra, enquanto Edward orientava dois criados a levarem os últimos baús e valises para a carruagem que esperava lá fora.

– Vovó, isso é para a senhora ler no barco – disse Justin, estendendo um presente para ela.

Era um livro de figuras que ele desenhara e pintara. Phoebe havia costurado as páginas e o ajudara a escrever as palavras que acompanhavam as ilustrações.

– Stephen ainda não sabe desenhar – continuou Justin –, mas eu fiz o contorno da mão dele em uma das páginas. – O menino fez uma pausa antes de esclarecer: – Está grudento por causa da geleia de morango nos dedos dele.

Georgiana pegou o presente e fitou o rosto doce do neto por um longo momento.

– Você pode me dar um beijo de despedida – disse ela, e se inclinou para receber o beijinho de Justin.

Embora Phoebe tentasse animar Stephen a fazer o mesmo, ele resistiu e se agarrou às saias da mãe. Ela o pegou no colo.

– Espero que sua viagem ao exterior seja maravilhosa.

Georgiana a encarou com uma expressão irônica.

– Tente não pintar a casa de cor-de-rosa na minha ausência.

Phoebe reconheceu que a tentativa de fazer graça era uma abertura para a paz.

– Fique tranquila – disse, com um sorriso.

Sentiu o toque gentil de Edward no cotovelo.

– Até logo, minha cara.

Phoebe se virou para ele e estendeu a mão.

– Boa viagem, Edward.

Ele ergueu a mão dela e depositou um beijo suave.

– Não hesite em procurar minha família caso precise de algo. Eles ficarão felizes em ajudar. – Ele hesitou, parecendo envergonhado. – Esqueci novamente os livros contábeis.

– Não precisa se preocupar – tranquilizou-o Phoebe, serena. – Eu sabia que você estava ocupado com os preparativos para a viagem.

E não achou necessário mencionar que iria ao escritório dele assim que Georgiana e ele partissem.

Phoebe levou as crianças até o pórtico da frente, enquanto Edward ajudava Georgiana a entrar na carruagem. Georgiana precisou que a manta fosse ajeitada do jeito certo em seu colo. A abertura das cortinas da janela também teve de ser ajustada meticulosamente. Pareceu demorar uma eternidade até que os baios idênticos enfim se afastassem puxando o veículo, as rodas com borda de ferro fazendo barulho no cascalho da entrada. Phoebe e Justin acenaram alegremente, enquanto Stephen sacudia os dedinhos. Após passar por um bosque, o veículo desapareceu de vista.

Eufórica, Phoebe colocou Stephen no chão e distribuiu um monte de beijos pelo rostinho dele, fazendo-o rir alto.

Justin se juntou a eles e recebeu o mesmo tratamento, e também riu durante a tempestade de beijos.

– Por que está tão feliz, mamãe?

– Porque agora estamos livres para fazermos o que quisermos, sem ninguém para reclamar ou nos impedir.

Era um alívio ter Edward e Georgiana longe. Mais que um alívio: era *glorioso*.

– E o que vamos fazer? – perguntou Justin.

Phoebe sorriu para os filhos, que a olhavam cheios de expectativa.

– Que tal um piquenique hoje?

– Sim, vamos fazer isso! – entusiasmou-se Justin.

E Stephen pareceu concordar.

– *Piquenique*, mamãe!

– Vou pedir à cozinheira que prepare uma cesta de comida bem grande para nós. Levaremos a Sra. Bracegirdle e Ernestine também. Agora, vamos subir e trocar essas roupas desconfortáveis pelas de brincar. Preciso resolver uma pendência na cidade, e depois faremos nosso piquenique no jardim de topiaria do papai.

Para sua surpresa, Justin torceu o nariz.

– Tem que ser lá?

– Não, mas... você não gosta das topiarias?

Justin balançou a cabeça.

– Não. A Sra. Bracegirdle diz que elas tinham a forma de animais, mas que agora todas parecem nabos.

– Ah. Acho que cresceram. Vou falar com o jardineiro. – Phoebe deu a mão aos filhos. – Venham. Um novo dia começou.

Depois de subir com os filhos até o aposento das crianças, Phoebe pediu que lhe trouxessem uma carruagem e disse ao mordomo que precisaria de dois criados para acompanhá-la à cidade, já que voltaria com volumes pesados.

O dia estava agradável e ensolarado, com açafrões desabrochando nas margens da estrada por todo o caminho até a cidade. No entanto, Phoebe não reparou muito no cenário durante o trajeto até o escritório dos Larsons. Estava com a cabeça cheia. Seria um alívio ter toda a informação necessária para começar a avaliar as condições da propriedade e dos arrendamentos. Por outro lado, temia o que os livros revelariam.

Phoebe não acreditava em Edward quando ele dizia que tudo estava bem. Toda vez que saía a cavalo em companhia de um criado para dar uma olhada nos arrendamentos, via uma enormidade de problemas. A maior parte das construções e estruturas das terras arrendadas parecia em péssimo estado, precisando de reparos. As estradas internas, estreitas e inacabadas, não eram apropriadas para as rodas do maquinário pesado que a agricultura exigia. Phoebe vira poças de água parada em campos mal drenados e plantações parcas. Mesmo durante a época de produção de feno, um dos períodos mais agitados do ano, uma sensação de derrota e de apatia parecia pairar sobre as terras dos Clares.

A carruagem passou por campos verdes pitorescos e por ruas com casas e lojas de madeira de ambos os lados, até entrar em uma praça com prédios simétricos, com paredes de estuque e colunas estriadas nas fachadas. Pararam diante da bela porta com placa de metal dos escritórios dos Larsons.

Phoebe esperou apenas um minuto para ser recebida pelo pai de Edward, Frederick. Era um homem alto e corpulento, de rosto quadrado, o lábio superior encimado por um belo bigode grisalho com as pontas habilmente mantidas erguidas por cera. Como membro estabelecido da fidalguia rural de Essex, Frederick era uma criatura de hábitos: rosbife aos domingos, cachimbo após o jantar, caça a raposas no inverno e croqué no verão. Por insistência dele, as tradições eram mantidas no lar dos Larsons com o fervor de uma crença religiosa. Frederick odiava qualquer atividade intelectual e tudo que fosse estrangeiro. Detestava *especialmente* as invenções modernas, tais como o telégrafo e as ferrovias, que haviam acelerado o ritmo de vida.

Phoebe sempre se dera bem com o velho cavalheiro, graças à impressão causada pelo título e os contatos aristocráticos do pai. Como Frederick torcia para tê-la como nora um dia, estava confiante de que ele não se arriscaria a antagonizá-la recusando-se a entregar os livros contábeis.

— Tio Frederick! — exclamou Phoebe, animada. — Eu o surpreendi, não é mesmo?

— Minha querida sobrinha! Que surpresa bem-vinda!

Ele a guiou até sua sala, mobiliada com armários e prateleiras de nogueira, e lhe indicou uma poltrona de couro.

Depois que Phoebe explicou a razão de sua visita, Frederick pareceu desconcertado.

— Phoebe, contabilidade é um esforço excessivo para o cérebro feminino. Se você tentar ler um daqueles livros, terá dor de cabeça.

— Eu cuido dos livros contábeis da casa e eles não me dão dor de cabeça — argumentou ela.

– Ah, mas despesas domésticas fazem parte da esfera de atuação feminina. A contabilidade dos negócios pertence ao domínio masculino, fora de casa.

Phoebe teve que morder o lábio para se impedir de perguntar se as regras de matemática mudavam quando a pessoa saía de casa.

– Tio, as prateleiras vazias no escritório da Mansão Clare não têm sentido. Acho apenas correto e adequado que os livros contábeis sejam mantidos ali, como sempre foi. – Ela fez uma pausa antes de completar, com delicadeza: – Não se deve romper com décadas, se não séculos, de tradição.

Como esperava, esse argumento teve mais efeito sobre ele do que qualquer outra coisa.

– Tradição é tudo – concordou Frederick, com ênfase, e pensou por alguns momentos. – Imagino que não faria mal deixar os livros residirem em sua antiga morada, nas estantes da Mansão Clare.

Phoebe teve uma súbita inspiração.

– Seria também uma maneira de obrigar Edward a me visitar com mais frequência, não é mesmo?

– Realmente! – exclamou ele. – Meu filho poderia cuidar dos livros contábeis da propriedade na Mansão Clare e, ao mesmo tempo, aproveitar a sua companhia. Vai matar dois coelhos com... Por que ele ainda não havia pensado nisso? Como os jovens de hoje em dia são lentos! Está combinado, então. Pedirei a meus funcionários que levem os livros para sua carruagem.

– Meus criados podem fazer isso. Obrigada, tio.

Ansiosa para partir, Phoebe já começava a se dirigir à porta da sala. No entanto, parecia que ela não escaparia sem mais alguma conversa.

– Como estão seus jovens rapazes? – perguntou Frederick.

– Muito bem. Vai levar algum tempo para se adaptarem plenamente à nova vida, em Essex.

– Imagino. Eu me preocupo com aqueles meninos crescendo sem uma figura paterna. A influência de um pai é importantíssima.

– Também me preocupo com isso – admitiu Phoebe. – No entanto, ainda não estou pronta para me casar de novo.

– Há momentos na vida, minha cara, em que se deve colocar a emoção de lado e avaliar a situação de uma perspectiva racional.

– Minhas razões são bastante racionais...

– Como sabe – continuou ele –, meu Edward é um cavalheiro da cabeça aos pés. Suas qualidades são ressaltadas com frequência, muitas jovens já se insinuaram para ele... Eu não esperaria que ficasse no mercado de casamentos para sempre.

– Eu também não.

– Seria muito lamentável se você percebesse tarde demais o tesouro que é Edward. Como capitão do navio de sua família, ele estabeleceria um curso firme. Nunca haveria surpresas. Nem discussões, ou ideias não convencionais. Todos viveriam em perfeita serenidade.

É exatamente esse o problema, pensou Phoebe.

No caminho de volta para a Mansão Clare, Phoebe procurou entre os livros empilhados ao seu lado até encontrar o que continha os registros anuais dos lucros e perdas. Depois de puxá-lo para o colo, começou a folheá-lo calmamente.

Para sua consternação, a informação era registrada de forma muito diferente do que vira nos livros de West Ravenel. A palavra "passivo" era usada no lugar de "débito", ou significavam coisas diferentes no sistema de contabilidade? "Capital" se referia apenas à propriedade, ou também incluía dinheiro vivo? Ela não sabia como Henry ou Edward haviam definido aqueles termos, e, para tornar tudo pior, as páginas estavam cheias de abreviaturas.

– Vou precisar de uma pedra de Roseta para traduzir tudo isso – resmungou.

Uma sensação de abatimento a dominou quando ela examinou outro livro, referente ao cultivo. Estranhamente, a produção de algumas fazendas de arrendatários tinha sido registrada quatro vezes, e todos os números eram diferentes.

Conforme seguiam pela estrada coberta de cascalho, Phoebe ponderava o que fazer. Poderia pedir ao administrador, Sr. Patch, para lhe esclarecer alguns pontos, mas, sendo um homem velho e de saúde frágil, poucos minutos de conversa já o deixariam exausto.

Sempre havia a opção de esperar Edward retornar, mas não queria fazer isso, especialmente porque, antes de mais nada, ele era resistente ao envolvimento dela nas questões de contabilidade. E, considerando que, mesmo tendo exigido os livros de volta, acabara tendo que ir ela mesma recuperá-los, Edward provavelmente não se mostraria muito acessível.

Seria uma desculpa conveniente para mandar chamar West.

Ainda com um dos livros no colo, Phoebe se recostou no assento e se sentiu invadida por uma saudade tão grande que teve até dificuldade de respirar.

Ela não estava de todo certa que West atenderia ao chamado, mas se ele fosse...

Como seria estranho tê-lo na Mansão Clare: a colisão de dois mundos, West Ravenel na casa de Henry. Era um escândalo que um homem solteiro ficasse hospedado na casa de uma jovem viúva, sem acompanhante. Edward ficaria indignado quando descobrisse. Georgiana teria um ataque apoplético assim que soubesse.

Phoebe se lembrou da última manhã com West, quando ele disse que não tinha nada para oferecer além de um relacionamento que a insultaria e a rebaixaria.

Casos amorosos eram comuns nas classes mais elevadas, em que as pessoas se casavam por motivos de interesses das famílias e de associações importantes para elas, e buscavam realização pessoal fora dos laços matrimoniais. Phoebe nunca se imaginara fazendo uma coisa dessas, ou mesmo tendo necessidades capazes de exceder a preocupação com o risco de um escândalo. Mas nem ela nem West eram casados – portanto, não havia votos a serem quebrados. Ninguém sairia prejudicado... certo?

Ficou chocada ao perceber que estava realmente considerando a possibilidade. Ah, céus, estava se tornando um clichê ambulante: a viúva carente buscando companhia para sua cama vazia. Uma figura digna de zombaria, já que as mulheres deveriam estar acima desse tipo de desejo físico, considerado muito mais natural e compreensível nos homens. Ela mesma pensava assim, até West lhe provar o contrário.

Seria bom se pudesse conversar com Merritt.

Tentou imaginar como se daria essa conversa:

– Merritt, estava pensando em ter um affair com West Ravenel. Sei que é errado... mas quão errado?

– Não me pergunte – diria Merritt, com a insinuação de um sorriso. – Como uma mulher de moral relativista, não sou qualificada para julgar suas decisões.

– Bela ajuda, a sua – retorquiria Phoebe. – Quero alguém que me dê permissão.

– *Ninguém pode fazer isso por você, querida.*
– *E se isso acabar se revelando um erro?*
– *Nesse caso, desconfio que você terá passado um tempo delicioso.*

Depois que a carruagem parou diante do pórtico da Mansão Clare, os criados carregaram as pilhas de livros contábeis para o escritório. Colocaram-nos nas prateleiras vazias, enquanto Phoebe se sentava à antiga escrivaninha de carvalho. Ela alisou uma folha de papel sobre o apoio de couro verde e pegou uma pena.

– Milady, os livros já foram colocados no lugar – disse um dos criados.

– Obrigada, Oliver. Pode ir. Arnold, se puder esperar um momento, tenho outra tarefa para você.

O criado mais jovem, sempre ansioso por se mostrar competente, se animou ao ouvir o pedido.

– Sim, milady.

Ele esperou a uma distância respeitável enquanto ela escrevia umas poucas linhas.

Telegrama à agência de correio
Sr. Weston Ravenel

Priorado Eversby, Hampshire

Enterrada até os joelhos na areia movediça. Preciso da corda.
Teria tempo para visitar Essex?
– P. C.

Depois de dobrar o bilhete e enfiá-lo em um envelope, Phoebe se virou na cadeira.

– Leve isto à mesa do telégrafo no posto do correio e certifique-se de que foi despachado.

Ela começou a estender o papel, então hesitou quando um arrepio que era um misto de medo e anseio percorreu seu corpo.

– Milady? – chamou Arnold, baixinho.

Phoebe balançou a cabeça com um sorriso melancólico e estendeu o envelope, decidida.

– Leve logo, por favor, antes que eu perca a coragem.

CAPÍTULO 22

—Mamãe, a Sra. Bracegirdle falou que vou ter uma preceptora – disse Justin na manhã seguinte, interrompendo uma lambida na cobertura de açúcar do seu pãozinho de canela.

– Sim, querido. Pretendo começar a procurar por uma em breve. Por favor, coma o pão todo, não só a cobertura.

– Gosto de comer a cobertura primeiro. – Quando viu a objeção no rosto da mãe, Justin argumentou racionalmente: – Vai acabar tudo dentro da minha barriga, mamãe.

– Imagino que sim, mas...

Ela não chegou a terminar a frase, pois viu que Stephen tinha virado a tigela na bandeja da cadeirinha alta e agora passava a mão pelo purê de maçã derrubado.

Parecia muito satisfeito apertando o purê entre os dedos e lambendo.

– Gostoso – disse ele.

– Ah, querido... Stephen, pare... – Phoebe pegou o guardanapo no próprio colo para limpar a bagunça, e chamou o criado que estava a postos ao lado do aparador. – Arnold, vá buscar a ajudante da Sra. Bracegirdle. Precisamos de reforços.

O jovem criado saiu apressado.

– Você estava indo tão bem com a colher... – lamentou Phoebe, segurando o pulso de Stephen para limpar sua mãozinha melada. – Gostaria que tivesse continuado a usar esse método.

– Ivo não teve uma preceptora – comentou Justin.

– Isso foi porque sua avó tinha tempo para ajudá-lo a aprender boas maneiras e todas as outras coisas que uma preceptora ensina.

– Eu já sei todas as boas maneiras – retrucou o menino, indignado.

– Justin... – começou Phoebe, mas voltou a ser interrompida por Stephen, que espalmou a mão livre no purê de maçã, espalhando-o para todo lado. – Santo Deus!

– Agora tem purê no cabelo dele – alertou Justin, olhando para o irmão mais novo como um cientista que observasse um experimento fracassado.

Verity, a moça magrinha e cheia de energia que auxiliava a Sra. Bracegirdle, chegou apressada com uma pilha de paninhos de flanela.

– Stephen, virou o mingau de novo? – repreendeu ela, carinhosamente.

– Dessa vez foi purê de maçã – informou Phoebe.

O menino levantou a tigela vazia com as mãos grudentas e brilhosas.

– Acabou! – contou ele, animado, a Verity.

A criada deixou escapar um ruído bem-humorado enquanto soltava a bandeja da cadeira. Phoebe fez menção de ajudar.

– Afaste-se, por favor, milady... Não podemos correr o risco de sujar seu vestido.

Justin puxou a manga da roupa da mãe.

– Se eu *preciso* mesmo de uma preceptora, quero que ela seja bonita.

Outro ruído da criada.

– Eles começam cedo, não? – comentou.

– Na minha família, sim – respondeu Phoebe, em tom de lamento.

A bagunça já havia sido limpa quando o mordomo, Hodgson, chegou com a correspondência da manhã em uma bandeja de prata. Era muito, *muito* cedo ainda para esperar uma resposta de West: o telegrama fora despachado na manhã da véspera, ora. Mesmo assim, Phoebe sentiu o coração acelerar enquanto examinava a correspondência.

Não foram poucas as vezes que ela se questionou se deveria mesmo ter mandado o telegrama. Se ao menos não tivesse sido tão impulsiva... Deveria ter tido a dignidade de escrever uma carta. O telegrama provavelmente a fizera parecer desesperada, ou pior, arrogante. Mas fizera isso porque precisava que West fosse a Essex antes que Edward voltasse.

Quanto mais pensava a respeito, mais tinha certeza de que ele não iria. Devia estar muito ocupado, ainda mais porque – de acordo com *O manual moderno para proprietários de terras* – setembro era o mês de gradar e fertilizar os campos em preparo para a semeadura de trigo do inverno. Além disso, tanto Kathleen quanto Pandora haviam mencionado, por carta, que West fora a Londres pelo menos duas vezes durante o verão, em busca de companhia e diversão. Uma dessas visitas fora para ver Pandora, que se restabelecia de uma cirurgia no ombro. A jovem fora operada pela única médica licenciada na Inglaterra, uma mulher carismática de quem a família Ravenel parecia gostar muito. "Minha irmã Helen está determinada a apresentar a Dra. Gibson ao primo West", escrevera Pandora, "mas não acho que sejam um casal provável, já que a Dra. Gibson ama a cidade e detesta vacas."

No entanto, era possível que eles tivessem sido de fato apresentados e se sentido atraídos um pelo outro. A Dra. Gibson talvez houvesse decidido que ser cortejada por um belo espécime como West Ravenel valia o sacrifício de suportar a proximidade de algumas vacas.

Phoebe forçou a mente a se voltar para os planos do dia. Primeiro, iria à livraria local, a fim de encomendar manuais de contabilidade. Também pediria ao Sr. Patch para analisar junto com ela o livro contábil referente à colheita – com sorte as explicações não o deixariam exaurido.

– Milady – chamou um criado.

– Sim, Arnold?

– Um coche de aluguel, do pátio ferroviário, acaba de parar diante da entrada. Hodgson está falando com um homem à porta. Parece ser um cavalheiro da nobreza.

Phoebe registrou a informação, levou alguns segundos para assimilar e então se virou. Do pátio ferroviário? Não conseguia pensar em ninguém que a visitaria de trem, a não ser...

– O homem é velho ou novo? – perguntou, uma parte distante de si mesma admirada com a calma que transmitia.

Arnold refletiu bastante.

– Razoavelmente jovem, milady.

– Alto ou baixo?

– Bem grande. – Diante da expressão intrigada dela, Arnold acrescentou, tentando ajudar: – E usa barba.

– *Barba?* – repetiu Phoebe, perplexa. – Vou ver quem é.

Ao se levantar, os joelhos fracos e as juntas frouxas, sentiu-se como uma marionete, sendo movimentada por fios. Enquanto ajeitava as saias do vestido de popelina com estampa verde-clara, descobriu alguns vestígios de purê de maçã no corpete. Umedeceu um guardanapo e passou nas manchas, torcendo para que as florezinhas brancas e âmbar as disfarçassem.

Quando chegou ao saguão de entrada, estava trêmula de expectativa. *Ah, que seja ele, que seja West...* Ao mesmo tempo, porém, tinha medo de vê-lo. E se não houvesse mais atração entre eles? E se West só tivesse atendido a seu chamado por consideração, não porque realmente desejasse? E se...

O visitante, alto e esguio, aguardava à porta, a postura relaxada, segurando uma bolsa de viagem em couro preto. De costas para o sol, seu rosto estava na sombra, mas a silhueta – aqueles ombros fortes preenchendo toda a largura do vão da porta – era instantaneamente reconhecível. Era um homem enorme, muito másculo, bronzeado e com uma barba de vários dias escurecendo o rosto.

O coração de Phoebe batia com tanta força conforme ela se aproximava que a vibração ressoava por todo o corpo.

West a encarou com um olhar carinhoso, abrindo lentamente um sorriso.

– Espero que não esteja precisando de uma corda de verdade – disse ele, casualmente, como se estivessem no meio de uma conversa.

– Eu não esperava... você... você veio em apenas um dia! – Phoebe parou, dando uma risada trêmula de incredulidade, e percebeu como soava ofegante. – Estava esperando uma resposta sua.

– Esta é minha resposta – disse West simplesmente, e pousou a bolsa no chão.

Phoebe estava tão encantada que quase se desequilibrou sob o peso da emoção. Ela estendeu a mão para West, que a tomou nas suas, o toque cálido e revigorante, e a levou aos lábios.

Por um momento Phoebe não conseguiu se mexer nem respirar. A proximidade dele era avassaladora. Sentia-se zonza, quase eufórica.

– Como você está? – perguntou West, baixinho, segurando a mão dela por mais tempo do que deveria.

– Estou bem – conseguiu dizer Phoebe. – Os meninos também. Mas acho que a propriedade está com problemas... Quer dizer, sei que está, e preciso da sua ajuda para descobrir a extensão do problema.

– Vamos descobrir – disse ele com calma.

– Essa é toda a sua bagagem?

– Não, há um baú na carruagem.

As coisas só melhoravam... West levara bagagem para ficar por vários dias. Phoebe tentou parecer composta ao dizer ao mordomo:

– Hodgson, vamos precisar que o baú do Sr. Ravenel seja levado ao chalé de hóspedes, nos fundos. Peça à Sra. Gurney que areje os cômodos e os deixe prontos.

– Sim, milady.

O mordomo se afastou para tocar o sino que chamava a governanta, e Phoebe voltou novamente sua atenção para West.

– Você me pegou desprevenida – disse em tom de desculpas.

– Posso voltar mais tarde.

Ela abriu um sorriso radiante.

– Você não vai a lugar algum. – Incapaz de resistir, levou a mão ao rosto dele. Sentiu a barba grossa e macia, como uma mistura de veludo e lã. – Por que deixou a barba crescer?

– Não foi intencional. Só não tive tempo de me barbear durante as duas últimas semanas de fenação. Todos os homens da propriedade ajudaram a cobrir as medas de feno para acompanharmos o ritmo da colheita.

– Em apenas quinze dias... – comentou ela, ainda admirando a barba cheia. O pobre Edward teria morrido de inveja.

West deu de ombros, com modéstia.

– Cada um tem seu dom. Algumas pessoas conseguem cantar óperas, ou aprender idiomas estrangeiros. Meu dom são os pelos faciais.

– A barba o deixa vistoso – comentou Phoebe –, mas lhe dá um leve ar de vilão.

As linhas nos cantos dos olhos dele se franziram com o riso.

– Se o herói não apareceu, talvez você tenha que se contentar com o vilão.

– Se foi o vilão que apareceu, então ele é o herói.

West deu uma risada rouca, os dentes muito brancos em contraste com a barba escura.

– Não importa como escolha me chamar, estou à sua disposição.

Ele parecia em ótima forma, mas Phoebe reparou que estava mais magro, as roupas bem-feitas ligeiramente largas sobre o contorno firme do corpo.

– O café da manhã ainda está na mesa – disse Phoebe, baixinho. – Está com fome?

– Estou sempre com fome.

– Devo avisá-lo com antecedência de que Justin lambeu a cobertura de todos os pãezinhos e que houve um acidente envolvendo Stephen e uma tigela de purê de maçã.

– Vou me arriscar – disse West, pegando novamente a bolsa de couro.

Phoebe o conduziu ao salão de café da manhã, ainda com dificuldade de acreditar que ele estava ali, ao seu lado.

– Estão todos aborrecidos comigo no Priorado Eversby por roubá-lo? – perguntou ela.

– Estão todos chorando juntos de gratidão. Mal podiam esperar para se verem livres de mim. – Diante do olhar questionador dela, West acrescentou: – Tenho andado meio mal-humorado. Quer dizer, na verdade, tenho sido um asno rabugento.

– Por quê?

– Tempo demais em Hampshire, sem mulheres. A ausência de tentação tem sido desmoralizante.

Phoebe tentou disfarçar quanto aquilo a alegrava. Forçou um tom de despreocupação ao perguntar:

– Achei que lady Helen fosse apresentá-lo à médica que tratou do ombro de Pandora.

– A Dra. Gibson? É uma mulher incrível mesmo. Por acaso, ela visitou o Priorado Eversby esse verão.

Todas as sensações agradáveis de repente se tornaram desagradáveis.

– Com certeza não sem uma acompanhante, imagino – disse Phoebe.

– Garrett Gibson não se importa com acompanhantes – comentou West, com um leve sorriso distante, como se estivesse se lembrando de algo. – As regras usuais não se aplicam a ela. Garrett levou um paciente para o Priorado Eversby, o Sr. Ethan Ransom, que estava ferido e precisava se recuperar em paz e tranquilidade.

Um ciúme venenoso se espalhou pelo corpo de Phoebe. Uma médica só podia ser uma mulher talentosa, pouco convencional... Exatamente o tipo de mulher que atrairia o interesse de West.

– Você deve tê-la achado fascinante.

– Qualquer um acharia.

Phoebe desviou o rosto para esconder a expressão aborrecida. Tentou soar despreocupada ao falar:

– Imagino que vocês tenham se tornado próximos durante a visita dela...

– Mais ou menos. Ela passou a maior parte do tempo ocupada, cuidando de Ransom. Passei para visitá-lo na minha última noite em Londres. Ele me convidou para ser padrinho do casamento deles.

– Padrinho do... *Ah*. Eles vão se casar? – Para seu enorme constrangimento, Phoebe não conseguiu esconder o alívio.

West deu uma risada baixa antes de pegá-la pelo cotovelo. A bolsa de couro foi largada e caiu no chão com um baque.

– Ciúmes? – perguntou ele, baixinho, puxando-a para uma alcova na lateral do corredor.

– Um pouco – admitiu Phoebe.

– E quanto a Edward Larson? Não estão comprometidos?

– Não.

– *Não?* – repetiu ele, com certo sarcasmo. – Presumi que a essa altura você já o tivesse fisgado, filetado e cozido.

Phoebe não gostou muito da forma vulgar de se referir ao noivado.

– Não vou me casar com Edward. Ele será sempre um amigo querido, mas... eu não o vejo dessa forma.

A expressão no rosto de West era indecifrável.

– Já disse isso a ele?

– Ainda não – respondeu Phoebe. – Ele viajou para a Itália. Ficará fora por pelo menos quinze dias.

Para seu desalento, West não pareceu tão satisfeito com a informação como ela esperava.

– Phoebe, não estou aqui para tirar vantagem de você. Tudo o que eu quero é ajudar com a propriedade, da maneira que puder.

As palavras foram como uma pequena punhalada. West estava falando sério? Era só *isso* que ele queria? Talvez os sentimentos dela não fossem correspondidos, exatamente como temia.

– As coisas que você me disse naquela manhã... – ela se forçou a dizer. – Alguma parte ainda é verdade?

– Se alguma parte... – repetiu West, devagar, balançando a cabeça em pura perplexidade.

A pergunta pareceu provocar um lampejo de impaciência. Ele resmungou baixinho, afastou-se, virou-se de volta e retornou, o rosto vermelho e a expressão aborrecida.

– Você me assombra – disse ele bruscamente. – Tenho a impressão de que não consigo parar de procurar por você em todo lugar a que vou. Quando estive em Londres, tentei encontrar uma mulher que pudesse me ajudar a esquecê-la, mesmo que apenas por uma noite, mas nenhuma tem seus olhos, nenhuma me provoca interesse. Amaldiçoei você mil vezes pelo que fez comigo. Preferi ficar agarrado a uma fantasia do que ter uma mulher de carne e osso nos braços.

– Você não precisa se contentar com uma fantasia – disse Phoebe, em um impulso. – Só porque não quer ficar comigo para sempre, não significa que não possamos...

– Não. – A respiração de West saía em arquejos, apesar de seu esforço para se controlar. Ele segurou o pulso de Phoebe quando ela tentou tocar seus lábios, e o leve tremor nos dedos dele a eletrizou. – Se você tem alguma intenção equivocada de me levar para sua cama, vai achar uma experiência muito medíocre. Eu a possuiria como um coelho ensandecido e meio minuto depois tudo teria terminado. Já fui um amante bastante hábil, mas agora sou um libertino esgotado, cujo único prazer remanescente é o café da manhã. Falando nisso...

Phoebe lhe estendeu a mão e colou o corpo ao dele com determinação, interrompendo-o com a boca. West se encolheu como se tivesse sido escaldado e se manteve imóvel como um homem tentando suportar uma tortura. Sem se deixar desanimar, ela abraçou o pescoço dele e o beijou o mais apaixonadamente possível, tocando seus lábios resistentes com a língua. A sensação e o sabor de West eram arrebatadores. De repente, ele reagiu com um grunhido primitivo e colou a boca à dela, arrancando-lhe sensações com uma pressão exigente. Forçou sua boca a se abrir e buscou sua língua do modo como ela se lembrava. E foi tão delicioso que Phoebe achou que fosse desmaiar. Um gemido escapou de sua garganta. Ele a lambeu e mordiscou de leve ao ouvir aquilo, e intensificou o beijo em um desejo insaciável que envolvia boca, respiração, mãos, corpo, alma.

Ir para a cama com aquele homem seria tudo, menos medíocre.

Phoebe estava tão perdida na explosão de sensualidade do momento que apenas um som poderia tê-la trazido de volta ao presente... A vozinha do filho.

– Mamãe?

Phoebe afastou a cabeça com um arquejo de susto e se virou na direção do som, atordoada.

Justin estava parado no corredor, perto do salão, os olhos arregalados. Parecia desconfortável em ver a mãe nos braços de um estranho.

– Está tudo certo, querido – disse Phoebe, tentando ao máximo parecer composta e se desvencilhando de West. Até cambaleou, mas West a segurou em um reflexo. – É o Sr. Ravenel. Ele está um pouco diferente por causa da barba.

Foi uma surpresa ver o rosto do menino se iluminar.

Justin disparou na direção de West, que rapidamente se abaixou para pegá-lo e erguê-lo no ar.

– Olhe como esse camarada está grande! – exclamou West, segurando-o contra o peito. – Meu Deus, você está pesado como uma pilha de tijolos.

– Adivinhe quantos anos eu tenho agora – gabou-se Justin, levantando a mão aberta.

– Cinco? Quando foi que isso aconteceu?

– Semana passada!

– Foi no mês passado – corrigiu Phoebe.

– Eu tive um bolo de ameixa com cobertura, e a mamãe me deixou comer mais no café da manhã no dia seguinte.

– Lamento ter perdido isso. Felizmente, trouxe presentes para você e seu irmão.

Justin deixou escapar um gritinho de alegria.

– Cheguei tarde em Londres, ontem, e a loja de Winterborne já estava fechada. Mas ele a abriu só para mim, e tive todo o departamento de brinquedos a meu dispor. O próprio Winterborne embrulhou os brinquedos que escolhi.

Os olhos de Justin estavam arregalados de espanto. Na imaginação do menino, um homem capaz de fazer uma loja de departamentos ser aberta só para ele devia possuir poderes mágicos.

– Cadê meu presente?

– Está naquela bolsa no chão. Vamos abrir mais tarde, quando tivermos tempo para brincar.

Justin examinou West detidamente. Passou a mão pela barba grossa.

– Não gostei da sua barba – decretou ele. – Deixa você parecendo um urso zangado.

– *Justin...* – repreendeu Phoebe, mas West estava rindo.

– De fato, passei o verão todo como um urso zangado.

– Tire isso – ordenou Justin.

– Justin! – exclamou Phoebe.

Com um sorriso, o menino se corrigiu:

– Tire, *por favor*.

– Vou tirar – prometeu West –, se sua mãe providenciar uma navalha.

– Pode conseguir uma, mamãe?

– Primeiro vamos deixar o Sr. Ravenel se acomodar confortavelmente no chalé de hóspedes, e mais tarde ele decide se quer manter a barba ou não. De minha parte, gosto bastante.

– Mas faz cócegas e arranha – reclamou Justin.

West sorriu e enfiou o nariz no pescoço de Justin, fazendo o menino rir e dar gritinhos.

– Vamos encontrar seu irmão.

Antes, no entanto, foram até o salão de café da manhã. O olhar de West encontrou o de Phoebe por um instante abrasador. A expressão dele não deixava dúvidas de que o beijo impulsivo fora um erro que não se repetiria.

Phoebe respondeu com um olhar recatado, sem dar pistas de seus verdadeiros pensamentos.

Se não vai me prometer o para sempre, West Ravenel... aceitarei o que puder ter de você.

CAPÍTULO 23

Após o café da manhã, West foi conhecer a casa com Phoebe. A grandiosidade da construção, com o pórtico e as colunas clássicas brancas e janelas por todos os lados, não poderia ser um contraste maior com a confusão jacobina do Priorado Eversby. Era como um templo grego elegante, ocupando uma colina com vista para uma área gramada e para jardins. Muitas casas pareciam ter sido largadas por uma mão gigante em locais aleatórios, mas a Mansão Clare se fundia ao cenário como se tivesse brotado ali.

O interior era amplo e grandioso, os tetos altos abobadados, com sancas brancas ornamentadas e elegantes e sinuosas escadarias. Uma vasta coleção de delicadas estátuas de mármore dava à residência um ar de museu, mas muitos cômodos haviam sido suavizados com tapetes grossos franjados, conjuntos de sofás e poltronas aconchegantes e palmeirinhas plantadas em vasos de cerâmica esmaltada.

West não falou muito. Estava recebendo tudo com intensidade excessiva, mas tentando projetar uma fachada de normalidade e equilíbrio.

Tinha a sensação de que o coração voltara a bater depois de meses adormecido e forçava o sangue de volta às veias, deixando todos os membros doloridos.

Agora, ele via com clareza que nunca encontraria uma substituta para Phoebe. Nenhuma sequer chegaria perto dela. Sempre seria ela. E essa verdade ia além do desastre... era a perdição.

West não estava menos perturbado pelo carinho que sentia pelos filhos dela, ambos o encarando com os olhos brilhantes e uma inocência de partir o coração ao verem-no sentado à mesa do café. Ele se sentia uma fraude participando daquela cena quando não muito antes fora um canalha que outros homens não iriam querer nem perto de suas famílias.

Lembrou-se da conversa que tivera com Ethan Ransom em Londres, na noite da véspera, quando os dois haviam se encontrado para jantar em uma taberna no oeste da cidade. Uma amizade fácil havia se estabelecido entre os dois durante o tempo que Ransom passara se recuperando no Priorado Eversby. Na superfície, a origem de ambos não poderia ser mais diferente: West nascera em uma família de sangue azul, enquanto Ransom era filho de um carcereiro irlandês. Mas eram parecidos em muitos aspectos, sendo ambos profundamente cínicos e secretamente sentimentais, muito conscientes do lado sombrio de sua natureza.

Agora que Ransom decidira deixar de lado os modos solitários e se casar com a Dra. Garrett Gibson, West se sentia ao mesmo tempo confuso e com inveja de sua segurança.

– Não vai se incomodar em dormir com a mesma mulher pelo resto da vida? – ele perguntara a Ransom certa vez, numa conversa regada a canecas de cerveja.

– Nem por um minuto – respondera Ransom, em seu sotaque irlandês. – Ela é o deleite da minha alma. Além disso, não me arriscaria a trair uma mulher que tem uma coleção de bisturis.

West sorrira ao ouvir isso, mas logo ficara sério novamente quando outro pensamento lhe ocorreu.

– Ela quer filhos?

– Quer.

– E você?

– A ideia me faz gelar por dentro – admitiu Ransom, sem rodeios, e deu de ombros. – Mas Garrett salvou minha vida. Pode fazer o que quiser comigo agora. Se decidir colocar um anel perfurando o meu nariz, ficarei parado, dócil como um cordeiro, esperando ela terminar.

– Para começo de conversa, não se colocam anéis em focinho de cordeiro, seu cria da cidade. E depois... – West fez uma pausa para virar metade do copo antes de continuar, bruscamente: – Seu pai o espancava, exatamente como o meu fazia comigo. Com cinto, correia e os punhos.

– *Aye* – disse Ransom. – Estava "me endireitando", como ele dizia. Mas o que isso tem a ver com nossa conversa?

– Você provavelmente vai fazer o mesmo com seus filhos.

Ransom estreitou os olhos, mas respondeu com tranquilidade:

– Não, não vou.

– Quem o deterá? Sua esposa?

– *Eu* me deterei, ora essa – respondeu Ransom, o sotaque mais acentuado. Ele notou a incredulidade no rosto de West. – Não acredita em mim?

– Não será fácil.

– Será, se eu quiser que me amem.

– Eles vão amá-lo de qualquer forma – comentou West, em um tom sombrio. – Todos os homens violentos sabem disso. Não importa o mal que cometam, os filhos ainda os amam.

Ransom o olhou com curiosidade enquanto terminava sua caneca.

– Às vezes, depois que meu pai me deixava com um olho roxo ou um lábio cortado, minha mãe dizia: "Ele não tem culpa de ser forte demais. É difícil se controlar." Mas bem mais tarde percebi que ela havia entendido tudo errado. O problema nunca foi força em excesso... Ele era fraco, isso sim. Só os fracos se rebaixam à brutalidade. – Ele fez uma pausa para pedir ao empregado da taberna mais uma rodada. – Você pode ter um temperamento explosivo, Ravenel, mas não é um bruto. Eu também não. Por isso sei que meus filhos estarão a salvo da criação que tive. Agora, quanto a sua viúva ruiva... O que vai fazer a respeito?

West fechou a cara.

– Não sei, maldição.

– Você pode se casar com ela. Não há como escapar das mulheres.

– Dificilmente vou me lançar no altar do sacrifício só porque você fez isso – retorquiu West. – Nossa amizade não significa tanto assim para mim.

Ransom sorriu e se recostou na cadeira. O empregado da taberna se aproximou com uma jarra cheia da bebida espumante.

– Aceite meu conselho, seu bloco de madeira surdo. Seja feliz enquanto está vivo... Vai passar muito tempo morto.

Os pensamentos de West voltaram ao presente quando Phoebe o levou para uma sala de recepção espaçosa com parede forrada de seda e teto dourado. Acima da lareira de mármore estava pendurado o retrato de um homem jovem em semiperfil, indo até abaixo da cintura. Um facho de luz que entrava pela janela fazia o rosto dele brilhar como se tivesse iluminação própria.

Fascinado, West se aproximou do quadro.

– Henry – disse ele, com uma levíssima entonação interrogativa.

Phoebe assentiu, aproximando-se.

O rapaz no retrato usava um terno largo, as sombras marcando o tecido aqui e ali. Posara perto da mesa da biblioteca, com um toque de constrangimento gracioso, uma das mãos pousada com delicadeza em uma pilha de livros. Era um homem belo, de uma vulnerabilidade comovente, os olhos escuros e amendoados, a pele delicada como porcelana. Embora seu rosto tivesse sido pintado com traços precisos, as bordas do paletó e da calça estavam levemente indistintas, parecendo se mesclar ao fundo escuro. Como se o próprio retratado tivesse começado a desaparecer enquanto era pintado.

West ainda encarava o quadro quando Phoebe disse:

– As pessoas tendem a idealizar quem se foi – disse Phoebe, ainda contemplando o quadro. – Quero que os meninos compreendam que o pai foi um homem maravilhoso, mas um mortal, com defeitos, não um santo inacessível. Caso contrário, nunca o conhecerão realmente.

– Que defeitos? – perguntou West, com delicadeza.

Ela torceu os lábios enquanto refletia.

– Henry com frequência era esquivo. Estava no mundo, mas não estava. Em parte por causa da doença, mas também porque preferia fugir do que era desagradável. Evitava qualquer coisa feia ou capaz de aborrecê-lo. – Ela se virou para West. – Estava tão determinado a me considerar perfeita que ficava arrasado quando eu agia de maneira mesquinha, ou se ficava irritada, ou se era descuidada. Não quero... – Ela deixou o restante da frase no ar.

– O que não quer?

– Não quero voltar a viver com esse tipo de expectativa sobre mim. Prefiro não ser idolatrada. Quero ser aceita pelo que sou, seja bom ou ruim.

Uma onda de ternura dominou West quando seu olhar encontrou o dela. Teve vontade de dizer que a aceitava, a desejava, que adorava sua força e sua fragilidade.

– Nunca a considerei perfeita – disse ele, sem rodeios, e ela riu. – Mas não seria difícil idolatrá-la. Temo que você esteja longe de se comportar mal a ponto de eu conseguir colocar meus sentimentos em perspectiva.

Um brilho travesso cintilou nos olhos cinza-claros de Phoebe.

– Se isso é um desafio, eu aceito.

– Não é um desafio – apressou-se a dizer West, mas ela pareceu não ouvir, conduzindo-o para fora da sala.

Passaram por um corredor com paredes de vidro e pedra que ligava o bloco principal da casa a uma das alas laterais. O sol entrava pelas janelas, aquecendo a passagem de forma agradável.

– O chalé de hóspedes pode ser alcançado pela ala leste – informou Phoebe –, ou passando pelo jardim de inverno.

– Jardim de inverno?

Ela sorriu diante do interesse dele.

– É o meu lugar favorito na casa. Venha, vou lhe mostrar.

Era uma estufa de vidro, com altura de dois andares e cerca de 40 metros de comprimento. Árvores ornamentais viçosas, samambaias e palmeiras enchiam o espaço, assim como formações rochosas artificiais e um riachinho repleto de peixes dourados. A opinião de West sobre a casa ficou ainda mais positiva quando ele observou o jardim de inverno. O Priorado Eversby tinha uma estufa, mas era metade do tamanho daquela.

Um barulho estranho chamou a atenção dele. Uma série de barulhos, na verdade, como bexigas sendo esvaziadas. Sem entender do que se tratava, West baixou os olhos e viu um trio de gatinhos de pelagem em preto e branco andando ao redor de seus pés.

Phoebe riu da expressão de surpresa dele.

– Esse lugar também é o favorito dos gatos.

West abriu um sorriso encantado quando viu a gata preta arqueando o corpo contra as saias de Phoebe.

– Santo Deus. É a Galochas?
Phoebe se abaixou para acariciar o pelo lustroso da gata.
– É. Ela ama vir aqui para aterrorizar o peixinho. Tivemos que cobrir o riacho com a tela de metal até os filhotes estarem maiores.
– Quando eu dei a Galochas para você... – começou West.
– Quando a *impingiu* a mim – corrigiu Phoebe.
– Impingi – concordou ele, contrito. – Ela já estava...?
– Sim – respondeu Phoebe, com um olhar severo. – Uma gata de Troia.
West se fez de arrependido.
– Eu não tinha ideia.
Phoebe torceu os lábios.
– Está perdoado. Galochas se provou uma ótima companhia. E os meninos adoram brincar com os filhotes.
Depois de agarrar um dos gatinhos que tentava escalar sua calça, West o pousou com cuidado no chão.
– Vamos para o chalé de hóspedes – chamou Phoebe.
Como sabia que não poderia confiar em si mesmo se estivesse em um cômodo a sós com ela, West sugeriu:
– Vamos ficar aqui mais um pouco.
Phoebe aceitou, e se sentou nos degraus de pedra que formavam parte de uma pequena ponte sobre o riacho de peixinhos dourados. Ela ajeitou as saias para evitar que se amontoassem embaixo do corpo e cruzou as mãos no colo.
West se sentou ao lado dela, no degrau abaixo, para ficarem na mesma altura.
– Quer me contar o que aconteceu com Edward Larson? – perguntou ele.
O alívio de Phoebe foi visível. Ela devia estar precisando desabafar.
– Você promete não dizer nada ofensivo sobre ele?
West revirou os olhos.
– Phoebe, não sou tão forte assim. – Diante do olhar reprovador dela, porém, aquiesceu, com um suspiro. – Ok, prometo.
Embora Phoebe fizesse um esforço evidente para se manter composta enquanto explicava as dificuldades que tivera com Edward Larson, a tensão transparecia em seu tom de voz baixo.
– Ele não conversa comigo sobre os negócios da propriedade. Tentei muitas vezes, mas ele não quer discutir informações, planos ou ideias para

melhorias. Diz que é difícil demais para eu entender, que não quer me sobrecarregar com a responsabilidade das tarefas, que está tudo perfeitamente bem. Mas quanto mais ele me diz para eu não me preocupar, mais preocupada e frustrada eu fico. Comecei a acordar no meio da noite, nervosa, o coração disparado.

West pegou a mão dela, aquecendo seus dedos frios. Tinha vontade de matar o sujeito por provocar um único minuto de tensão desnecessária em Phoebe.

– Agora, tenho dificuldade para confiar em Edward – continuou Phoebe. – Principalmente depois do que ele fez com os livros contábeis.

West a encarou com intensidade.

– O que ele fez?

Enquanto explicava como Larson tirara os livros contábeis da casa sem permissão dela e que postergara a devolução por três meses, Phoebe foi ficando visivelmente agitada.

– ... mas Edward sempre se esquecia de trazê-los de volta – disse, sem parar para respirar –, dizia que estava muito ocupado com o trabalho, depois porque eram pesados demais... Então ontem, depois que ele partiu, fui até o escritório da família dele, na cidade, para pegar eu mesma os livros, e sei que ele não vai gostar nada quando descobrir, mesmo eu tendo todo o direito de fazer o que fiz.

West acariciava a mão dela, deixando os dedos explorarem os vales entre os dedos finos.

– Quando seus instintos estiverem tentando lhe dizer alguma coisa, não os ignore.

– Mas meus instintos devem estar errados. Edward *nunca* agiria contra meus interesses. Eu o conheço desde que éramos crianças...

– Phoebe, não vamos ignorar os fatos. Se Larson protelou a devolução dos livros, não foi porque estava ocupado demais ou porque não conseguiria carregá-los, ou mesmo para não sobrecarregá-la. A verdade é que ele não quer que você os veja. Há uma razão para isso, e provavelmente não é agradável.

– Talvez os negócios não estejam tão bem quanto ele alega.

– Talvez. Ou pode ser algo mais. Todo homem tem pecados secretos.

Phoebe recebeu aquilo com ceticismo.

– Você acha que é possível encontrar pecados secretos registrados em um livro contábil de uma fazenda?

– É possível encontrar discrepâncias nos números. Pecados nunca são de graça: ou são pagos com antecedência, ou há uma fatura para pagar mais tarde. Talvez ele tenha enfiado a mão no pote errado para sanar um débito.

– Mas Edward não é esse tipo de homem.

– Se eu fosse você, não faria julgamentos sobre que tipo de homem ele é enquanto não descobrir a verdade. Se encontrarmos um problema, você pode questioná-lo. Às vezes as pessoas fazem a coisa errada pelos motivos certos. Ele merece a chance de se explicar.

Phoebe o encarou com surpresa.

– Isso é muito justo da sua parte.

West torceu os lábios.

– Eu sei o que a amizade dele significa para você – murmurou. – E Larson é primo de Henry. Eu jamais tentaria envenená-la contra ele.

Ele ficou paralisado de surpresa quando sentiu Phoebe se apoiar nele, a linda cabecinha deitando em seu ombro.

– Obrigada – sussurrou ela.

A confiança e a naturalidade do gesto provocaram a sensação mais deliciosa que ele já conhecera. West virou o rosto devagar, até seus lábios tocarem a massa ruiva e brilhosa de cabelos dela. Durante toda a vida, ansiara secretamente por aquele momento. Por alguém que se voltasse para ele em busca de conforto.

– Quanto tempo você vai ficar? – perguntou Phoebe.

– Quanto tempo você quer que eu fique?

Phoebe deixou escapar um murmúrio bem-humorado.

– Ao menos até eu me livrar desses problemas.

Não é você que está com problemas, pensou West, e fechou os olhos, desesperado.

∼

– Como a vaca faz? – perguntou West a Stephen naquela noite.

Os dois estavam sentados no tapete da sala de estar, cercados por animais em blocos de madeira entalhada.

– Muuu – fez o menino, como se fosse óbvio. Ele pegou a vaquinha da mão de West e a examinou.

West levantou outro animal.

– E a ovelha?

Stephen tentou pegar também a ovelha.

– Méé!

Phoebe sorriu, observando-os. Estava sentada perto da lareira com um pequeno bastidor de bordado no colo. Depois do jantar, West dera a Stephen um estábulo de brinquedo, com teto removível e uma coleção de animais entalhados e pintados. Havia até uma carroça de madeira em miniatura para o cavalo puxar. Ali perto, Justin brincava com seu presente, um jogo de tabuleiro chamado Tivoli, em que se inseriam bolas de gude no alto e elas desciam por canaletas e cravelhas até caírem pelas fendas com números.

Bem mais cedo, Phoebe mostrara a West o chalé de hóspedes, uma casa simples de tijolinhos, com janelas de caixilhos e um frontão branco acima da porta. Ele trocara as roupas de viagem e voltara para a casa principal para dar uma primeira olhada nos livros contábeis.

– Entendo parte da sua dificuldade – comentou ele, analisando com atenção as páginas a sua frente. – Estão usando um sistema de dupla entrada.

– Isso é ruim? – perguntou Phoebe, apreensiva.

– Não, é superior ao sistema de entrada única que usamos no Priorado Eversby. No entanto, como não tenho experiência nisso, vou precisar de um ou dois dias para me familiarizar. Basicamente, cada entrada em uma conta exige uma entrada oposta em uma conta correspondente, de modo que seja possível verificar erros. – Adotando um tom irônico, ele completou: – E pensar que aprendi história grega e filosofia alemã quando o que precisava era de uma aula de introdução à contabilidade.

West passara a tarde no escritório. Expulsara Phoebe quando ela tentara se juntar a ele, alegando que não conseguiria se concentrar com ela por perto.

Haviam jantado sozinhos, cada um em uma extremidade (ou quase) da comprida mesa de mogno, sob o brilho tremulante do candelabro. A princípio, a conversa avançara de modo precipitado, por causa do nervosismo de ambos. Não era uma situação comum para nenhum dos dois, jantar com a intimidade de marido e mulher. Phoebe achou que era um pouco como experimentar alguma peça de roupa para ver se caía bem. Trocaram novidades e histórias, debateram questões tolas, outras mais sérias, e... depois do vinho e da sobremesa, finalmente relaxaram e baixaram a guarda.

Sim, West lhe caía bem. Era um sentimento diferente, mas muito bom. Um novo tipo de felicidade.

Ela sabia que West não conseguia enxergar além dos próprios medos de não ser digno, de fazê-la infeliz. Mas era exatamente essa preocupação que a deixava inclinada a confiar nele. Uma coisa estava clara: se o quisesse, teria que agir.

E agora lá estava ele, sentado no chão entre os dois filhos dela, uma mecha do cabelo escuro caindo na testa.

– Como faz a galinha? – perguntou ele a Stephen, levantando um animal de madeira.

O menino o pegou da mão dele e fez:

– Grrauurr!

West começou a rir junto com Justin.

– Minha nossa, que galinha feroz.

Encantado com o efeito que provocara em West, Stephen ergueu a galinha e repetiu:

– *Grraaurr!*

West e Justin caíram na gargalhada.

Rapidamente, West puxou a cabeça lourinha do menino e plantou um beijo rápido entre os cabelos macios.

Se ainda houvesse alguma dúvida na mente de Phoebe, foi afastada de vez naquele momento.

Ah, sim... eu quero esse homem.

CAPÍTULO 24

No dia seguinte, bem cedo, Ernestine levou o chá de Phoebe e ajudou a arrumar os travesseiros atrás dela.

– Milady, tenho uma mensagem de Hodgson em relação ao Sr. Ravenel.

– Sim? – perguntou Phoebe, bocejando e se sentando na cama.

– Como o Sr. Ravenel não trouxe valete, Hodgson está oferecendo seus serviços, se forem necessários. E também, milady... a arrumadeira acabou de chegar do chalé de hóspedes, onde foi cuidar da lareira, e informou que o

Sr. Ravenel pediu uma navalha e sabão de barbear. Hodgson disse que emprestaria de bom grado a própria navalha ao cavalheiro.

– Diga a Hodgson que agradeço muito a generosidade dele, mas acho que vou oferecer ao Sr. Ravenel a navalha de meu falecido marido.

Ernestine arregalou os olhos.

– A de lorde Clare?

– Sim. Na verdade, levarei a ele pessoalmente.

– Esta manhã, milady? Agora?

Phoebe hesitou e desviou os olhos para a janela, onde o céu claro surgia da escuridão como uma camada flutuante de creme de leite.

– É minha responsabilidade, como anfitriã, tomar conta do meu hóspede. Não é?

– Seria hospitaleiro – concordou Ernestine, embora parecesse um pouco em dúvida.

Ainda considerando a ideia, Phoebe brincou nervosamente com uma mecha de cabelo e deu um gole no chá quente para fortificar as ideias.

– Estou certa de que ele gostaria de ter isso o quanto antes.

– A essa hora, se a senhora sair pelo jardim de inverno, ninguém vai perceber. As arrumadeiras só começam a trabalhar na ala leste mais tarde. Direi a Hodgson para não mandar ninguém ao chalé de hóspedes.

– Obrigada. Ótimo.

– E se desejar, milady, direi à Sra. Bracegirdle que a senhora prefere que as crianças tomem café da manhã nos aposentos delas.

Phoebe sorriu.

– Fico muito grata, Ernestine, por seu primeiro instinto não ser me impedir de fazer algo escandaloso, mas me ajudar a escapar impune.

A camareira a encarou com uma expressão deliberadamente inocente.

– A senhora só vai sair para tomar um pouco de ar, milady. Até onde sei, não há escândalo em uma caminhada.

Quando Phoebe saiu pelo jardim de inverno e seguiu pela calçada que levava ao chalé, o sol começava a projetar reflexos dourados nas folhas e galhos dos buxos que ladeavam o caminho e a espalhar um brilho rosado nas cantoneiras das janelas. Ela levava um cesto com tampa e caminhava rápido, mas cuidando para não dar a impressão de pressa.

Quando chegou ao chalé, deu duas batidas rápidas na porta e entrou sem esperar resposta.

– Bom dia – disse baixinho.

Ela havia redecorado também o chalé. No cômodo da frente, uma sala de estar com paredes verde-floresta, sancas brancas recém-pintadas e detalhes dourados, um vaso de flores frescas sobre um console de madeira acetinada ao lado da porta perfumava o ar.

No silêncio do interior do chalé, West emergiu de um dos quartos, uma expressão de perplexidade ao vê-la. Parecia ainda maior na sala de pé-direito baixo, uma presença masculina potente com a camisa ainda fora da calça e as mangas enroladas, revelando os braços peludos. O coração de Phoebe disparou quando pensou no que queria e temia que não acontecesse. A ideia de passar o resto da vida sem ter experimentado a intimidade com West Ravenel começava a parecer nada menos que trágica.

– Eu lhe trouxe o material para se barbear – disse ela, indicando a cesta.

West permaneceu parado, os olhos baixos e a expressão ardente, fitando-a da cabeça aos pés. Phoebe usava uma roupa de "ficar em casa" que combinava a aparência de um vestido com a conveniência de um roupão, já que não exigia espartilho e era fechado com o mínimo de botões. O decote baixo do corpete era enfeitado com renda de Bruxelas branca.

– Obrigado. Esperava que um criado ou uma arrumadeira o trouxesse. Perdoe-me por criar problemas para você.

– Não é problema algum. Eu... eu queria saber se teve uma boa noite de sono.

Ele deu um sorrisinho e pensou um pouco antes de responder:

– Razoável.

– A cama é macia demais? – perguntou Phoebe, preocupada. – Dura demais? Os travesseiros são suficientes, ou...

– É tudo esplêndido. Tive sonhos perturbadores, só isso.

Phoebe avançou, hesitante, a cesta na mão.

– Trouxe a navalha de Henry para você – disse. – Ficaria feliz se a usasse.

West entreabriu os lábios, parecendo consternado.

– Obrigado, mas eu não poderia...

– Quero que use – insistiu ela. Nossa, aquilo estava sendo bem constrangedor. – É uma navalha sueca, feita do aço mais fino. Mais afiada que uma lâmina de Damasco. Vai precisar, com uma barba dessas.

West deixou escapar um risinho, e esfregou o queixo.

– Como sabe tanto sobre o assunto?

– Eu barbeava Henry com frequência – respondeu Phoebe, com tranquilidade –, e ainda mais perto do fim. Ele não permitia que ninguém mais o tocasse.

A luz recaiu sobre a parte superior do rosto de West, seus olhos azuis brilhando de forma inacreditável.

– Você foi uma boa esposa – comentou ele.

– Acabei me tornando muito hábil no processo de barbear. – Phoebe deu um sorrisinho tímido e confidenciou: – Adoro os sons que faz.

– Que sons?

– O som do pincel espalhando a espuma, do arranhar da lâmina. Sinto arrepios na nuca.

West riu subitamente.

– Nunca me provocou essa sensação.

– Mas você compreende o que quero dizer, não?

– Acho que sim.

– Não há nenhum som que você ache tão agradável que pareça mexer com suas terminações nervosas?

Uma longa pausa se seguiu antes de ele dizer:

– Não.

– Há, sim – protestou Phoebe, com uma risada. – Você só não está me dizendo.

– Você não precisa saber.

– Um dia ainda vou descobrir – disse ela, e West balançou a cabeça, sorrindo. Phoebe se aproximou mais, lentamente, a cesta tampada. – West... já foi barbeado por uma mulher?

O sorriso de West se apagou, e ele a encarou com uma expressão tensa.

– Não foi – arriscou ela.

West ficou mais tenso conforme ela se aproximava.

– Eu o desafio a me deixar fazer isso.

Ele teve que pigarrear antes de conseguir dizer:

– Não é uma boa ideia.

– É, sim. Deixe-me barbeá-lo. – Quando ele não respondeu, Phoebe perguntou baixinho: – Não confia em mim? – Ela estava muito perto agora, e não conseguia decifrar a expressão dele. Mas sentia a reação visceral à proximidade dela, o corpo irradiando prazer como fogo irradiando calor. – Tem medo? – ela ousou provocar.

West não poderia resistir àquele desafio. Cerrou o maxilar e recuou um passo, encarando-a com um misto de ressentimento e desejo irremediável. Então, com um breve movimento de cabeça, chamou-a para o quarto.

CAPÍTULO 25

– E se os seus arrepios por causa dos sons a fizerem me cortar acidentalmente? – perguntou West, acomodando-se na poltrona ao lado do lavatório do quarto.

– Não são convulsões, West – disse Phoebe, derramando água quente na bacia de cerâmica branca. – Só acho agradável.

– Acharei agradável ter essa barba enorme raspada – comentou ele, coçando o rosto. – Está começando a incomodar.

– É melhor não mantê-la mesmo, então. – Phoebe foi até a lareira devolver a pequena chaleira ao fogo. – A moda hoje é de barbas bem longas – continuou ela –, como a de Charles Darwin e a de Dante Rossetti. Mas desconfio que a sua acabaria cacheando.

– Como uma ovelha premiada.

Phoebe molhou uma toalha na água bem quente, com cuidado, depois a dobrou e a pressionou de leve no rosto de West. Ele deixou o corpo escorregar na poltrona e inclinou a cabeça para trás.

Por dentro, ela ainda estava encantada por West ter aceitado sua proposta. Afinal, o ritual masculino sem dúvida devia ser assustador quando não executado por um profissional. Na época em que Phoebe começara a barbear Henry, era porque o marido estava fraco demais para fazê-lo, e já havia lhe confiado incontáveis intimidades envolvidas em cuidar de uma pessoa acamada. Mas a situação agora era muito diferente.

Phoebe pegou da cesta a faixa de couro e a amarrou com habilidade no porta-toalhas do lavatório.

– Pedi a meu pai que me ensinasse – contou ela, em um tom descontraído –, para que eu pudesse cuidar de Henry. A primeira coisa que aprendi foi a afiar a lâmina. – Depois de pegar a fina navalha de aço, ela abriu o punho entalhado e começou a afiar a lâmina com gestos leves porém precisos.

– Quem o barbeia em sua casa? O valete de lorde Trenear?

West afastou a toalha da boca para responder.

– Sutton? Não, ele já reclama demais de ter que cortar meu cabelo a cada três semanas. Eu mesmo me barbeio, desde os 14 anos. Meu irmão me ensinou.

– Mas você já foi a um estabelecimento em Londres.

– Não.

Phoebe pousou a lâmina e se virou para ele.

– Ninguém *nunca* o barbeou? – perguntou, em uma voz fraca. – Mesmo?

Ele apenas balançou a cabeça.

– Isso é... incomum para um cavalheiro da sua posição.

West deu de ombros brevemente. Seu olhar então ficou distante.

– Acho que, quando eu era menino, as mãos de um homem adulto sempre me evocaram algo ruim. Só infligiam dor. Apanhei muito de meu pai, de meus tios, do diretor do colégio, de professores... – Ele se voltou para ela com um olhar sarcástico. – Por isso, a ideia de deixar que um homem colocasse uma lâmina no meu pescoço nunca me pareceu muito relaxante.

Phoebe estava impressionada de vê-lo disposto a se colocar em uma posição vulnerável diante dela como nunca se permitira com mais ninguém. Era um grande ato de confiança. Ela notou que havia medo nos olhos dele, mas West permaneceu onde estava, colocando-se voluntariamente à mercê dela. Com muito cuidado, Phoebe tirou a toalha úmida do rosto dele.

– Você merece crédito por cumprir seu lema – disse ela, esboçando um sorriso. – Experimentar de tudo. Mas retiro meu desafio.

Uma ruga apareceu entre as sobrancelhas escuras dele.

– Eu quero – disse ele depois de um tempo. – Faça.

– Está tentando provar alguma coisa para mim, ou para si mesmo? – perguntou ela, com suavidade.

– Para ambos.

West tinha uma expressão de calma, mas segurava com força os braços da poltrona, como se estivesse prestes a ser torturado em uma masmorra medieval.

Phoebe o observou, tentando pensar em uma maneira de tornar a situação mais fácil para ele. O que havia começado como uma brincadeira sem compromisso acabara se tornando um momento profundamente sério. Era justo, pensou, mostrar-se vulnerável também.

Jogando fora qualquer vestígio restante de precaução, abriu os três botões da frente do vestido e soltou o lacinho interno da cintura. O vestido se abriu e escorregou pelos seus ombros, provocando um tremor. Ela sentiu arrepios subindo pela pele recém-exposta. Então terminou de tirar o vestido e foi deixá-lo sobre a cama.

– O que está fazendo, Phoebe? – perguntou West, a voz estrangulada.

Em seguida, ela tirou os sapatos e voltou para perto dele só de meias. Ofegante e ruborizada dos pés à cabeça, disse:

– Estou lhe oferecendo algumas distrações.

– Eu não... *Meu Deus*. – West a devorava com o olhar. Ela estava apenas com a camisa de baixo branca e a roupa íntima, o tecido translúcido de tão fino e delicado. – Isso não vai terminar bem...

Phoebe sorriu ao perceber que ele já não apertava os braços da poltrona, apenas tamborilava com os dedos. Ela pegou da cesta o restante do material e pingou na mão algumas gotas do pequeno frasco de óleo. Espalhou-o muito bem na ponta dos dedos e voltou a se aproximar. West inspirou fundo quando ela se posicionou entre suas pernas.

– Incline a cabeça – ordenou Phoebe, baixinho.

West obedeceu, estreitando os olhos.

– O que é isso?

– Óleo de amêndoas. Protege a pele e deixa a barba mais macia.

Ela o massageou suavemente, aliviando a tensão do rosto, do maxilar e do pescoço com pequenos movimentos circulares.

West fechou os olhos e começou a relaxar, a respiração ficando mais lenta e mais profunda.

– Essa parte não é tão ruim – disse ele, com relutância.

Àquela distância, Phoebe podia ver pequenos detalhes do rosto dele: os cílios muito negros, as sutis rugas de cansaço sob os olhos, a textura da pele, sedosa e firme, como só a de um homem poderia ser.

– Você é bonito demais para ter barba. Talvez algum dia eu permita que use, se precisar disfarçar um queixo flácido, mas por enquanto ela precisa ir embora.

– No momento – disse West, ainda de olhos fechados –, nada em mim está flácido.

Phoebe baixou os olhos involuntariamente. De onde estava, entre as pernas dele, conseguia ter uma visão perfeita do colo dele, onde o contorno de uma magnífica ereção esticava o tecido da calça. Ela sentiu a boca seca, e oscilou entre a inquietude e uma intensa curiosidade.

– Isso parece desconfortável – disse ela.

– Eu aguento.

– Quis dizer para mim.

West tentou, sem sucesso, conter um sorriso malicioso, os músculos do rosto se retesando sob os dedos dela.

– Se isso a deixa nervosa, não se preocupe. Vai murchar assim que você pegar aquela maldita navalha. – Ele fez uma pausa antes de acrescentar, meio rouco: – Mas... não seria. Desconfortável, quero dizer. Se nós... eu esperaria você estar pronta. Jamais a machucaria.

Phoebe passou os dedos pelo maxilar firme dele. Como a vida era surpreendente. Antes, ela jamais teria considerado aquele homem para si. E agora seria impossível considerar qualquer outro. Phoebe se sentiu incapaz de conter a vontade de beijá-lo, tanto quanto não conseguia evitar respirar. Ela roçou os lábios ternamente nos dele, antes de sussurrar:

– Eu também nunca o machucaria, West Ravenel.

Depois de fazer espuma com o sabão em uma tigela de porcelana, Phoebe a espalhou pela barba com um pincel de pelos de texugo. West permaneceu com a cabeça apoiada no encosto macio da poltrona, enquanto ela se movia ao redor dele.

Seu corpo realmente enrijeceu quando Phoebe abriu a lâmina e virou o rosto dele de lado.

– Sou eu – disse ela. – Não se preocupe.

Com o polegar, puxou a pele firme do rosto dele, então ergueu a navalha com um movimento experiente e a passou pelo seu rosto em um ângulo perfeito de 30 graus. Depois de algumas passadas cuidadosas e precisas, que produziram sons deliciosamente satisfatórios, limpou a lâmina na toalha pendurada em seu braço. Só percebeu que West estava prendendo a respiração quando ele soltou o ar devagar, em um suspiro controlado.

Ela fez uma pausa, o rosto parado logo acima do dele.

– Quer que eu pare?

Ele torceu a boca.

– Não se estiver lhe provocando arrepios.

– Muitos – garantiu ela, e continuou a barbeá-lo, esticando com destreza partes do rosto dele e barbeando-o até a pele estar lisa.

Quando chegou a hora de passar para o pescoço, virou o rosto dele para si e ergueu seu queixo para expor a pele a ser barbeada. Quando viu as mãos dele começarem a apertar os braços da poltrona, disse:

– Eu permito que olhe embaixo da minha camisa.

West afrouxou o aperto no braço da poltrona e sua respiração ficou mais regular.

Phoebe barbeou o pescoço em gestos breves e meticulosos, revelando a pele bronzeada, que cintilava como cobre. Tomou cuidado especial com a linha do maxilar.

– Que maxilar lindo – murmurou ela, admirando o ângulo preciso. – Ainda não o havia apreciado devidamente.

West esperou até ela afastar a lâmina para responder:

– Eu estava pensando o mesmo sobre seus seios.

Phoebe sorriu.

– Canalha – acusou em um tom brincalhão, e deu a volta, colocando-se do outro lado dele.

Depois que todo o pescoço e o maxilar estavam feitos, ela aproximou o rosto do dele.

– Faça assim – orientou, esticando o lábio inferior para dentro.

West obedeceu prontamente, e ela barbeou aquela parte embaixo da boca, com delicadeza. Então passou para a área ao redor da boca. Enquanto trabalhava concentrada, fazendo uma pressão muito leve, sentiu que West se entregara por completo, os membros relaxados. Talvez não fosse certo, mas estava desfrutando imensamente da situação, do fato de ter aquele corpo grande e potente sob seu controle. Não lhe escapou à atenção que West permaneceu com o membro rígido durante todo o tempo, seu desejo evidente, e isso também foi um prazer para Phoebe. De vez em quando ela parava e o observava para verificar se ele não estava se sentindo desconfortável, e ficava relaxada pela calma no olhar dele, a tranquilidade quase lânguida. Por fim, conferiu se faltava algum trecho de barba e encontrou uma parte ainda áspera perto do queixo e outra na face esquerda. Depois de espalhar mais espuma nessas áreas, passou a navalha na direção contrária à do crescimento do pelo, para garantir que ficasse bem liso.

Para remover todo o sabão, pegou uma nova toalha umedecida em água quente. Em seguida, espalhou com a ponta dos dedos um pouco de tônico de água-de-rosas em todo o rosto.

– Prontinho – decretou, animada, e se afastou para examiná-lo com satisfação. Recém-barbeado, West estava tão lindo que o coração dela pareceu derreter. – E nem um único corte.

West passou a mão pelo queixo liso e foi até o espelho do lavatório.

– Nem eu faria tão bem.

E se virou para ela com uma expressão aborrecida.

Phoebe não entendeu a mudança de humor, e o questionou com um erguer das sobrancelhas.

West a alcançou em duas passadas, puxou-a para si e colou a boca à dela em um beijo rude e ardente. Ela começou a sorrir diante daquela demonstração de alívio e gratidão masculina, mas a pressão dos lábios dele tornou isso impossível. West deslizou as mãos pelo corpo dela, moldando seus quadris, a rigidez de sua ereção pulsando entre os dois. Beijou-a e a saboreou, descendo pelo seu pescoço, o rosto agora muito macio deslizando na pele dela. Phoebe jogou a cabeça para trás e permitiu que ele beijasse o vale na base do seu pescoço, explorando com a língua a pequena depressão.

– Obrigado – sussurrou ele junto à pele dela, agora úmida de beijos.

– E eu agradeço por confiar em mim.

– Eu confiaria minha vida a você.

Phoebe sentiu que ele puxava, delicadamente, os grampos de seus cabelos. Os cachos se desfizeram, derramando-se até a cintura. West se afastou um passo e deixou os grampos caírem no chão para pegar algumas das mechas ruivas brilhantes, levando-as ao rosto, passando-as pela boca, beijando-as. Tinha um ar grave, quase severo, olhando-a com a mais absoluta concentração.

– Como você pode ser tão linda?

Sem esperar por resposta, ele a pegou no colo com tamanha facilidade que a fez arquejar de susto.

Pousou-a entre a mistura de luz e sombras da cama, os lençóis ainda desfeitos do sono dele, e então se deitou ao lado dela. Apoiando-se sobre o cotovelo, deixou o olhar acompanhar a trilha que traçava com a ponta dos dedos no colo dela, até chegar ao decote da camisa de dormir. Afastou o tecido suavemente, revelando um mamilo rosado. Com o polegar, acariciou em círculos o bico rígido, provocando uma ânsia doce que a fez arquear o corpo e estremecer. Então aproximou os lábios e os roçou no mamilo, provocando-a. O calor úmido de sua boca envolveu o seio dela e ele sugou gentilmente, brincando com a língua. Então mordeu de leve a carne enrijecida, provocando nela uma intensa onda de calor que chegou ao estômago.

West ergueu um pouco a cabeça e olhou para o mamilo excitado, brilhando de saliva e agora em um rosa um tom mais escuro que antes.

– O que eu faço com você? – perguntou ele, baixinho.

Phoebe ficou tão ruborizada que sentiu o rosto formigar, e só conseguiu responder depois de enfiar a cabeça no pescoço dele.

– Tenho algumas ideias.

Ele deu uma risadinha contra os cabelos dela. Phoebe sentiu o peso dele se inclinando sobre ela, os lábios roçando em sua pele quente.

– Diga.

– Aquele dia no Priorado Eversby, quando estávamos no escritório e você... – Mas não encontrou palavras para descrever o que ele fizera.

– Quando eu lhe dei prazer sobre uma pilha de livros contábeis? – ajudou West, acariciando preguiçosamente as costas dela. – Quer aquilo de novo, meu amor?

– Quero – disse Phoebe, timidamente. – Mas você sugeriu... usar a língua.

Uma risada baixa fez cócegas no ouvido dela.

– Você ficou com isso na cabeça, não foi?

– Pensei a respeito depois – admitiu ela, espantada por estar confessando algo tão depravado. – E... desejei ter aceitado.

Com um sorriso, West a puxou contra si, a boca brincando com os fios de cabelo macios ao redor da orelha dela.

– Meu bem – sussurrou ele –, eu adoraria fazer isso por você. É só isso que deseja?

– Não, eu... – Phoebe se afastou o bastante para olhá-lo com uma expressão suplicante. – Quero que faça amor comigo.

O rosto dele estava tão próximo que ela teve a sensação de estar boiando no azul do oceano.

Ele traçou, com os dedos, os contornos elegantes do rosto dela.

– Não há futuro para nós. Ambos temos que concordar com isso.

Ela baixou a cabeça uma única vez, assentindo.

– Mas você será meu pelo tempo que permanecer aqui.

– Eu já sou seu, meu amor.

Ele se sentou na cama e começou a despi-la com lentidão deliberada, desamarrando as fitinhas de seda da camisa de baixo dela e a tirando. Mas quando Phoebe levou a mão à barra da camisa dele, West a afastou com delicadeza.

– Quero tirar suas roupas também – protestou ela.

– Mais tarde.

Ele abriu os calções rendados que ela usava e os desceu pelas pernas.

– Por que não agora?

Ela ouviu um riso trêmulo.

– Porque o mais breve contato entre qualquer parte do seu corpo e o meu vai acabar com esse momento em um ardente segundo. – Os olhos dele se tornaram pesados quando ele fitou a forma nua e delgada de Phoebe, demorando-se nos pelos ruivos entre as coxas. – Eu a desejo demais, meu amor. Desejo você como a terra seca suga a água da chuva. Pode ter havido um tempo na minha vida em que eu seria capaz de vê-la assim e ainda ter esperança de manter algum autocontrole. Embora duvide. Nunca vi nada tão lindo quanto você. – As mãos dele tremiam ligeiramente ao despi-la da cinta e das meias e jogá-las de lado. Então pegou um dos pés de Phoebe, levou-o à boca e beijou o arco da sola, fazendo a perna dela se agitar. – No entanto – acrescentou West, brincando com os dedos dos pés dela –, se eu fizer alguma coisa de que você não goste, basta me dizer, e eu pararei. *Esse* controle eu sempre terei. Entende?

Phoebe assentiu, a mão descendo até sua intimidade para cobri-la.

West achou graça da súbita timidez dela.

– O que aconteceu com a mulher que agora há pouco estava me barbeando seminua?

– Não posso ficar assim, largada e toda aberta feito uma estrela-do-mar – protestou Phoebe, agora se contorcendo para se livrar dele. – Não estou acostumada com isso!

West se jogou em cima dela com uma risada sufocada, segurou os braços dela no colchão e espalhou beijos pelo corpo que se agitava.

– Você é a criatura mais adorável, mais *deliciosa*...

Ele deixou a boca deslizar pela barriga de Phoebe até alcançar o umbigo. Mas o calor úmido da língua dele não lhe fez cócegas: na verdade, ela teve uma sensação peculiar, como se estivesse derretendo.

– Deliciosa – repetiu West, agora em um tom diferente, mais baixo e mais vibrante.

Ele passou a ponta da língua na entrada do umbigo antes de voltar a lamber fundo. Então assoprou de leve, provocando uma sensação fria na umidade que a língua deixara. Os músculos da barriga dela enrijeceram e estremeceram.

Maravilhada, Phoebe ficou deitada passivamente, enquanto West se acomodava entre suas pernas e as abria mais. Tinha uma vaga consciência da inversão abrupta dos papéis em que haviam se colocado mais cedo: agora, era ele que estava no controle, e ela, submissa. O branco luminoso do teto preenchia seu olhar. Ela nunca fizera uma coisa daquelas durante o dia – por isso, sentia-se terrivelmente exposta e indefesa. O que a excitou ainda mais. West continuava a brincar com seu umbigo, beijando e mordiscando enquanto os dedos se emaranhavam nos delicados pelos que cobriam seu sexo.

Ele desceu a boca até a parte interna das coxas dela. Ali, enfiou o nariz e soprou a pele delicada, e ela teve um momento de dúvida, perguntando-se o que a possuíra para pedir aquilo. Era intenso demais. Íntimo demais.

Antes que pudesse dizer que parasse, um murmúrio baixo escapou da garganta de West, um som que Phoebe o ouvira fazer quando se deliciava com alguma coisa – um bom vinho, o sabor de um doce ou de algo suculento. Ele então deslizou a ponta de um único dedo pela fenda macia, até encontrar a entrada do corpo dela. Pressionou a carne úmida por um momento atordoante e em seguida levou a mesma mão ao seio, deixando no mamilo o líquido viscoso como se passasse um perfume.

Chocada, Phoebe começou a tentar se desvencilhar, mas West a puxou de volta com facilidade, segurando-a com força pela cintura. Abafou uma risada silenciosa nos pelos delicados, enfiando a língua lentamente entre eles, umedecendo a carne por baixo. Então colocou as mãos sob o traseiro dela para erguer a pélvis, elevando-a a um ângulo que a deixava a seu dispor.

Phoebe fechou os olhos, inteiramente concentrada nas lambidas sinuosas que recebia, enquanto West explorava as dobras externas da vulva, acompanhando as curvas de cada lado, depois o contorno delicado dos lábios internos. Ele deixou a boca deslizar para dentro da entrada pequena e pulsante do corpo dela, pressionando com a ponta da língua. Phoebe deixou escapar um som agitado quando sentiu o calor peculiar e sinuoso da língua dele a penetrando. Era inimaginável. Indizível.

Sentiu o ventre quente, os músculos tensionados. Outra lambida lá dentro... mexendo de forma provocante... depois, devagar. Phoebe começou a suar e a se retesar, mordendo o lábio para não suplicar. Seu corpo parecia não mais lhe pertencer, tornara-se algo feito só para o prazer. O botão do clitóris, privado das atenções de West, pulsava dolorosamente, e a necessidade de ser tocada ali a fez estremecer. Só o roçar do dedo, ou a mais leve fricção dos lábios dele, lhe provocava espasmos de alívio. Estava deixando escapar sons que nunca fizera na vida, gemidos e soluços que saíam do fundo da garganta.

Quando a avidez se tornou intolerável, Phoebe levou a mão ao triângulo de pelos úmidos para aliviar a si mesma, mas seu pulso foi impedido, e ela sentiu West rindo maliciosamente contra sua carne pulsante. Então entendeu que ele estava esperando que ela fizesse aquilo, que sabia exatamente de seu desespero. Sentindo-se frustrada além dos limites da sanidade, reclamou em um arquejo:

– Está demorando muito!

– Agora você é especialista – zombou ele, afetuosamente, brincando com os pelos.

– Eu... não quero esperar.

– Mas eu quero.

West a abriu com delicadeza para expor o botão pulsante e soprou, o hálito frio na carne quente.

– *Por favor...* Não estou aguentando... por favor, por favor...

A língua sedosa e espantosamente ágil dele deslizou para onde ela queria, circundando, incitando, depois lambendo em um ritmo constante. West então deslizou o dedo para dentro dela, permitindo que os músculos frenéticos tivessem algo contra o qual se contraírem. O calor se espalhou pelo corpo de Phoebe, a sensação penetrando em cada célula. Ela se perdeu nele, sentindo o prazer que ele queria lhe dar, todo o corpo entregue.

Quando o prazer deu lugar ao alívio, ela teve a sensação de ter perdido a consciência, os braços e pernas fracos demais para se mexerem, a cabeça zonza de tantas sensações. Seu rosto estava úmido de transpiração e talvez de lágrimas. Sentiu que ele o secava delicadamente com a ponta do lençol, e então foi puxada para seu peito firme e peludo, confortada com murmúrios tranquilizadores. West acariciou seus cabelos e suas costas, segurando-a até os tremores cessarem.

Ele se levantou da cama e Phoebe virou de bruços, esticando-se como um gato e suspirando. Nunca se sentira tão saciada, tão plena.

Quando West voltou, estava completamente nu. Phoebe fez menção de se virar, mas ele se sentou sobre os quadris dela e pressionou de leve suas costas para impedi-la. Phoebe ficou deitada muito quieta, sentindo as texturas do corpo dele, os músculos e os pelos grossos das coxas, o peso sedoso de uma ereção que parecia longa e rígida como o cabo de um atiçador de fogo. Ouviu um frasco de vidro sendo aberto. Então as mãos de West desceram pelas costas dela, deslizando e massageando, e o aroma de óleo de amêndoas lhe alcançou as narinas.

West massageou os músculos dos ombros dela e foi descendo pelas costas, relaxando a tensão e provocando tremores de prazer por todo o corpo de Phoebe. Ela gemeu baixinho. Ninguém nunca fizera aquilo com ela – e jamais teria imaginado que a sensação seria tão deliciosa. Assim como as palmas das mãos dele deslizaram pelos seus ombros, seu membro rígido deslizou também, subindo pelas nádegas e até parte das costas. Claramente, ele também estava tendo prazer com a massagem, e não fazia o menor esforço para esconder. Pressionou com os dedos a base das costas de Phoebe e a curva cheia das nádegas, imprimindo uma força crescente, até os músculos relaxarem.

Ele levou uma das mãos entre as coxas dela e tocou as dobras macias, a ponta dos dedos roçando ternamente em cada lado do clitóris inchado e já semiescondido. Bastaram alguns movimentos leves para fazê-la ficar sem ar. West tocou a abertura do corpo dela, passando os dedos ao redor da pele úmida até deslizar um deles – não dois – para dentro, em uma arremetida gradual mas insistente.

O corpo dela tentou se fechar contra a intrusão, mas ele era muito gentil, seu dedo ondulando como o junco na corrente lenta de um rio. Phoebe abriu um pouco as pernas e logo sentiu a necessidade de erguer o quadril, para obter mais pressão. Quando fez isso, algo dentro dela se soltou e se esticou para envolvê-lo. West sussurrou seu nome com a voz rouca, parecendo se deleitar com a sensação da carne dela, o dedo girando e acariciando com uma graciosidade fácil. Ela manteve o rosto ruborizado afundado nos lençóis frios e se contorceu, arquejou e ergueu o corpo tenso.

Quando o dedo dele saiu de dentro dela, Phoebe sentiu a abertura estranhamente líquida, os músculos se contraindo ao redor do vazio. O peso dele então saiu de suas costas e os pelos do peito roçaram na sua pele, provocando um arrepio de prazer, quando ele se inclinou para beijar e lamber seus ombros e sua nuca. Os pulmões dele se expandiam e se contraíam pesadamente, a respiração difícil. Phoebe arregalou os olhos quando sentiu o cutucão íntimo entre as coxas, o membro largo e rígido. West avançou, mas, apesar da disposição, o corpo de Phoebe resistiu.

– Espere – disse ela, sentindo uma dor súbita.

Ele parou de imediato, mas se manteve ali, na abertura. Arquejando com o esforço, ela tentou empurrar o corpo para trás, mas hesitou quando começou a doer.

– Não consigo... Ah, me desculpe, não adianta, eu...

– Querida – interrompeu West, tendo a audácia de sorrir junto ao ouvido dela –, antes de admitirmos a derrota, vamos tentar de outro jeito.

Ele saiu de cima dela e a fez se levantar. Depois de pegar o pequeno frasco de óleo, levou-a até a poltrona.

Phoebe balançou a cabeça, perplexa.

– Você não pode estar pretendendo... numa *poltrona*...?

Ele se sentou e deu palmadinhas no joelho.

Ela o encarou espantada.

– Sua criatura grande e desavergonhada... – disse, com um risinho de nervosismo. – Sentado aí com uma ereção flagrante e sem nem um pingo de preocupação...

– Pelo contrário, estou muito preocupado. E como você é a causa da ereção, deveria assumir parte da responsabilidade.

– Farei o melhor possível – disse ela, em dúvida, olhando de relance para o volume do membro dele. – Embora seja uma responsabilidade um pouco maior do que se desejaria.

– Agradeça por não ter que viver com isso – disse ele, puxando-a para o colo, colocando-a sentada de frente para ele.

West pareceu achar divertido o rubor de constrangimento dela. Ele abriu o frasco de óleo, deixou algumas gotas caírem na mão dela e pousou o vidro no chão.

– Pode? – perguntou baixinho.

– Você... quer que eu passe? – perguntou Phoebe, aturdida por se ver sentada nua nas coxas de um homem em uma postura tão excêntrica.

– Por favor.

Ela esfregou o óleo entre as mãos, ainda hesitante, e as estendeu para o rosto dele.

West pegou os punhos delgados dela e a fitou com olhos azuis sorridentes.

– Aí não, meu bem.

E levou as mãos dela, devagar, até o membro rígido.

– Ah.

Mortificada, mas interessada, Phoebe acariciou toda a extensão muito firme, espalhando uma fina camada de óleo na pele acetinada e rosada. Era um membro grande e bem-feito; a carne rígida estava firme e disposta, pulsando e, por dentro, estremecendo muito de leve. A respiração de West se tornou irregular conforme ela acariciava da base à ponta, os dedos deslizando até os pesados testículos.

– Até aqui você é bonito – murmurou Phoebe, segurando-o com ambas as mãos.

– Obrigado. Sou suspeito para opinar, mas não concordo. O corpo feminino é uma obra de graciosidade e formas. O masculino é estritamente funcional.

– O corpo feminino também tem funções importantes.

– Sim, mas é sempre lindo. – Ele desceu a ponta dos dedos até a barriga dela e traçou a delicada forma em lua crescente de uma estria que cintilava, prateada, à luz do dia. – Como foi? – perguntou baixinho.

– Dar à luz? – Phoebe lançou um olhar melancólico para as discretas marcas em seu baixo-ventre. – Não tão ruim quanto achei que seria. Foi um alívio poder contar com a medicina moderna. – Ela torceu os lábios ao ver que os dedos dele passavam para outra estria. – Não são bonitas.

A expressão nos olhos dele era de surpresa quando a fitou.

– Tudo em você é bonito. São marcas de uma vida bem vivida, de riscos assumidos, de milagres que você trouxe ao mundo. São sinais de ter amado e ter sido amada. – West a puxou para mais perto, erguendo-a para colocá-la de joelhos e beijar as curvas dos seus seios. – Lamento dizer –

continuou, a voz saindo abafada na junção dos seios – que meu respeito pela instituição da maternidade não afeta nem um pouco meu desejo de desfrutar plenamente do seu corpo.

Phoebe se inclinou sobre ele e esfregou o rosto nos cachos muito escuros dos seus cabelos. Então aproximou a boca do seu ouvido e sussurrou:

– Pois eu não lamento.

Ela sentiu, para sua surpresa, um leve tremor percorrê-lo, como as vibrações da corda de um piano. Então recuou, encarou o rosto afogueado dele e abriu um sorriso que continha um toque de triunfo.

– É esse o som, não é? O que lhe provoca arrepios. O sussurro de uma mulher.

CAPÍTULO 26

– Não estou admitindo nada – disse West.

E voltou a atenção para os seios dela, segurando-os e beijando os mamilos. Então colocou um dos dois na boca e chupou com vontade, enquanto a outra mão descia devagar para a barriga dela, para a virilha, brincava com os pelos ruivos sobre seu sexo. Para um homem de tamanha força física, West a tratava com uma gentileza impressionante, as carícias hábeis e indiretas, gerando a expectativa do prazer.

A mão dele roçou as camadas delicadas de carne, seus dedos as abrindo como pétalas de uma flor. A ponta do dedo médio encontrou o clitóris semiescondido e brincou delicadamente com ele. Ao mesmo tempo, sua boca foi para o outro seio. Ainda com um joelho ao lado de cada coxa dele, Phoebe sentiu as pernas tremerem perigosamente. Abaixou o corpo e se sobressaltou ao sentir a ponta rígida do sexo dele.

– Não pare – disse West, e deslizou a mão pelo traseiro de Phoebe para guiá-la. Ao senti-la hesitar, compreendeu a incerteza que viu na expressão dela. – Você nunca fez desse jeito?

– Tanto Henry quanto eu éramos virgens. Só sabíamos fazer de um jeito.

O olhar dele agora era de incredulidade.

– Vocês nunca viram cartões eróticos juntos? Teriam descoberto uma infinidade de ideias.

– Nunca! – exclamou Phoebe, mais do que um pouco chocada com a ideia. – Para começar, Henry nem saberia onde encontrar esse tipo de material...

– Nos livreiros da Holywell Street e da Drury Lane. Ficam embaixo do balcão – informou West, muito prestativo.

– ... sem contar que ele jamais teria me mostrado uma coisa dessas.

A malícia cintilou nos olhos de West.

– O que você teria feito se ele lhe mostrasse?

Phoebe foi pega de surpresa pela pergunta. Hesitou, incerta quanto ao que dizer.

– Não sei – admitiu depois de um tempo. – Imagino que... talvez eu tivesse olhado um deles.

West riu.

– Apenas um?

– Ou dois – confessou Phoebe, tão constrangida que só faltava explodir em chamas. Inclinou-se para a frente e escondeu o rosto no ombro dele. – Não vamos falar sobre cartões indecentes.

– Você está se divertindo, menina travessa – disse West, enlaçando o corpo dela. – Admita.

Phoebe sorriu, o rosto ainda no ombro dele. Adorava como ele a provocava, de um jeito que nenhum homem faria com a filha de um duque, ou com uma viúva respeitável.

– Um pouco – confessou ela.

O cheiro da pele dele se misturava com o do sabão de barbear, o do óleo de amêndoas e com um toque de algum aroma salgado que Phoebe percebeu, com certo choque, que talvez viesse de si mesma. Excitada ao pensar nas intimidades que já tivera com aquele homem, virou a cabeça e pôs-se a beijar o pescoço dele. Então deixou os lábios subirem até o rosto, e a boca de West buscou a dela, beijos desabrochando dentro de beijos, como um campo de papoulas em um verão infinito. Aqueles dedos sagazes e criativos brincaram no espaço entre suas coxas, às vezes penetrando sua fenda mais íntima, incitando os músculos ali dentro a se contraírem. O polegar acariciava o clitóris em toques rápidos e delicados, fazendo-a estremecer e tornando impossível para Phoebe se manter imóvel. Ela então levou a mão ao membro dele e o guiou para a entrada do próprio corpo, determinada a recebê-lo.

– Devagar – disse West, baixinho, e a segurou pelo traseiro para controlar a descida.

Phoebe abaixou o corpo no colo dele e sentiu-o se ajeitar na poltrona, alterando o ângulo entre eles. Arquejando, continuou a descida, pouco a pouco. West a segurava com cuidado, observando-a enlevado, a respiração agitada.

Agora estava bem fundo dentro dela, ao ponto do desconforto, e ainda assim não entrara todo. Phoebe fez uma pausa, West gemeu baixinho e acariciou as costas e as laterais do corpo dela, murmurando palavras febris de aprovação e elogio. Phoebe obedeceu à pressão estimulante das mãos dele e desceu mais o corpo, então subiu e desceu novamente, encantada com a sensação de ser preenchida e acariciada por dentro.

– Assim? – perguntou ela, para se certificar.

– Minha nossa, sim, assim mesmo, isso... – West puxou o rosto dela para um beijo de profundo entusiasmo.

Phoebe ganhou confiança e continuou a se movimentar em cima dele, descobrindo que, quando arqueava o corpo e empurrava o quadril para a frente a cada vez que descia, conseguia acomodar toda a extensão do membro e seu clitóris roçava na firmeza deliciosa dele. Isso provocava uma pontada funda de dor, mas o prazer crescente logo superou o desconforto. Dominada pelo desejo, ela começou a descer com mais ímpeto, o corpo quase batendo nas coxas dele, sentindo a onda intensa e ardente do clímax que se aproximava.

– Phoebe, espere... – pediu ele, em um arquejo. – Devagar... não tão forte. Vai se machucar, meu bem...

Ela não podia esperar. O desejo era excruciante, e todos os seus músculos se enrijeceram e se contraíram em uma antecipação do alívio prestes a chegar.

Deixou escapar um lamento quando West paralisou os movimentos de ambos, enfiando o braço por baixo dos quadris agitados dela e erguendo-a com facilidade de seu membro.

Phoebe estremeceu, louca de desejo.

– Não, está gostoso, por favor, eu preciso...

– Isso talvez a satisfaça no momento, mas depois você vai me amaldiçoar quando não conseguir nem andar direito.
– Eu não me importo. Não me importo!

Ela continuou a protestar debilmente, enquanto West a erguia no colo e a carregava para a cama, todos os seus sentidos em um frenesi... Ele dizia alguma coisa baixinho, algo sobre ter paciência, ou talvez... mas o latejar em seus ouvidos não lhe deixava escutar. Ela se abriu para ele quando West a pousou no colchão, o corpo grande dele se posicionando entre suas coxas, e deixou escapar um grito quando ele a penetrou, a rigidez do membro esticando-a e excitando-a. Ele começou a arremeter em movimentos constantes e lentos, que não se alteravam por mais que ela se contorcesse e implorasse que fosse mais fundo, mais rápido, mais forte.

West abocanhou o seio dela, sugando o mamilo, puxando suavemente no ritmo das arremetidas. O corpo de Phoebe se contraía a cada investida, prendendo-o dentro dela com voracidade, a sensação se intensificando até que um poderoso clímax a dominou, envolvendo cada centímetro do seu corpo com uma força primitiva. Phoebe ficou em silêncio, o quadril ainda arqueado contra o peso dele. E West continuou no mesmo ritmo pausado, extraindo cada gota de sensação. Ele era incansável, não tinha pressa, usando o corpo para satisfazê-la.

Finalmente, Phoebe deixou-se cair de volta no colchão, tremendo. West a penetrou com vontade, uma vez, duas, três, então saiu dela para pousar o sexo grosso e úmido na barriga dela. Enterrou um grunhido selvagem no colchão e agarrou o lençol de ambos os lados com tanta força que Phoebe pensou que ele deixaria buracos ali. Quando sentiu na barriga o líquido quente e denso, um sussurro desconhecido subiu por sua garganta, um som de satisfação primitiva por ter lhe dado prazer.

West fez menção de descer o corpo para o lado, mas Phoebe o enlaçou com os braços e pernas, mantendo-o sobre si. Ele poderia ter se soltado com uma facilidade risível, mas permaneceu docilmente no lugar, recuperando o fôlego. Como era deliciosa a sensação de estar ancorada pelo peso dele, os pelos do peito masculino roçando em seus seios, o cheiro de suor e de intimidade a alcançando.

Depois de algum tempo, West buscou sua boca e a beijou suavemente, antes de se levantar. Voltou com uma toalha úmida e limpou-a com movimentos cuidadosos, fazendo o serviço com uma gentileza impressionante.

Zonza e mole de tão relaxada, Phoebe se virou para olhá-lo nos olhos quando ele se deitou ao seu lado de novo. West afastou as mechas de cabelo do rosto dela e a fitou. Ela sentia como se ainda estivessem fora do alcance do mundo, emaranhados um no outro, apesar dos corpos separados. West era parte dela agora, seu nome gravado na sua pele com uma tinta invisível mas permanente. Com a ponta do dedo, ela traçou a linha imponente do nariz dele e o contorno do lábio superior. *O que foi que fizemos?*, perguntou-se, quase assustada com a força inquebrantável da conexão entre os dois.

No entanto, parecia que os pensamentos de seu companheiro na cama estavam mais voltados para preocupações imediatas.

– Será que já está na hora de servirem o café? – perguntou West, em tom esperançoso.

– Pobre homem. Cada dia é um esforço tremendo para satisfazer seus apetites, não é?

– É exaustivo – concordou ele, beijando toda a extensão do braço dela.

– Vou entrar em casa discretamente, e você pode ir alguns minutos depois. Pode deixar que será bem alimentado. – Phoebe sorriu e puxou o braço. – Preciso mantê-lo forte para tanto trabalho de contabilidade.

CAPÍTULO 27

O sol do meio-dia entrava suavemente pelas janelas do escritório. Debruçado sobre uma série de livros contábeis abertos na mesa de carvalho, West conferia as entradas, parando de vez em quando para procurar alguma coisa nas pastas de correspondência e de documentos. Phoebe estava sentada em silêncio à mesa, esclarecendo o que podia e fazendo anotações para sua própria referência. Era um prazer ficar olhando para ele, as mangas da camisa dobradas expondo os braços musculosos, as alças dos suspensórios se cruzando nas costas fortes e descendo na frente até a cintura estreita.

Para alívio dela, West não parecia nada mal-humorado ou aborrecido por ter que passar um dia ensolarado dentro de casa. Ele gostava de ter problemas para resolver. Devia ser do tipo que fica mal sem ter o que fazer. Tinha um interesse ávido pelas tarefas da vida diária, por assuntos práticos – uma das suas características mais diferentes em relação a Henry, que sempre pensava no tempo de lazer como sua vida real, odiava ser distraído por assuntos mundanos e *detestava* discutir dinheiro por qualquer motivo. Henry preferia olhar para dentro, enquanto West olhava para fora, e em ambos os casos era necessário buscar o equilíbrio.

E havia o pobre Edward, que teria seguido o caminho do idealista Henry se tivesse podido, mas que fora impelido pelas circunstâncias a ganhar a vida. O pai de Henry fora um visconde, enquanto o de Edward fora o segundo filho. Sem dúvida, não escapava a Edward que, caso se casasse com Phoebe, finalmente poderia viver como o senhor daquelas terras e ter mais poder e privilégios do que Henry tivera. Então também poderia se concentrar na vida interior e se poupar das desagradáveis realidades.

No entanto, os tempos estavam mudando. A nobreza já não podia mais viver em torres de marfim, do alto das quais não tinha visão clara das pessoas lá embaixo. West deixara Phoebe mais consciente disso do que nunca. Se a propriedade afundasse, não seria devagar, como uma barcaça; era mais como uma gradual aproximação de um penhasco que não conseguiam ver. Com sorte ela mudaria o curso antes da queda súbita.

– Phoebe – chamou West, interrompendo seus pensamentos –, você tem algum outro arquivo financeiro? Mais especificamente, um com anotações bancárias e cheques?

Ele procurava na pilha de pastas sobre a mesa.

– Não, isso é tudo que temos.

– Você deve ter deixado um nos escritórios dos Larsons, então.

Ela franziu o cenho.

– Tio Frederick me garantiu que esse era todo o material que estava com eles. Por que acha que está faltando alguma coisa?

– O que você sabe sobre o empréstimo feito há dois anos e meio com a empresa de crédito Land Loan and Enfranchisement?

– Lamento, mas não sei nada sobre isso. De quanto foi?

– Quinze mil libras.

– *Quinze mil...* – repetiu Phoebe, arregalando os olhos. – Para quê?

– Melhorias na terra. – West a encarou com atenção. – Larson nunca conversou sobre isso com você?

– *Não.*
– O empréstimo vai ser descontado da futura herança de Justin.
– Tem certeza?
– Aqui está uma cópia do contrato.

Na mesma hora ela se levantou e deu a volta na mesa para examinar o documento na mão dele.

– Isso estava perdido em um dos livros – continuou West –, mas, até onde sei, nunca foi declarado devidamente nos arquivos da propriedade. E também não consigo encontrar nenhum registro da conta do empréstimo.

Ela leu os termos do empréstimo, perplexa.

– Juros de 7%, a serem pagos em 25 anos...
– A empresa de crédito foi constituída por um ato especial do Parlamento – disse West –, para ajudar proprietários de terras em dificuldades. – Ele lançou um olhar de desprezo para o documento. – É possível pegar um empréstimo a 4,5 por cento em um banco comum.

Phoebe observou uma página com a assinatura de Henry.

– Henry assinou isso uma semana antes de morrer.

Ela levou a mão ao estômago, ligeiramente nauseada. Depois de um momento, West perguntou:

– Henry ainda estava lúcido? Ele teria assinado uma coisa como essa sem compreender do que se tratava?

– Não. Ele dormia muito, mas, quando estava acordado, mantinha total lucidez. Perto do fim, tentou colocar os negócios em ordem, e houve tantas visitas, incluindo advogados e administradores... Eu estava sempre tentando enxotá-los, para que ele pudesse descansar. Não sei por que não me contou sobre o empréstimo. Deve ter tentado me poupar de preocupações.

Ela pousou o documento na mesa e passou a mão trêmula na testa.

Ao ver como Phoebe estava abalada, West virou-a para si.

– Ei, calma – disse, em um tom tranquilizador –, não é uma quantia absurda quando o objetivo é fazer melhorias em uma propriedade desse tamanho.

– Não é apenas a soma de dinheiro – falou Phoebe, distraída. – É a surpresa, saltando como um duende de sob uma ponte. Henry sabia que eu deveria ter sido informada de uma coisa dessas, já que caberia a mim administrar a propriedade, mas ele nunca esperou que eu a administrasse, não é mesmo? Esperava que eu deixasse tudo nas mãos de Edward. E foi o que eu fiz, por dois anos! Não assumi a responsabilidade por nada. Estou furiosa comigo mesma! Como pude ser tão tola e autoindulgente...

– Ei. Não se culpe. – West segurou o queixo dela com carinho, forçando-a a encará-lo. – Você está assumindo a responsabilidade agora. Vamos descobrir os fatos, e então você poderá decidir o que fazer. Primeiro precisamos ter acesso à informação da conta e aos registros da empresa de crédito.

– Não sei se isso é possível. Apesar de eu ser a guardiã legal de Justin, Edward é o executor testamentário e administrador do fundo financeiro dele. – Phoebe ficou muito séria. – E duvido muito que ele me permita ver esses registros.

West apoiou o corpo na mesa. E praguejou feio, baixinho.

– Por que Larson é o executor testamentário? Por que não seu pai, ou seu irmão?

– Henry se sentiu mais confortável optando por um membro da própria família, que conhecesse a propriedade e a história dela. Meu pai é a pessoa seguinte na lista de executores, para o caso de algo acontecer a Edward. – Pensar no pai a ajudou a se acalmar. Com toda a influência, todos os contatos dele, ele saberia o que fazer, a quem recorrer. – Vou escrever para meu pai. Ele conhece pessoas no Parlamento e no sistema bancário... Vai acionar os contatos certos por mim.

West parecia pensativo quando pegou a mão dela e brincou distraidamente com seus dedos.

– Tenho outra sugestão, se estiver disposta. Eu poderia pedir a Ethan Ransom que consiga essa informação para nós. Ele faria isso mais rápido e mais discretamente do que qualquer outra pessoa, mesmo seu pai.

Phoebe o encarou espantada.

– Está falando do homem ferido que ficou no Priorado Eversby? Por quê... Como...?

– Eu não lhe expliquei mais cedo como Ransom se feriu. Ele trabalhava para o Ministério do Interior como... Bem, como um agente não autorizado.

– Um espião?

– Espionagem era uma das coisas que ele fazia. No entanto, Ransom descobriu evidências de corrupção de seus superiores que se estendia a outros ramos das forças da lei, e então se tornou um alvo. Quase conseguiram matá-lo.

– E você lhe deu abrigo – comentou Phoebe, percebendo que a estadia de Ethan Ransom no Priorado Eversby durante o verão tivera um motivo para além da necessidade de um lugar tranquilo para que ele se recuperasse. – Você o estava escondendo. – Cada vez mais preocupada, ela se aproximou de West e passou os braços pela nuca dele. – Você correu algum perigo?

– Nenhum – respondeu ele, um pouco rápido demais.

– Você correu perigo! Por que fez isso por um estranho, colocando todos na casa em risco também?

Ele arqueou as sobrancelhas.

– Vai me repreender?

– Sim, você precisa muito de uma bela repreensão! Não quero que nada de mau lhe aconteça.

West sorriu e pousou as mãos na cintura dela.

– Aceitei receber Ransom quando ele precisou de ajuda porque ele não é inteiramente um estranho. Por acaso, Ransom é um Ravenel. Explicarei mais a respeito depois. A questão é que Ransom me deve um ou dois favores, e poderia obter com facilidade os registros da conta do empréstimo, já que foi empossado como comissário-assistente da Polícia Metropolitana. Ele também organiza e dirige um pequeno grupo de agentes próprios, escolhidos a dedo. Estou certo de que vai encarar isso como um treinamento oportuno. – West fez uma pausa. – A propósito, nada disso é para ser repetido para ninguém.

– É claro que não. – Phoebe balançou a cabeça, impressionada. – Muito bem. Se você escrever para ele, farei com que a carta seja postada imediatamente.

– Eu preferiria mandar por um portador especial. Quero que isso seja feito antes que Larson retorne e eu seja obrigado a partir.

– O retorno de Edward não o obrigará a partir – disse Phoebe, aborrecida. – Ele não tem qualquer direito de opinar sobre quem fica na minha casa.

– Eu sei, meu bem. – Uma sombra nublou a expressão de West. – Mas você não vai querer que eu e ele estejamos próximos um do outro por muito tempo, ou a situação se transformará em um barril de pólvora.

221

– Isso não me preocupa.

– Mas preocupa a mim – retrucou ele, com gentileza. – Já causei mas cenas deploráveis do que gostaria, e deixei um rastro de infelicidade para uma vida inteira. Não quero isso de novo. Às vezes temo... – West fez uma pausa. – Você não tem ideia de como é fino o véu que me separa do que já fui.

Phoebe compreendia. Ou melhor, compreendia que ele acreditasse nisso. Olhou-o com compaixão e emoldurou o rosto dele entre as mãos. Mesmo com todas as suas enormes qualidades, West também tinha suas vulnerabilidades... pontos frágeis que precisavam ser protegidos. Muito bem: ela evitaria o risco de alguma cena feia envolvendo Edward.

– Estou feliz por ter você aqui comigo – disse ela –, seja pelo tempo que for.

West encostou a testa na dela, e o calor de seu hálito acariciou seus lábios quando ele sussurrou:

– Por Deus, eu também.

~

Nos dias que se seguiram, a compostura da Mansão Clare foi perturbada pela vigorosa presença de West Ravenel, pelos sons de suas botas ao subir as escadas, de sua voz grave, sua risada gostosa. Ele perseguia os meninos pelos corredores, fazendo-os dar gritinhos de alegria, depois levava os dois para brincar lá fora, e todos voltavam deixando rastros de terra e seixos pelo carpete. West investigou cada canto da casa, aprendeu os nomes dos empregados e fez inúmeras perguntas a cada um. Seduzidos por seu humor e seus modos afáveis, os empregados se dispunham de boa vontade a parar o que estivessem fazendo para contar o que ele quisesse saber. O velho chefe dos jardineiros ficou encantado com a habilidade de West de discutir as complexidades do clima e a melhor maneira de acabar com as lagartas que destruíam as plantas. A Sra. Bracegirdle se divertia imensamente repreendendo-o por deixar Justin pular nas poças de chuva, arruinando os sapatos.

Certa tarde, Phoebe encontrou West remoldando as topiarias do jardim, que estavam abandonadas desde o princípio do reumatismo do velho jardineiro. Ela parou no umbral das portas francesas e ficou admirando a cena com um sorriso distraído: West em uma escada do pomar, podando uma árvore com tesouras de jardinagem de acordo com as orientações do jardineiro, que o auxiliava lá de baixo.

– O que acha? – perguntou West a Justin, entretido em juntar os galhos e gravetos que caíam em uma pilha.

O menino analisou.

– Ainda parece um nabo.

– Acho que é um pato perfeitamente reconhecível – protestou West. – Aqui é o corpo, e esse é o bico.

– Ele não tem pescoço. Um pato precisa de pescoço, senão não consegue fazer *quá quá*.

– Não tenho argumentos para isso – disse West, em um tom conformado, e se virou novamente para prosseguir o trabalho.

Phoebe riu sozinha e voltou para dentro de casa. Mas a imagem ficou gravada em sua mente: West cuidando das amadas topiarias de Henry e entretendo o filho dele.

Ainda bem que Georgiana ia passar o inverno fora, pois teria ficado injuriada em constatar que a presença de West havia dispersado qualquer atmosfera restante de luto naquela casa. Não que Henry tivesse sido esquecido, longe disso. Mas agora as lembranças dele já não eram mais ancoradas em tristeza e melancolia. Ao mesmo tempo que sua memória estava sendo honrada, um sopro de vida varrera a Mansão Clare. Ele não fora substituído, mas havia espaço para mais amor ali. O coração é capaz de abrir todo o espaço de que o amor precise.

West gostava de tomar um lauto café da manhã, bem cedo, e depois saía a cavalo para visitar alguns arrendatários. Phoebe fora com ele no primeiro dia, mas logo ficou claro que sua presença intimidava as pessoas.

– Por mais que eu ame sua companhia, talvez seja melhor você deixar que eu me aproxime deles sozinho – disse West. – Depois de anos sem contato direto com nenhum Larson, a última coisa que eles vão fazer é falar livremente diante da senhora da casa.

No dia seguinte, quando ele foi sozinho, os resultados foram muito melhores. Encontrou-se com os três maiores arrendatários da propriedade, que lhe forneceram muitas informações e lançaram luz sobre um mistério da contabilidade.

– Sua propriedade tem alguns problemas interessantes – disse-lhe West quando voltou, à tarde.

Encontrara Phoebe no jardim de inverno, com os gatos. Ele estava de ótimo humor, depois de ter cavalgado e caminhado pelos campos. E cheirava ao ar de outono, a suor, terra e cavalos, uma mistura muito agradável.

– Acho que não quero problemas interessantes – disse Phoebe, e foi até uma mesa servir um copo de água para ele. – Prefiro ter os mais comuns.

West aceitou a água com um murmúrio de gratidão e virou rapidamente o copo, deixando algumas gotas escorrerem pelo pescoço. Phoebe ficou hipnotizada pelos movimentos do seu pescoço forte, lembrando-se de um momento na noite da véspera quando ele se arqueara acima dela, os ombros e as costas se erguendo, enquanto seus músculos se retesavam de prazer.

– Vi alguns trechos de terra lindos demais hoje – comentou ele, pousando o copo vazio na mesa. – Agora compreendo por que o rendimento das suas colheitas é melhor do que eu teria esperado, apesar dos métodos de cultivo primitivo que os arrendatários usam. Mas não há como evitar, você vai ter que investir em quilômetros de drenagem de solo e contratar uma máquina a vapor com escavadeiras rotativas para revolver toda aquela argila pesada. Nenhum dos seus campos jamais foi cultivado em uma profundidade maior que a de uma taça de vinho. O solo tem sido pisado por cavalos e compactado pelo próprio peso por séculos, de modo que é um enorme esforço para as plantas firmarem raízes nele. A boa notícia é que apenas o solo arado provavelmente já dobraria sua produção.

– Que fantástico! – exclamou Phoebe, satisfeita. – Esse é o problema interessante?

– Não, o interessante vem agora. Lembra-se daqueles registros confusos no livro de cultivo, em que alguns arrendatários deram quatro números diferentes para o rendimento de suas colheitas?

– Sim.

– Isso foi porque muitos deles ainda estão organizados em um sistema de campo aberto, como acontecia nos tempos medievais.

– O que isso significa?

– Significa que uma fazenda como a do Sr. Morton, que visitei hoje, é dividida em quatro faixas, que se estendem por uma área de 10 quilômetros quadrados. E ele precisa cultivar separadamente cada faixa.

– Mas isso é um absurdo!

– É impossível. E foi por isso que a maior parte dos proprietários de terra acabou com esse sistema muito tempo atrás. Você vai ter que encontrar um jeito de fazer um levantamento de toda a área de terra e redistribuí-la, de modo que cada arrendatário tenha um lote de terra de bom tamanho. Mas isso não vai ser tão fácil quanto parece.

– Não me parece nada fácil – comentou Phoebe, em desalento. – Teríamos que renegociar todos os contratos.

– Encontrarei um intermediário experiente para você.

– Muitos arrendatários vão se recusar a aceitar um lote que seja inferior ao de outro.

– Você pode persuadi-los a começar a criar gado, em vez de cultivar milho. Eles teriam lucros mais altos do que os de agora. Atualmente, há mais dinheiro em leite e carne do que em grãos.

Phoebe suspirou, sentindo-se ansiosa e irritada.

– É claro, não serão Edward e o pai que farão nada disso, já que nenhum dos dois viu necessidade de levantar o assunto comigo. – Ela fez uma careta e olhou para West. – Gostaria que você o fizesse. Eu poderia contratá-lo? Indefinidamente? Você me sairia muito caro?

Ele torceu os lábios, os olhos subitamente duros e sem qualquer traço de humor.

– À primeira vista, sou barato. Mas tenho custos altos.

Phoebe se aproximou mais, abraçou-o e pousou a cabeça no peito dele. West acabou abraçando-a e pousou o rosto em seus cabelos.

– Vou ajudar você – disse ele. – Vou garantir que tenha tudo de que precisar.

É de você que eu preciso, pensou Phoebe. Ela deixou as mãos correrem pelo corpo espetacular dele, agora tão familiar. E, em um gesto ousado, deixou uma das mãos descer pelo abdômen, entrando pelo cós da calça, onde um volume firme esticava o tecido macio. A respiração de West se alterou. Quando ela levantou o rosto, viu que os olhos dele estavam cálidos de novo, as feições relaxadas e nubladas de desejo.

– Gostaria que não tivéssemos que esperar até a noite – disse Phoebe, em tom provocante.

Nas últimas noites, depois do jantar, eles haviam relaxado com as crianças na sala de estar da família, jogando e lendo até os meninos serem levados para a cama. Então West se retirava para a casa de hóspedes, onde Phoebe o encontrava mais tarde, sob o disfarce da escuridão. Com a luz de uma única chama de um lampião a óleo, West a despia ao lado da cama, as mãos e a boca atormentando cada centímetro de pele que ia sendo revelada.

Mas esse momento ainda levaria horas para chegar.

– Não precisamos esperar – disse ele.

E inclinou a cabeça. Sua boca encontrou a de Phoebe, a língua invadindo-a da forma mais gentil e deliciosa, causando um reflexo em um ponto mais embaixo que também ansiou por ser invadido. Mas... ali? No jardim de inverno, em plena luz do dia...?

Sim. O que ele quisesse. Qualquer coisa.

CAPÍTULO 28

Em questão de minutos, West já a encostara em um canto do jardim de inverno, em um espaço protegido por pedras e folhas compridas. Ali, devorou-a com beijos rudes e apaixonados, quase engolindo sua boca, deleitando-se com seu sabor de madressilva. Ela tinha a pele branca como leite, enfeitada com sardas douradas, muito suave, e estremeceu sob o avanço da língua dele. Com uma das mãos, West levantou a frente das saias dela até a cintura, enquanto enfiava a outra em sua roupa íntima, abrindo os lábios macios do sexo. Brincou com o corpo dela, provocando e acariciando, as profundezas úmidas delas se contraindo ao redor dos dedos que a penetravam. E o excitou ver como Phoebe não conseguia ficar em silêncio por mais que tentasse, deixando escapar gemidos e arquejos estrangulados.

Depois de desabotoar a calça e liberar a ereção poderosa, ele a ergueu contra a parede e a penetrou. Ela deixou escapar um grito de surpresa ao se ver montada no quadril dele, as pernas sem tocar o chão. West a manteve firme no alto e começou a arremeter, roçando o clitóris dela cada vez que a erguia.

– Assim é bom? – sussurrou ele, rouco, embora sentisse o latejar em resposta.

– Sim.
– Estou indo fundo demais?
– Não. Não. Continue.

Ela se agarrou aos ombros dele, o prazer avançando rápido em direção ao clímax.

Mas quando West sentiu que ela se contraía mais por dentro, o corpo mais tenso, preparando-se para o alívio final, forçou-se a parar. Ignorando seus gemidos e contorções, esperou que a necessidade de alívio se acalmasse e só então recomeçou, no mesmo ritmo, levando-a novamente à beira do ápice e recuando mais uma vez. Riu baixinho quando ela lamentou e protestou.

– West... eu estava quase... – Mas não terminou a frase, ainda envergonhada de dizer em voz alta. Ele adorava aquilo.

– Eu sei – sussurrou West. – Eu senti. Senti você se contraindo em volta de mim. – Ele arremeteu devagar. Mal consciente do que dizia, deixou as palavras caírem sobre ela como uma cascata de pétalas de flores: – Você é como seda. Cada parte sua é tão delicada... tão doce... Não vou parar da próxima vez. Adoro ver você chegando ao clímax... seu rosto... sempre um pouco surpresa... como se fosse algo que nunca sentiu antes. Você ruboriza como uma rosa silvestre, por inteiro... suas orelhas tão pequenas ficam muito quentes, e seus lábios tremem... sim, assim mesmo...

Ele beijou a boca arfante dela, amando sentir a umidade e a suavidade da parte interna dos lábios, a língua pequena e aveludada encontrando a dele. A cada vez que retirava parcialmente o pênis, os músculos dela se esforçavam para se fechar ao redor dele, para puxá-lo de volta. O prazer era tão intenso que West teve até certo medo de que a essência do próprio prazer escorresse, derramando-se dentro daquele canal vivo e sedutor. Ela estava chegando ao clímax agora, o corpo tenso, pulsando, umedecendo o membro muito rígido, enquanto ele se esforçava, pelo prazer dela, para manter cada movimento constante e controlado. Sentia os testículos mais rígidos e pesados, seu próprio corpo também já pronto para o clímax, mas se conteve e continuou a arremeter firme e fundo, mantendo o movimento até os espasmos do corpo dela cessarem.

Agora era a vez dele. Só que West não havia exatamente se preparado para aquilo. Não tinha nada para conter a semente.

– Phoebe, em que bolso você guarda seus lenços? – perguntou, a voz débil, ainda arremetendo.

Ela demorou um momento para responder.

– Esse não tem bolsos – disse, com a voz fraca.

West ficou imóvel e cerrou os dentes com força, sentindo pontadas de protesto no ventre.

– Não tem nem *um* lenço?

Phoebe fez que não com a cabeça, a expressão contrita.

Ele praguejou em um som gutural. Lentamente, pousou-a no chão e retirou o membro pulsante das profundezas quentes e suculentas dela, o corpo tenso, angustiado.

– Por que você não pode...? – começou Phoebe, mas então entendeu. – Ah.

West apoiou as mãos na parede e fechou os olhos.

– Um minuto – disse apressado.

Ele ouviu Phoebe ajeitando as roupas.

– Acho que posso ajudar – disse ela após um momento.

– Não há nada que você possa fazer.

Estranhamente, a voz de Phoebe pareceu vir de baixo, com um toque de bom humor:

– Mesmo nunca tendo visto um cartão erótico, tenho certeza de que posso ajudar.

West abriu os olhos e ficou paralisado, incrédulo, ao vê-la ajoelhada entre suas coxas. Não conseguiu emitir um único som quando Phoebe pegou seu membro com ambas as mãos, de um jeito gracioso e feminino. Ela inclinou a cabeça e em um instante sua boca linda o envolvia, os lábios se abrindo cuidadosamente para abocanhá-lo. Sua língua o acariciou, em círculos, espalhando a umidade na ponta sensível, e segundos depois ele deixou escapar um grito de êxtase, entregue a ela, dominado por ela... possuído por ela. Seria dela para toda a vida.

~

Phoebe bocejou enquanto descia as escadas. Vinha dos aposentos da governanta, onde as duas haviam passado a manhã analisando o inventário mensal da casa. Debateram sobre os guardanapos que estavam faltando:

dois haviam sido queimados por uma criada inexperiente e outro talvez tivesse voado do varal em um dia de vento. Também foi levantada uma preocupação sobre a nova mistura para lavar roupas: uma proporção muito alta de bicarbonato de sódio estava deixando os lençóis finos demais. A conta de carvão fora aceitável. A do armazém ficara um pouco acima do esperado.

O inventário da casa sempre fora uma tarefa tediosa, mas naquele dia acabou sendo especialmente pior, porque Phoebe dormira muito pouco à noite. Teve a impressão de terem feito amor por horas, em diversas posições diferentes, West explorando seu corpo com cuidado e paciência até que Phoebe, exausta de tantos gozos, vira-se obrigada a implorar que parasse.

Talvez devesse subir para o quarto e tirar uma soneca. O silêncio reinava na casa. West não estava em nenhum lugar à vista, provavelmente tinha ido a algum lugar, ou... Não, não fora. Phoebe parou no saguão principal quando viu um relance do corpo esguio e grande na sala de recepção, na frente. Ele estava diante de uma das janelas, olhando para a entrada de carros lá fora, a cabeça ligeiramente inclinada daquele seu jeito típico. Àquela visão, o corpo de Phoebe se aqueceu e uma rápida palpitação de felicidade eclodiu em seu estômago.

Ela entrou em silêncio na sala de recepção, os sapatos de sola fina, e o alcançou por trás. Phoebe ficou na ponta dos pés, pressionou os seios nas costas dele e sussurrou em seu ouvido:

– Venha comigo e podemos...

A sala girou ao seu redor com uma força atordoante. Antes que Phoebe pudesse terminar a frase, havia sido encurralada e presa contra a parede. Uma das mãos dele segurava seus pulsos acima da cabeça, enquanto a outra estava para trás, como se fosse golpeá-la. Estranhamente, o punho erguido do homem não a assustou tanto quanto os olhos dele, que eram duros e brilhavam como a luz incidindo na lâmina de uma faca.

Não é West, avisou o cérebro desorientado de Phoebe.

Mas as semelhanças físicas daquele estranho hostil a alarmaram ainda mais.

Um grito agudo escapou da garganta dela assim que seus ombros tocaram a parede.

O homem relaxou e baixou o braço, toda a ameaça de violência desaparecendo na mesma hora. Soltou-a, parecendo contrito.

– Peço sinceramente que me perdoe, milady – disse, com um sotaque irlandês. – Sempre que alguém se aproxima de mim por trás, eu... é um ato reflexo, como chamam.

– Eu é que peço perdão – falou Phoebe, ofegante, afastando-se um pouco. – Eu o confundi c-com outra pessoa.

Os olhos dele eram idênticos aos de West, de um tom singular de azul-escuro, com contornos pretos, as mesmas sobrancelhas grossas. Mas a pele era mais clara, as feições mais estreitas, e havia uma protuberância na ponte do nariz, indicando que já havia sido quebrado.

Os dois se viraram quando West entrou no salão, os passos rápidos, indo até Phoebe. Ele a segurou pelos ombros e a examinou da cabeça aos pés.

– Está machucada? – perguntou com urgência.

A intensa preocupação nos olhos dele e a gentileza familiar de seu toque a relaxaram na mesma hora.

– Não, só me assustei. Mas foi culpa minha. Eu me aproximei dele por trás.

West a soltou e passou a mão nas costas dela em carícias lentas, para tranquilizá-la. Atrás dele estava o mordomo, que provavelmente fora informá-lo da chegada do visitante.

– Isso é tudo, Hodgson – disse West, virando-se por um momento e logo voltando a atenção para o estranho. – É assim que você se apresenta a damas aristocráticas, Ransom? – disse, em uma voz agradável, mas com um brilho assassino no olhar. – Um conselho: normalmente elas preferem uma cortesia educada e um "como vai a senhora" em vez de serem jogadas como um pacote nos correios.

Ethan Ransom falou com Phoebe em um tom carregado de arrependimento:

– Mil perdões, milady. Juro por minha honra que isso não voltará a acontecer.

– Não mesmo – concordou West. – Senão, vou atrás de você com uma foice.

Apesar da sinceridade letal no tom de West, Ransom não pareceu nem um pouco preocupado, apenas sorriu e se adiantou para um aperto de mãos.

– Meus nervos ainda estão um pouco abalados depois desse verão.

– Como sempre, uma visita sua é tranquila como um furúnculo – disse West, apertando a mão do homem.

Phoebe estava impressionada com a familiaridade tranquila entre os dois. Pareciam se conhecer havia anos, não meses.

– Sr. Ransom – disse ela –, espero que tenhamos o prazer de sua companhia para o jantar. O senhor também é bem-vindo para passar a noite aqui, se desejar.

– Eu agradeço, milady, mas tenho que pegar o próximo trem de volta para Londres. – Ransom foi até uma cadeira e pegou a pequena bolsa de viagem que deixara ali. – Trouxe alguns documentos para vocês darem uma olhada. Podem fazer todas as anotações que quiserem, mas tenho que levar os originais e devolvê-los antes que alguém dê por falta deles.

West o encarou com uma expressão de alerta.

– Encontrou algo interessante nos registros da conta?

Um indício de sorriso surgiu na boca de Ransom, mas ele respondeu muito sério:

– *Aye*.

CAPÍTULO 29

Phoebe os conduziu ao escritório, onde poderiam falar em absoluta privacidade, e percebeu que Ethan Ransom absorvia cada detalhe ao seu redor. Não como faria alguém que apreciava decoração de interiores, e mais como um topógrafo examinando ângulos e distâncias. Ele era agradável e educado, com um encanto discreto que quase a fez esquecer o lampejo de brutalidade fria nos primeiros momentos desastrosos do encontro dos dois.

Mesmo que não soubesse da nomeação de Ransom para a Polícia Metropolitana, Phoebe teria percebido que ele tinha um cargo de responsabilidade em alguma profissão perigosa. Havia algo de felino nele – uma graça tranquila e letal. Sentiu, no entanto, que a presença relaxada de West ajudava a mantê-lo mais acessível do que ele seria normalmente.

Chegando ao escritório, Phoebe e West se sentaram, enquanto Ransom permaneceu de pé, do lado oposto, e colocou os documentos na mesa. A análise do empréstimo e as despesas iniciais começaram bastante previsíveis: havia cheques passados para fabricantes de tijolos e telhas, para sistemas de drenagem de campo, outros para a instalação dos sistemas. Também havia cheques para trabalhos na terra, como a remoção de uma sebe e nivelamento do terreno, o aterro de um terreno baldio. Mas logo chegaram a uma sequência de cheques passados para fins que não podiam ser identificados com tanta facilidade.

– C. T. Hawkes e Associados – leu Phoebe em voz alta, franzindo o cenho ao ver um cheque no valor de 5.800 libras. – Que tipo de trabalho eles fazem?

– É uma construtora de casas – respondeu Ransom.

– Por que Edward Larson pagaria uma quantia tão alta a uma construtora? Eles também fazem reparos em prédios de fazendas?

– Acredito que não, milady.

Ela franziu o cenho ainda mais enquanto examinava a entrada seguinte.

– James Prince Hayward, de Londres. Quem é esse?

– Um fabricante de coches – foi a vez de West responder, o olhar descendo pela lista. – Aqui há despesas para um seleiro e um fabricante de arreios, uma agência de empregados domésticos e mais do que algumas compras na loja de departamentos Winterborne's. – Ele lançou um olhar para Ransom e balançou a cabeça devagar.

Phoebe se sentiu humilhada por eles parecerem ter deduzido algo que ela ainda não compreendera. Então reviu mentalmente as várias informações. Casa... coche... equipamentos para cavalos... empregados domésticos...

– Edward montou uma casa em algum lugar – concluiu, espantada. – Com o dinheiro que pegou emprestado dando como garantia a herança do meu filho.

Ela foi dominada por uma leve tontura e precisou se segurar em alguma coisa, mesmo estando sentada. Viu os próprios dedos muito pálidos agarrarem a manga do paletó de West como se pertencessem a outra pessoa. Os músculos firmes sob sua mão eram familiares e reconfortantes.

– Há mais alguma coisa que eu deva saber?

West disse, em um tom direto e resignado:

– Fale logo, Ransom.

O homem assentiu e pegou mais papéis da bolsa.

– O Sr. Larson comprou uma casa construída para fins especulativos não muito longe daqui, em Chipping Ongar. Tem oito quartos, uma estufa e uma varanda. – Ransom colocou diante deles as plantas baixas e os alçados frontal e lateral da casa. – Também há um jardim murado e uma cocheira ocupada por um coche para um único cavalo. – Ele parou e olhou para Phoebe com o cenho ligeiramente franzido, como se estivesse avaliando o estado emocional dela, antes de continuar: – A propriedade foi alugada pela quantia simbólica de 1 libra anual para a Sra. Parrett, uma mulher de aproximadamente 22 anos.

– Por que uma casa tão grande para uma única pessoa? – perguntou Phoebe.

– Parece haver um plano para que a mulher transforme a casa em uma pensão algum dia. O verdadeiro nome dela é Ruth Parris. É a filha solteira de um fabricante de botões que mora perto daqui. Uma família humilde e respeitável. Cerca de cinco anos atrás, a Srta. Parris deixou a casa da família quando descobriram que estava grávida. Ela foi passar algum tempo com uma prima distante, deu à luz e acabou voltando a Essex para morar na casa de Chipping Ongar com o filho. Um menino de 4 anos.

Quase da idade de Justin, pensou Phoebe, sentindo-se entorpecida.

– Qual é o nome do menino? – perguntou.

Seguiu-se uma longa hesitação.

– Henry.

As lágrimas ardiam nos olhos de Phoebe. Ela pegou um lenço no bolso e secou-os.

– Milady – ouviu Ransom perguntar –, é possível que seu marido...

– Não – respondeu ela, a voz embargada. – Meu marido e eu éramos inseparáveis. E ele não tinha saúde nem oportunidade para manter um caso extraconjugal. Esse menino é de Edward, sem dúvida.

Ela teve que se esforçar para combinar essa nova imagem de Edward com o que sabia sobre ele. Era como tentar calçar um sapato dolorosamente apertado.

West permaneceu em silêncio, olhando fixo para as plantas baixas sem vê-las realmente.

— Mesmo que Larson não seja o pai do menino – disse Ransom –, a senhora ainda tem amplas provas de negligência da parte dele. Larson abusou de sua posição como executor do testamento de seu marido e administrador do fundo financeiro, usando a herança do seu filho como garantia para um empréstimo e usando o dinheiro em benefício próprio. Em relação ao empréstimo, a empresa de crédito também é culpada por não supervisionar o negócio, já que o dinheiro foi designado exclusivamente para melhoria da terra.

— A função de Edward como executor testamentário deve terminar imediatamente – disse Phoebe, apertando o lenço com força. – No entanto, quero proceder de um modo que cause o mínimo de dano a Ruth e seu filho. Eles já sofreram o bastante.

— Eles moram em uma casa de oito quartos – comentou West, com sarcasmo.

Phoebe se virou para West e alisou a manga de seu casaco.

— A pobre moça se tornou motivo de vergonha para a família. Não poderia ter mais de 17 anos quando ela e Edward... quando o relacionamento começou. Agora ela tem uma vida pela metade, incapaz de se encontrar abertamente com a família. E o pequeno Henry não tem pai. Eles merecem nossa compaixão.

West torceu os lábios.

— Você e seus filhos é que foram lesados – disse sem rodeios. – Minha compaixão vai para vocês.

A expressão de Ransom havia se suavizado ao ouvir as palavras de Phoebe, e o azul de seus olhos agora guardava um brilho cálido.

— A senhora tem um coração bom e raro, milady. Gostaria de ter lhe trazido notícias melhores hoje.

— Agradeço sua ajuda, mais do que sou capaz de expressar.

Phoebe se sentia inadequada e assoberbada, pensando em todas as confusões legais e emocionais que a aguardavam. Tantas decisões difíceis a tomar...

Depois de observá-la por um momento, Ransom falou com uma gentileza encorajadora:

— Como minha mãe sempre dizia: "Se não consegue se livrar dos seus problemas, enfrente-os com calma."

Ransom deixou a Mansão Clare, levando os documentos, com a mesma rapidez com que aparecera. Por algum motivo, assim que ele se foi o humor de West piorou rapidamente. Muito sério e taciturno, disse a Phoebe que precisava ficar algum tempo sozinho. E se fechou no escritório por cerca de quatro horas.

Phoebe acabou resolvendo checar como ele estava. Bateu de leve à porta, entrou e se aproximou da mesa onde West estava escrevendo. Ele preenchera pelo menos dez páginas com várias linhas de anotações, em uma letra pequena e meticulosa.

– O que é tudo isso? – perguntou ela, parando ao lado dele.

West pousou a pena e esfregou a nuca, cansado.

– Uma lista de recomendações para a propriedade, incluindo necessidades imediatas e objetivos de longo prazo. Quero que você tenha uma boa ideia de quais são as recomendações mais prementes e quais informações vai precisar descobrir. Este plano vai lhe mostrar como proceder depois que eu partir.

– Pelo amor de Deus, sua bagagem já está pronta? Pelo modo como fala, parece que vai amanhã.

– Não amanhã, mas logo. Não posso ficar para sempre. – Ele organizou a pilha de páginas e colocou um peso de papel sobre elas. – Vai precisar contratar um assistente qualificado... Imagino que seu pai conheça alguém. Esse assistente terá que estabelecer um relacionamento com seus arrendatários e ao menos fingir que se importa minimamente com os problemas deles.

Phoebe o encarava sem entender.

– Está zangado comigo?

– Não. Comigo.

– Por quê?

A expressão dele ficou mais sombria.

– Só um lampejo do pouco apreço que costumo sentir por mim mesmo. Não se preocupe com isso.

Aquela melancolia irritada era completamente diferente de como ele costumava ser.

– Vamos caminhar? – sugeriu ela. – Você ficou tempo demais trancado neste escritório.

Mas West recusou.

Phoebe ousou levantar o assunto que estava preocupando a ambos.

– West, se estivesse no lugar de Edward, você teria...?

– *Pare*. Isso não é justo com ele nem comigo.

– Eu não perguntaria se não precisasse ouvir a resposta.

– Você já sabe a resposta – respondeu ele, com um grunhido. – O bem-estar do menino é a única coisa que importa. Ele é o único que não teve escolha. Depois do que precisei suportar na infância, jamais largaria um filho e sua mãe indefesa à mercê do mundo. Sim, eu teria me casado com ela.

– Era isso que eu esperava ouvir – disse Phoebe, amando-o ainda mais, se é que isso era possível. – Você não tem filhos ilegítimos, então.

– Não. Tenho razoável certeza de que não. Mas não há como ter garantia absoluta. Para uma mulher que não gosta de surpresas desagradáveis, você tem um dom para escolher as companhias erradas.

– Eu não colocaria você na mesma categoria de Edward – protestou Phoebe. – Ele pegou dinheiro emprestado usando a herança do meu filho como garantia. Você nunca faria nada que prejudicasse Justin ou Stephen.

– Já fiz. A diferença é que eles só vão sentir as consequências disso quando forem mais velhos.

– Pelo amor de Deus, do que está falando?

– Com muita frequência, fiz um espetáculo público de mim mesmo nas piores ocasiões possíveis, na frente das piores pessoas possíveis. Fui um verdadeiro suíno. Brigando em festas, urinando em fontes e vomitando em vasos de plantas. Dormi com as mulheres de outros homens, arruinei casamentos. É preciso anos de um esforço dedicado para alguém desacreditar o próprio nome tão completamente quanto eu fiz, mas, por Deus, eu estabeleci um padrão. Sempre haverá rumores e fofocas, e não posso contradizer a maior parte delas porque estava sempre bêbado demais para saber se realmente aconteceram ou não. Algum dia, seus filhos vão ouvir algumas dessas coisas e qualquer afeto que sintam por mim se transformará em cinzas. Não vou permitir que minha vergonha se torne a deles.

Phoebe sabia que, se tentasse argumentar ponto a ponto, só ficaria frustrada, enquanto ele chafurdaria ainda mais na autocomiseração. E ela não podia negar que a alta sociedade era monstruosamente crítica. Algumas pessoas fariam questão de subir em seus pedestais morais e bradar acusações a West enquanto ignoravam os próprios pecados. Outras talvez fingissem não ver a reputação manchada dele se pudessem extrair alguma vantagem disso. Nada disso poderia ser mudado. Mas ela ensinaria Justin e Stephen a não serem influenciados por zurros hipócritas. Bondade e humanidade, os mesmos valores que a mãe lhe transmitira, guiariam seus filhos.

– Confie em nós – disse ela. – Confie em mim e nos meus filhos para amá-lo.

West ficou em silêncio por tanto tempo que Phoebe achou que ele nem responderia. Mas então ele falou, sem olhar para ela, sem demonstrar emoção:

– Como eu poderia contar com alguém para isso?

Para alívio de Phoebe, o humor soturno de West parecia ter desaparecido ao cair da noite. Ele brincou com os meninos depois do jantar, jogando-os para o alto, simulando luta e virando-os de cabeça para baixo, provocando gritinhos, berros e gargalhadas sem fim. Em determinado momento, estava engatinhando pela sala fingindo ser um tigre, com os dois nas costas. Quando todos estavam exaustos e felizes, empilharam-se junto com Phoebe no sofá.

Justin subiu no colo da mãe e apoiou a cabeça no ombro dela, os dois banhados pelo brilho da luminária de pé com uma cúpula amarela, enquanto o fogo baixo crepitava na lareira. Phoebe lia *Stephen Armstrong: Caçador de tesouros* para ele e ficou encantada ao ver o interesse fascinado do filho quando se aproximavam do fim do capítulo.

– "Stephen Armstrong observou os raios de sol se refletindo nas ruínas do templo. De acordo com o papiro muito antigo, precisamente três horas depois do meio-dia a sombra de um intrigante animal revelaria a entrada para a caverna do tesouro. Conforme os minutos passavam muito devagar, a forma de um crocodilo apareceu em uma das placas de pedra entalhadas. Logo abaixo dos pés de Stephen Armstrong jazia o tesouro que ele passara metade da vida procurando, em uma caverna profunda e escura." – Phoebe fechou o livro e sorriu do grunhido de protesto de Justin. – Próximo capítulo amanhã.

– Mais! – pediu o menino, esperançoso. – Por favor...

– Já está muito tarde.

Phoebe olhou de relance para West, que estava recostado no canto do sofá com Stephen no colo. Os dois pareciam ressonar profundamente, o menininho com um dos braços envolvendo o pescoço de West.

Justin acompanhou o olhar dela.

– Acho que a senhora devia se casar com o tio West – comentou ele, pegando-a de surpresa.

– Por que diz isso, querido? – perguntou Phoebe, um tanto ofegante.

– Assim a senhora sempre teria alguém com quem dançar. Uma dama não pode dançar sozinha.

Pelo canto dos olhos, Phoebe viu West esticar o corpo e se mexer. Ela puxou Justin para mais perto de si, acariciou os cabelos dele e lhe deu um beijo na cabeça.

– Alguns cavalheiros preferem não se casar.

– É só colocar um pouco do perfume da vovó – sugeriu Justin.

Phoebe conteve uma risada quando olhou para o rosto sério do filho.

– Não gosta do meu cheiro, filho?

– Gosto, mamãe, mas é que a vovó sempre cheira a bolo. Se a senhora cheirar a bolo, o tio West vai querer se casar.

Dividida entre o divertimento e a consternação, Phoebe não ousou olhar para West.

– Vou levar seu conselho em consideração, querido.

Ela o tirou do colo com jeito e se levantou.

West bocejou alto e se ajeitou no sofá. Stephen ainda dormia profundamente, o corpinho pesado e mole apoiado no ombro dele.

Phoebe sorriu e estendeu as mãos para pegar Stephen.

– Eu o levo. – Ela o pegou com cuidado e o acomodou no colo. Em seguida, virou-se para o filho mais velho. – Venha, Justin, vamos nos deitar.

O menino desceu do sofá e foi até West, que ainda estava sentado.

– Boa noite – disse ele alegremente, e se abaixou para dar um beijo em West.

Era a primeira vez que ele fazia isso, e West ficou imóvel, sem saber como reagir.

Phoebe foi com Stephen até a porta, mas parou quando West se levantou e a alcançou em algumas poucas passadas.

Ele falou no ouvido dela, bem baixinho:

— Seria melhor se ficássemos cada um na própria cama hoje. Nós dois precisamos descansar.

Ela ouviu aquilo com espanto e sentiu um arrepio frio descer pela espinha. Alguma coisa estava errada. Precisava descobrir o que era.

CAPÍTULO 30

Bem depois de os filhos terem sido colocados na cama, Phoebe estava sentada no quarto, abraçando os joelhos. Debatia silenciosamente consigo mesma. Talvez devesse fazer o que West pedira e não ir ao chalé. Ele tinha razão, os dois precisavam descansar. Mas não conseguiria dormir, e achava que ele também não conseguiria.

Como era silencioso àquela hora, tão tarde da noite. Nenhum movimento a não ser pelas batidas fortes do seu coração.

Aquela expressão estranha dele, de perplexidade... Que emoções escondia? Com o que West estava se debatendo?

De repente, tomou uma decisão. Iria até ele, mas não faria exigências. Só queria saber se estava bem.

Vestiu um roupão pesado por cima da camisola e calçou chinelos de couro.

Atravessou às pressas a faixa de gramado úmida que separava o jardim de inverno e o chalé de hóspedes. O ar noturno era frio, o solo vivo com o dançar de sombras e o reflexo azulado do luar. Quando chegou ao chalé, Phoebe estava ofegante de ansiedade e pressa, os chinelos ensopados. *Deus, não permita que ele fique bravo por eu ter vindo*, pensou, batendo à porta com os dedos trêmulos e entrando sem esperar resposta.

Estava escuro no chalé, exceto pelos raios de luar entrando no local por entre as cortinas. Será que ele já estava dormindo? Não ia acordá-lo, então se virou de novo para a porta e estendeu a mão para a maçaneta.

Mas deixou escapar um arquejo quando notou um movimento nas sombras. A porta foi fechada com firmeza por grandes mãos masculinas. Ela ficou paralisada, os braços de West apoiados um em cada lado de seu corpo. Sentiu na nuca seu hálito quente, soprando seus cabelos, e umedeceu os lábios.

– Sinto muito se eu...

Sentiu os dedos de West tocarem sua boca, silenciando-a. Não estava interessado em conversar.

West abriu seu roupão e o jogou de lado. Ela descalçou os chinelos, aliviada por se livrar do couro úmido. Quando começou a se virar para ele, West a segurou pela cintura e a impediu, mantendo-a de frente para a porta, e pressionou o corpo no dela para Phoebe sentir como estava nu e excitado.

West desabotoou a camisola dela do pescoço à cintura e deixou-a escorregar por sua pele até o chão. Sem dizer uma palavra, começou a ajeitar o corpo dela, fazendo-a apoiar a palma das mãos nas portas. Um dos pés descalços dele se inseriu entre os dela, e ele usou a coxa para abrir as pernas de Phoebe até ela estar de pé em uma postura exposta, o torso inclinado para a frente. West permaneceu atrás dela, deslizou as mãos pelo seu corpo, segurando seus seios nas mãos, puxando delicadamente os bicos, testando de leve o peso de cada seio. Ele acariciou os quadris dela, a cintura, as nádegas. Uma das mãos alcançou o meio das coxas dela pela frente e a outra mão por trás.

Phoebe deixou escapar um som agitado e trêmulo, enquanto ele a abria e a acariciava, abrindo os lábios externos com os dedos, suavemente, puxando delicadamente os lábios internos, correndo os dedos pela carne úmida. Ela sentiu o ar frio contra a umidade do próprio sexo, e o calor dos dedos dele enquanto expunham o botão delicado do clitóris. West a provocou devagar até ela ficar com as pernas tensas e se sentir fraca de desejo. A respiração saía ofegante, e ela se apoiou mais nas mãos, desejando desesperadamente ser levada para a cama.

Mas West se aproximou mais, as mãos ajustando o ângulo da pélvis dela, e Phoebe deixou escapar um soluço baixo de surpresa quando sentiu que ele a penetrava com cuidado, preenchendo as profundezas inchadas, abrindo-a com avanços e recuos graduais. O membro rígido fazia movimentos circulares dentro do corpo de Phoebe, provocando uma sensação tão deliciosa que seus joelhos ameaçaram ceder. Ela ouviu a risada baixa dele, que segurou seu quadril com mais firmeza. Quando estava totalmente dentro, West se inclinou por cima dela e sussurrou:

– Firme as pernas.

– Não consigo – disse Phoebe, em um lamento.

Todos os ossos de seu corpo pareciam estar derretendo e seus músculos tremiam. A única força restante estava no ponto mais íntimo e profundo de seu corpo, onde ela não conseguia evitar se contrair e atrair a invasão rígida.

– Você não está nem tentando – acusou ele carinhosamente, a boca se curvando contra a parte posterior do ombro dela.

De algum modo, Phoebe conseguiu recuperar a força nos joelhos para satisfazê-lo, e gemeu quando ele começou a arremeter com mais força e mais fundo do que nunca. Cada arremetida provocava um golpe sensual, erguendo os calcanhares dela do chão. Phoebe arquejava e suava e pressionava o corpo contra o dele, as sensações em um crescendo. Os sons dos impactos úmidos repetidos a embaraçavam e excitavam, e não havia nada que pudesse fazer a respeito. Já havia perdido qualquer esperança de ter controle da situação. West deslizou a mão pelo triângulo entre as coxas dela, acariciando a carne pulsante, enquanto segurava um dos seus mamilos e o prendia entre o polegar e o indicador.

Aquilo bastou. Phoebe pressionou com força os punhos contra a porta e gritou várias vezes, em um êxtase que soava como angústia. A satisfação avançava e refluía, indo e voltando, em ondas pesadas que logo se transformaram em tremores. A essa altura, realmente não conseguia mais se sustentar de pé, os membros trêmulos, então West a pegou no colo e a levou para o quarto.

Antes que o corpo dela tivesse se acomodado completamente à cama, ele já estava de novo dentro dela, penetrando-a de forma quase selvagem, elevando seu quadril e puxando seu corpo a cada arremetida. Ainda com o corpo sensível do clímax, Phoebe se contorceu, desconfortavelmente a princípio, mas logo o ritmo das investidas se tornou agradável e se transformou em algo que ela queria, precisava ter. Moveu o corpo, recebendo-o fundo, arqueando as costas. O ritmo mudou, o quadril de West girando contra o dela, e a percepção de que ele estava prestes a atingir o clímax lhe provocou uma nova onda de espasmos de prazer. Ele ia sair, bem no momento em que ela queria que ele a penetrasse com mais força e mais fundo. Sem pensar, travou as pernas em torno do corpo dele.

– Não saia – sussurrou –, ainda não, ainda não...

– Phoebe, não, eu preciso, estou prestes a...
– Goze dentro de mim. Eu quero. Quero que você...

O quadril dele ficou imóvel, suspenso em uma agonia de tentação, mas ele conseguiu sair de dentro dela a tempo. Enterrou nos lençóis um urro selvagem, enquanto o corpo se contorcia.

Arfando e tremendo, ele rolou para o lado. Então se sentou na beira da cama, a cabeça nas mãos.

– Sinto muito – disse Phoebe, envergonhada.
– Tudo bem. – A voz dele mal era audível.

West ficou em silêncio por um longo minuto. Preocupada, Phoebe foi se sentar ao lado dele. Pousou a mão em sua coxa.

– Qual é o problema?
– Não posso continuar com isso – disse West, em um tom desolado, o rosto ainda virado. – Achei que poderia, mas está acabando comigo.
– O que eu posso fazer por você? – perguntou ela, baixinho. – O que você quer?
– Tenho que partir amanhã. Pela minha própria sanidade, não posso mais ficar aqui com você.

CAPÍTULO 31

Uma semana depois de West deixar a propriedade dos Clares, Edward Larson retornou da Itália.

Phoebe tinha feito o melhor possível para agir normalmente, mantendo uma fachada de alegria pelo bem dos filhos e seguindo com as atividades cotidianas. Era boa nisso. Sabia suportar a perda e já aprendera que aquilo não a quebraria. Por mais infeliz que se sentisse, não se permitiria desmoronar. Tinha responsabilidades demais, especialmente as que envolviam Edward e a fraude que ele cometera como executor do testamento. Embora temesse confrontá-lo, sentira um alívio quando ele enfim apareceu na Mansão Clare.

Assim que Edward entrou na sala de estar, Phoebe viu que ele detectou uma crise pairando no ar. Apesar do sorriso e da afeição óbvia, o rosto estava tenso e o olhar, atento.

— *Ciao, mia cara* — exclamou, e se adiantou para beijá-la.

A pressão firme e seca dos lábios dele fez algo dentro dela se contrair.

— Você parece bem — disse Phoebe, convidando-o, com um gesto, a se sentar. — A Itália lhe fez bem.

— A Itália estava uma maravilha, como sempre. Georgiana está muito bem acomodada. Vou lhe contar todos os detalhes sobre o lugar, mas primeiro... fiquei ciente de notícias preocupantes, minha cara, com algumas consequências bastante sérias no horizonte.

— Sim — disse Phoebe, muito séria. — Eu também.

— Há rumores de que você recebeu um convidado durante minha ausência. Você é tão caridosa e generosa no modo como trata outras pessoas que sem dúvida espera que a tratem da mesma forma. No entanto, a sociedade, mesmo aqui, no campo, não é tão bondosa quanto você.

O toque de paternalismo no tom dele a irritou.

— O Sr. Ravenel veio passar alguns dias aqui — confirmou Phoebe. — Nossas famílias têm vínculos por casamento, e eu solicitei os conselhos dele sobre a propriedade.

— Isso foi um erro. Não é meu desejo assustá-la, Phoebe, mas foi inclusive um erro grave. Ele é o pior tipo de canalha. Qualquer ligação com um homem como Ravenel é venenosa.

Phoebe respirou fundo para se acalmar.

— Não preciso de um sermão sobre decoro, Edward.

Muito menos vindo de você, pensou.

— A reputação dele está manchada além de qualquer redenção. É um bêbado. Um perdulário.

— Você não sabe nada sobre quem ele é — disse Phoebe, com um toque de exasperação cansada —, ou quem se tornou. Não vamos falar sobre o Sr. Ravenel, Edward, há algo muito mais importante para tratarmos.

— Eu o vi em uma *soirée* certa vez. Teve um comportamento extremamente indecente. Andando embriagado de um lado para outro, acariciando mulheres casadas, flertando. Insultando a todos ao redor. Nunca presenciei postura mais vulgar, mais desprezível. Os anfitriões ficaram mortificados. Vários convidados, inclusive eu mesmo, deixaram a *soirée* mais cedo por causa dele.

– Edward, basta. Ele já foi embora, acabou. Por favor, me escute...

– Ele pode ter ido, mas o estrago já foi feito. Você é ingênua demais para entender, minha inocente Phoebe, o risco que correu permitindo que ele ficasse aqui. As pessoas já começaram a espalhar as piores interpretações da situação. – Ele segurou as mãos rígidas dela. – Temos que nos casar sem demora.

– Edward...

– É o único modo de evitar que sua reputação seja arruinada.

– *Edward!* Sei sobre Ruth Parris e o pequeno Henry.

Ele ficou muito pálido, encarando-a.

– Sei sobre a casa – continuou Phoebe, soltando as mãos das dele educadamente. – E sei que você usou fundos da companhia de crédito para pagar por ela.

Os olhos de Edward estavam arregalados, uma expressão de puro horror de alguém cujo segredo mais sombrio tivesse sido exposto, o verniz que o protegia agora estilhaçado.

– Como... Quem lhe contou? Ravenel está envolvido nisso, não está? Ele quer envenenar você contra mim. Ravenel quer você para ele!

– Isso não tem nada a ver com o Sr. Ravenel – exclamou Phoebe. – É sobre você e sua... Não sei como chamá-la. Sua amante.

Ele balançou a cabeça, desalentado. Então se levantou do sofá e começou a andar em círculos.

– Se você soubesse mais sobre os homens, e sobre as coisas do mundo... Vou tentar lhe explicar de um modo que consiga compreender.

Phoebe franziu o cenho e permaneceu sentada, observando os movimentos nervosos dele.

– Compreendo muito bem que você pegou dinheiro emprestado dando como garantia a herança do meu filho para estabelecer uma casa para uma jovem.

– Eu não estava roubando. Pretendia devolver o dinheiro ao fundo.

Phoebe o olhou com reprovação e completou:

– A menos que se casasse comigo. Nesse caso, o dinheiro se tornaria seu.

– Você está insultando meu caráter – disse ele, o rosto contorcido de mágoa. – Assim me faz parecer um patife do nível de West Ravenel.

– Você pretendia me contar algum dia, Edward, ou ia manter Ruth Parris e o filho naquela casa indefinidamente?

– Não sei o que eu planejava.
– Não considerou a hipótese de se casar com Ruth?
– Nunca – respondeu ele sem hesitar.
– Mas por que não?
– Ela arruinaria minhas perspectivas de futuro. Meu pai poderia me deserdar. Eu seria motivo de riso ao me casar com uma mulher da plebe. Ela não tem cultura, bons modos.
– Essas coisas podem ser adquiridas.
– Nada pode mudar o que Ruth é: uma moça simples, doce e honesta, mas totalmente errada para um homem da minha posição. Nunca será uma anfitriã da sociedade, nem será capaz de ter uma conversa inteligente, ou de diferenciar o garfo de salada do de peixe. Acabaria terrivelmente infeliz diante de exigências a que nunca poderia corresponder. Qualquer preocupação em relação a ela é desnecessária. Não fiz promessa alguma, e ela me ama demais, jamais estragaria minha vida.
– E o que você fez com a vida dela? – cobrou Phoebe, ultrajada em nome da jovem.
– Foi Ruth quem insistiu em manter a criança. Poderia ter dado o menino para outra pessoa criar e seguir com a própria vida. Tudo que a levou à situação em que se encontra foram escolhas dela… incluindo, antes de mais nada, a escolha de se deitar com um homem fora dos laços de casamento.

Phoebe arregalou os olhos.
– Então quer dizer que a culpa é dela? Você não tem responsabilidade alguma?
– O risco de um caso amoroso é sempre maior para a mulher. Ruth compreende isso.

Aquele era realmente o Edward que Phoebe conhecia havia tantos anos? Onde estava a moral ilibada, o homem cheio de consideração que sempre mostrara um imenso respeito pelas mulheres? Ele mudara sem que ela percebesse, ou aquilo sempre estivera oculto entre as camadas de sua personalidade?
– Eu a amei com sinceridade – continuou Edward –, e na verdade ainda a amo. Se a faz se sentir melhor, estou profundamente envergonhado dos meus sentimentos por ela e de seja qual for a brutalidade da minha natureza que levou a um relacionamento com Ruth. Estou sofrendo mais do que qualquer um.

– O amor não nasce da brutalidade – disse Phoebe. – A habilidade de amar é a qualidade mais nobre de um homem. Você deve honrá-la, Edward. Case-se com Ruth e seja feliz com ela e com seu filho. Se existe algo do qual deva se envergonhar, é de acreditar que ela não é boa o bastante para você. Espero que supere isso.

Ele pareceu dolorosamente aturdido, e também furioso.

– Não se pode superar os fatos, Phoebe! Ela é uma moça do povo, me rebaixaria. Todos do nosso mundo concordariam com isso. Todos que importam me censurariam. Não seríamos bem recebidos em muitos lugares, e crianças da nobreza não teriam permissão para se aproximar de meus filhos. Você com certeza compreende isso. – Ele completou, em tom veemente: – Deus sabe que Henry compreendia.

Foi a vez de Phoebe permanecer em silêncio por um tempo.

– Ele sabia sobre Ruth? – perguntou por fim. – E sobre o bebê?

– Sim, eu contei a ele. E Henry me perdoou antes mesmo que eu pedisse perdão. Ele sabia como o mundo funciona, sabia que homens honrados às vezes caem em tentação. Henry compreendeu que isso não manchava meu caráter e manteve a opinião de que o melhor a fazer seria você e eu nos casarmos.

– E o que seria de Ruth e do filho dela? O que Henry pensava a esse respeito?

– Ele sabia que eu faria o que pudesse por eles. – Edward voltou a se sentar ao lado de Phoebe, e cobriu as mãos dela com as suas. – Sei em meu coração que sou um bom homem, Phoebe. Seria um marido fiel para você. Seria bom para seus meninos. Você nunca me viu erguer a voz com eles, viu? Nunca me viu embriagado ou agindo de forma violenta. Teríamos uma vida limpa, boa e doce. O tipo de vida que merecemos. Amo tantas coisas em você, Phoebe... Sua graça, sua beleza. Sua devoção a Henry. Ele ficou muito aflito por não ser capaz de tomar conta de você, mas jurei jamais permitir que qualquer mal lhe acontecesse. Disse a Henry que ele também não precisaria se preocupar com os filhos. Eu os criaria como se fossem meus.

Phoebe recolheu as mãos, a pele rejeitando o toque dele.

– Não posso deixar de reparar na ironia de você estar tão disposto a ser pai dos meus filhos, mas não do seu próprio.

– Henry queria que ficássemos juntos.

– Edward, mesmo antes de saber sobre Ruth Parris e sobre o empréstimo, eu já havia decidido...

– Esqueça Ruth – interrompeu ele, desesperado –, assim como estou disposto a ignorar qualquer indiscrição de sua parte. Tudo isso pode ser esquecido. Estou disposto a cumprir qualquer penitência que determinar, mas vamos *deixar isso para trás*. Farei com que o menino seja mandado para o exterior e criado lá. Nunca mais o veremos. Ele ficará melhor assim, e nós também.

– *Não*, Edward! Ninguém vai ficar melhor longe. Você não está pensando com clareza.

– Nem você.

Talvez ele tivesse razão nesse ponto: os pensamentos pareciam colidir na mente dela. Não sabia se acreditava nele a respeito de Henry. Conhecia muito bem o marido, sua doçura, sua paciência, sua preocupação com os outros. Mas Henry também fora um produto da classe a que pertencia, criado para respeitar os limites entre as classes altas e baixas, com uma plena compreensão das consequências caso a ordem das coisas fosse abalada. Henry realmente dera sua bênção para uma futura união entre o primo e a esposa, mesmo sabendo da existência da pobre Ruth Parris e seu filho, nascido de um acaso?

Então, quase magicamente, o turbilhão e a perturbação cessaram, e tudo se tornou claro.

Phoebe amara e respeitara o marido e sempre valorizara as opiniões dele. Dali em diante, porém, confiaria no próprio senso de certo e errado. O pecado não era o amor, mas a ausência dele. Não era o escândalo que se deveria temer, mas a traição à própria moral.

– Nós não vamos nos casar, Edward – disse Phoebe, sentindo pena genuína dele, pois estava óbvio que fizera escolhas desastrosas para si. – Teremos muito mais a discutir nos próximos dias, incluindo um emaranhado de questões legais. Quero que renuncie à função de executor testamentário e se afaste da gestão da propriedade... E peço que não dificulte o processo. Por ora, gostaria que partisse.

Edward ficou horrorizado.

– Você está sendo irracional. Está indo contra o que Henry desejava. Não vou fazer nada enquanto você não se acalmar.

– Estou perfeitamente calma, Edward. Faça como achar melhor. Eu vou procurar o conselho de advogados. – Ela assumiu um tom mais suave quando viu como ele estava perturbado. – Sempre terei carinho por você. Nada vai apagar toda a bondade com que me tratou no passado. Não serei vingativa, mas quero acabar com qualquer associação legal entre nós.

– Não posso perdê-la – insistiu ele, desesperado. – Meu Deus, o que está acontecendo? Por que você não consegue ser razoável? – Edward a encarou como se ela fosse uma estranha. – Você se tornou íntima de West Ravenel? Ele a seduziu? Forçou você?

Phoebe deixou escapar um suspiro rápido e exasperado, levantou-se do sofá e caminhou rapidamente até a porta.

– Por favor, vá embora, Edward.

– Alguma coisa aconteceu com você. Não está agindo normalmente.

– Acha mesmo? – perguntou ela. – Então você nunca me conheceu de verdade. Estou sendo exatamente eu mesma... e nunca me casarei com um homem que deseja que eu seja menos do que sou.

CAPÍTULO 32

–Santo Deus, Ravenel – comentou Tom Severin quando West entrou na carruagem dele e se sentou a sua frente. – Já vi ratos de bordel mais bem arrumados.

West respondeu ao comentário com um olhar sombrio. Na semana desde que deixara a propriedade dos Clares, arrumar-se e cuidar-se não haviam sido prioridades. Tinha se barbeado havia pouco tempo – um ou dois dias, talvez três –, estava mais ou menos limpo e suas roupas eram de boa qualidade, mesmo não tendo sido passadas ou engomadas. Os sapatos poderiam ter sido engraxados e, sim, seu hálito estava meio rançoso, como seria de esperar após dias bebendo demais e comendo de menos. Via-se obrigado a admitir que no momento não era um modelo de boa apresentação.

Estava em seu apartamento na cidade, que mantivera mesmo depois de se estabelecer em Hampshire. Poderia ter ficado na Casa Ravenel, a residência da família em Londres, mas sempre prezara pela privacidade. Uma arrumadeira passava uma ou duas vezes por semana para limpar o apartamento. Estivera lá na véspera e torcera o nariz conforme ia de cômodo em cômodo, recolhendo garrafas vazias e copos sujos. A mulher não descansou enquanto não o viu engolir um pedaço de sanduíche e beliscar um pouco de picles de cenoura, e o repreendeu quando ele insistiu em acompanhar a comida com uma garrafa de cerveja preta.

– O senhor tem uma alma sedenta, Sr. Ravenel – disse a arrumadeira, em um tom sombrio.

A mulher devia ter jogado fora o resto da bebida, só podia ser – ele não teria tomado tudo em uma única tarde. Quer dizer, talvez sim. Aquilo tudo era desgraçadamente familiar: aquela agitação na boca do estômago, aquela ânsia permanente que nada parecia satisfazer. Como se pudesse mergulhar em um lago de gim e ainda querer mais.

West estava em condições razoavelmente boas na manhã em que deixara a propriedade dos Clares. Havia tomado café com Phoebe e as crianças e sorrira ao ver as mãozinhas de Stephen agarrando pedaços de bacon frito e amassando a torrada com manteiga em nacos disformes. Justin perguntara mais de uma vez quando ele retornaria, e West se viu respondendo da forma como sempre odiara ouvir os adultos falando quando era criança: *"Algum dia"*, ou *"Veremos"*, ou *"No momento certo"*. O que todos, até mesmo uma criança, sabiam que significava *"Nunca"*.

Phoebe, maldita fosse, comportara-se da forma mais cruel possível, permanecendo calma, gentil e compreensiva. Teria sido muito mais fácil se ela tivesse se mostrado emburrada ou irritada.

Ela o beijou em despedida, na porta da frente, antes de ele partir para a estação de trem... Pousou a mão fina no rosto dele e roçou a boca macia em sua bochecha, o perfume doce invadindo as narinas dele. West fechou os olhos, e foi como se estivesse cercado por pétalas de flores.

Então ela o deixou ir.

Foi na estação de trem que West se viu dominado por uma sensação ruim, um misto de tristeza profunda, exaustão e sede voraz. Planejara comprar uma passagem para o Priorado Eversby, mas em vez disso solicitou uma para a estação de Waterloo, com a vaga intenção de passar uma noite em Londres. A rápida passagem se transformou em dois dias, depois três, e depois West perdeu a capacidade de tomar qualquer decisão sobre qualquer coisa. Havia algo de errado com ele. Não queria voltar para Hampshire. Não queria estar em lugar nenhum.

Era como se tivesse sido possuído por alguma força externa que agora controlava tudo que fazia. Como uma possessão demoníaca – ele lera sobre casos em que um ou mais espíritos malignos entravam no corpo de um homem e levavam embora sua vontade de viver. No seu caso, porém, não havia idiomas estranhos sendo falados, atitudes lunáticas nem atos de violência, consigo mesmo ou com outros. Se estava possuído por demônios, eram de um tipo muito triste e letárgico, que o obrigavam a tirar longos cochilos.

De todas as pessoas que conhecia em Londres, a única cuja companhia West se viu buscando foi a de Tom Severin. Não queria passar a noite sozinho, mas também não queria se encontrar com Winterborne ou Ransom, que lhe fariam perguntas, dariam opiniões indesejadas e o forçariam a fazer algo que não queria. Só queria estar com um amigo que não se importasse com ele nem com seus problemas. Convenientemente, aquilo era o mesmo que Severin queria, e, assim, haviam combinado de se encontrar para uma noite de bebidas e boemia na cidade.

– Vamos parar na minha casa primeiro – sugeriu Severin, olhando com reprovação os sapatos arranhados de West. – Meu valete pode fazer alguma coisa para melhorar esse seu estado.

– Estou ótimo para os lugares que costumamos frequentar – retrucou West, olhando pela janela da carruagem. – Se não estou à altura dos seus padrões, pode me deixar na próxima esquina.

– Não, tudo bem. Mas hoje não iremos aos lugares de sempre. Iremos ao Jenner's.

West se sobressaltou e encarou Severin, incrédulo. O último lugar em Londres aonde queria ir era o clube para cavalheiros do pai de Phoebe.

– Maldição. Pare essa carruagem que vou descer.

– O que lhe importa onde vai beber, desde que continuem a encher seu copo? Vamos, Ravenel, não quero ir sozinho.

– Por que presume que vão deixá-lo passar pela porta?

– A questão é que estou na lista de espera para novos membros há cinco anos, e na semana passada finalmente fui aceito. Achei que teria que mandar matar alguém para que uma vaga fosse aberta, mas, por sorte, algum velho camarada morreu por conta própria e me poupou o trabalho.

– Parabéns – disse West, ácido. – Mas não posso ir. Não quero correr o risco de esbarrar com Kingston. Volta e meia ele visita o lugar, e seria muito azar se estivesse lá esta noite.

Os olhos de Severin se iluminaram em interesse.

– Por que quer evitá-lo? O que você fez?

– Nada que eu esteja disposto a falar enquanto estou sóbrio.

– Vamos adiante, então. Encontraremos um canto tranquilo e lhe pagarei as melhores bebidas da casa... Valerá a pena, se for uma boa história.

– À luz de experiências passadas – comentou West, mal-humorado –, sei que não devo lhe confidenciar nada pessoal.

– Mas fará isso de qualquer modo. As pessoas sempre me contam coisas, mesmo sabendo que não devem. Sinceramente, não entendo por quê.

Para constrangimento de West, Severin acertou em sua previsão. Já acomodados em uma das salas do Jenner's, ele se pegou contando ao outro homem muito mais do que pretendia. Culpou o lugar onde estavam. Aquelas salas haviam sido projetadas para oferecer conforto, decoradas com confortáveis sofás Chesterfield de couro, mesas repletas de garrafas e copos de cristal, jornais muito bem passados e suportes de bronze para os charutos. Os tetos baixos e apainelados e os grossos tapetes persas abafavam o barulho e encorajavam conversas privadas. O salão principal e o de apostas eram mais extravagantes, quase teatrais, com tanta ornamentação dourada que faria uma igreja barroca enrubescer de vergonha. Eram lugares para socializar, apostar e se divertir. Nas salas privadas, no entanto, homens poderosos conduziam negócios e assuntos políticos, às vezes alterando o curso do Império de formas que o povo jamais saberia.

Enquanto conversavam, West entendeu exatamente por que as pessoas faziam confidências a Tom Severin. Ele nunca encarava qualquer assunto com críticas ou julgamentos morais nem tentava mudar a opinião de seu interlocutor ou convencê-lo a desejar outra coisa. Severin não ficava chocado com nada. E, embora com frequência fosse desleal e sem palavra, não era insincero em suas opiniões.

– Vou lhe dizer qual é seu problema – disse Severin em determinado momento. – Sentimentos.

West parou com o copo de conhaque a caminho da boca.

– Está querendo dizer que, ao contrário de você, eu tenho sentimentos?

– Também tenho sentimentos, mas não permito que se transformem em obstáculos. Em sua situação, por exemplo, eu me casaria com essa mulher e não me preocuparia com o que é melhor para ela. E se os meninos que você criar não se tornarem grande coisa, isso é problema deles, certo? Que decidam por si mesmos se querem ser bons ou não. Pessoalmente, sempre vi mais vantagem em ser mau. Todos sabem que, na realidade, os mansos não herdarão a terra. Por isso não contrato pessoas mansas.

– Espero que você nunca seja pai – comentou West, com sinceridade.

– Ah, eu serei. Afinal, tenho que deixar minha fortuna para alguém. E prefiro que seja para meus filhos: é o melhor possível, já que não poderei deixar para mim mesmo.

Enquanto Severin falava, West percebeu que alguém atravessara o clube e parara, olhando para eles. O homem se aproximou da mesa devagar. West pousou o copo e o encarou com um olhar frio e avaliador.

Um estranho. Jovem, bem-vestido, pálido e visivelmente suado, como se tivesse passado por um grande choque e precisasse de uma bebida. West teria se sentido tentado a lhe oferecer uma, se não fosse o fato de que o homem acabara de sacar um pequeno revólver do bolso e agora o apontava para ele. O cano curto tremia.

Houve uma grande comoção ao redor quando os clientes se deram conta da arma de fogo. Mesas e cadeiras foram abandonadas e ouviam-se gritos acima da agitação crescente.

– Seu desgraçado egoísta! – acusou o estranho, numa voz nada firme.

– Ele pode estar falando de você ou de mim – comentou Severin, franzindo ligeiramente o cenho e pousando seu copo. – Em qual de nós quer atirar?

O homem pareceu não ouvir a pergunta, concentrado exclusivamente em West.

– Você a voltou contra mim, seu manipulador!

– Acho que é em você – disse Severin. – Quem é esse? Você dormiu com a esposa dele?

– Não sei – respondeu West, mal-humorado. Sabia que deveria estar assustado por ter uma arma apontada em sua direção por um homem insano, mas se importar demandava muita energia. – Você esqueceu de destravar a arma.

O homem soltou a trava na mesma hora.

– Não o encoraje, Ravenel – disse Severin. – Não sabemos se ele é bom de pontaria. Pode acabar me acertando por engano. – Ele se levantou da cadeira e começou a se aproximar do homem, que estava a cerca de meio metro deles. – Quem é você? – perguntou. Como não recebeu resposta, insistiu: – Ei. Seu nome, por favor?

– Edward Larson – respondeu o rapaz, irritado. – Não se aproxime. Como serei enforcado por atirar em um de vocês, posso muito bem atirar logo nos dois.

West o encarou com atenção. Só Deus sabia como Larson o encontrara, mas o homem estava claramente perturbado. Provavelmente em condições piores do que qualquer um ali, com exceção de West. Era um homem belo, distinto, com feições de menino, e dava a impressão de ser muito gentil quando não estava ensandecido. Não havia dúvida quanto ao que o deixara naquele estado: havia sido desmascarado e não lhe restava esperança de um futuro com Phoebe. Pobre desgraçado.

– Vá em frente, atire – murmurou West, pegando o copo.

Severin continuou a falar com o homem perturbado:

– Meu bom camarada, ninguém pode culpá-lo por querer atirar em Ravenel. Até eu, o melhor amigo dele, já me senti tentado a acabar com ele em uma variedade de ocasiões.

– Você não é meu melhor amigo – protestou West, depois de um gole de conhaque. – Não é nem o terceiro da lista.

– No entanto – continuou Severin, o olhar atento fixo no rosto suado de Larson –, a satisfação momentânea de matar um Ravenel, embora considerável, não valeria a prisão e o enforcamento público. É muito melhor deixá-lo viver e vê-lo sofrer. Veja como está miserável. Isso não o faz se sentir melhor em relação a suas próprias circunstâncias? A mim eu sei que faz.

– Cale a boca – bradou Larson.

Como era intenção de Severin, Larson se distraiu pelo tempo necessário para que outro homem se aproximasse por trás sem ser percebido. Em um movimento hábil e experiente, o homem lhe deu uma gravata, segurou seu pulso e empurrou para o chão a mão com o revólver.

Antes mesmo que West pudesse dar uma boa olhada no rosto do recém--chegado, reconheceu a voz suave e sarcástica, o tom tão gelado e cortante que poderia pertencer ao próprio demônio:

– Solte o gatilho, Larson. *Agora*.

Era Sebastian, o duque de Kingston, pai de Phoebe.

West apoiou a testa na mesa, enquanto todos os seus fantasmas se apressavam em lhe informar que teria sido preferível a bala do revólver.

CAPÍTULO 33

West permaneceu sentado enquanto porteiros noturnos, garçons e membros do clube se aglomeravam ao redor da mesa. Sentia-se preso em uma armadilha, cercado e muito só. Severin, que adorava presenciar acontecimentos interessantes, divertia-se imensamente. Olhava para o duque de Kingston com um toque de deslumbramento, o que era compreensível. O duque parecia completamente à vontade no lugar lendário, até mesmo um pouco divino, com aquele rosto tão perfeito que não parecia humano, as roupas cortadas à perfeição e aquele autocontrole impressionante.

Sebastian continuou a segurar Larson como se o rapaz fosse um cachorrinho desobediente e repreendeu-o baixinho:

– Depois das horas que acabei de passar com você, dando-lhe excelentes conselhos, é *assim* que me retribui? Decide atirar nos convidados do meu clube? Você, meu rapaz, tem sido uma lamentável perda de tempo. Vai ter que esfriar a cabeça na cadeia, e pela manhã decidirei o que fazer com você.

Ele soltou Larson, deixando-o a cargo de um dos musculosos porteiros, que levou o rapaz embora prontamente. O duque então se virou para West, examinou-o com um olhar rápido e balançou a cabeça como se lamentasse.

– Você parece ter se lançado por cima de uma sebe. O que pensa vindo ao meu clube vestido assim? Apenas por seu paletó amassado eu poderia jogá-lo em uma cela junto com Larson.

– Tentei fazê-lo se aprumar – comentou Severin –, mas ele se recusou.

– É um pouco tarde para se aprumar – comentou Sebastian, ainda olhando para West. – A essa altura, eu recomendaria fumigação. – Ele se virou para outro funcionário: – Acompanhe o Sr. Ravenel a meus aposentos privados. Parece que terei de dar conselhos a outro dos atormentados pretendentes da minha filha. Isso deve ser uma penitência por minha juventude de dissipações.

– Não quero seus conselhos – retrucou West, ríspido.

– Deveria ter ido a outro clube, então.

West lançou um olhar acusador para Severin, que deu de ombros. Então se levantou com dificuldade e grunhiu:

– Estou indo embora. E se alguém tentar me deter, vai terminar no chão.

Sebastian não pareceu nem um pouco impressionado.

– Ravenel, tenho certeza de que, quando você está sóbrio, descansado e bem alimentado, deve ter uma força impressionante. Não é o caso no momento. Tenho uma dúzia de homens trabalhando aqui esta noite, e todos foram treinados para lidar com clientes turbulentos. Suba, meu rapaz. Há destinos piores do que passar alguns minutos se banhando nas águas cristalinas de minha sabedoria acumulada.

O duque chegou mais perto do porteiro e lhe deu algumas instruções em voz baixa, uma delas soando muito como:

– Certifique-se de que esteja limpo antes de se instalar na mobília.

West decidiu acompanhar o porteiro, que se identificou como Niall. Na verdade, não tinha escolha, e não conseguiu conceber um plano alternativo. Sentia-se ligeiramente fraco e zonzo, a cabeça cheia de barulhos que iam e voltavam, como as rajadas de ar que varrem a plataforma quando um trem passa rápido. Deus, como estava cansado... Não se importaria de ouvir um longo sermão do duque, ou de qualquer um, desde que pudesse fazer isso sentado.

Quando todos começaram a deixar a sala privativa do clube, Severin pareceu um tanto desamparado.

– E quanto a mim? – perguntou. – Vão todos simplesmente me deixar aqui?

O duque se virou para ele, as sobrancelhas arqueadas.

– Parece que sim. Precisa de alguma coisa?

Severin ponderou.

– Não – respondeu por fim, e deixou escapar um suspiro pesado. – Tenho tudo que se pode desejar.

West levantou a mão em um gesto de despedida e partiu com Niall. O porteiro usava um uniforme de um tecido elegante, em um tom de azul tão escuro que parecia preto. Não havia nenhum enfeite, a não ser por um galão trançado, fino e preto, na lapela do paletó. Muito discreto e simples, feito para facilitar os movimentos. Parecia um uniforme para matar gente.

Atravessaram uma porta discreta e subiram por uma escada estreita e escura.

Ao chegarem ao topo, Niall abriu uma porta, e os dois atravessaram um vestíbulo decorado, com anjos e nuvens pintados no teto. Outra porta se abriu para um conjunto de cômodos lindos e serenos, em dourado e branco, com parede forrada em tafetá de seda azul-clara e carpetes macios e de cores suaves.

West foi até a poltrona mais próxima e se sentou pesadamente. O estofamento era macio e aveludado. Um local tão tranquilo... Como era possível, com o clamor da noite londrina bem ali, do outro lado da janela, e um maldito clube no andar de baixo?

Sem dizer uma palavra, Niall levou um copo de água para West, que a princípio não aceitou. No entanto, depois de tomar um gole, uma sede voraz o dominou e ele acabou engolindo tudo sem parar. Niall encheu o copo novamente e voltou com uma pequena embalagem de um pó.

– Bicarbonato, senhor?

– Por que não? – murmurou West.

Ele abriu o pacote, inclinou a cabeça para trás para despejá-lo no fundo da garganta e o engoliu com a água.

Quando levantou a cabeça, viu um pequeno quadro na parede, em uma moldura dourada entalhada. Era um retrato da duquesa com os filhos, quando ainda eram bem novos. O grupo estava acomodado em um sofá, com Ivo, ainda uma criança pequena, no colo da mãe. Gabriel, Raphael e Seraphina se distribuíam dos dois lados da duquesa, enquanto Phoebe se inclinava por cima deles, atrás do sofá. O rosto dela estava perto do da mãe, a expressão terna e ligeiramente travessa, como se fosse lhe contar um segredo ou fazê-la rir. West a vira usar aquela expressão com os filhos. E com ele.

Quanto mais olhava para a pintura, pior se sentia, seus fantasmas cutucando seu coração com lanças. Queria ir embora dali, mas estava tão incapaz de se levantar quanto se estivesse acorrentado ao sofá.

A forma esguia do duque apareceu à porta. Ele encarou West com curiosidade.

– O que Larson estava fazendo aqui? – perguntou West. – Como está Phoebe?

Aquilo fez o rosto de Sebastian se suavizar, assumindo uma expressão muito próxima da compaixão.

– Minha filha está bem. Larson resolveu aparecer aqui por contra própria, em pânico, para pedir que eu convencesse Phoebe a se casar com ele. Tentou apresentar sua situação sob a melhor luz possível, presumindo que meu passado me tornaria disposto a ser conivente com seu relacionamento com a Srta. Parris. Desnecessário dizer que ele ficou desapontado com minha reação.

– O senhor vai conseguir ajudar Phoebe a tirá-lo da administração do fundo?

– Ah, sem dúvida. Violação do dever fiduciário é uma infração grave. Nunca gostei do envolvimento de Larson na vida pessoal de Phoebe, ou em seus assuntos financeiros, mas me contive para evitar acusações de intromissão. Agora que há uma oportunidade, vou me intrometer o máximo possível antes de ser colocado de volta no cabresto.

O olhar assombrado de West voltou para a imagem de Phoebe no retrato.

– Eu não a mereço – murmurou, antes que se desse conta do que estava dizendo.

– É claro que não. Assim como eu não mereço minha esposa. É um fato injusto da vida que os piores homens acabem ficando com as melhores mulheres. – Ao ver o rosto cansado e a figura derrotada de West, o duque pareceu concluir algo. – Você não vai conseguir assimilar nada que eu lhe disser esta noite. Não o mandarei embora nessas condições... Não há como saber em que confusões se meteria. Vai passar a noite neste quarto de hóspedes, e conversaremos pela manhã.

– Não. Vou para meu apartamento.

– Esplêndido. Posso perguntar o que o aguarda lá?

– Minhas roupas. Uma garrafa de conhaque. Um vidro de picles de cenoura pela metade.

Kingston sorriu.

– Passe a noite aqui, Ravenel. Mandarei Niall e meu valete prepararem um banho para você e separarem alguns artigos de higiene... incluindo uma grande quantidade de sabonete.

West acordou no dia seguinte com apenas uma breve lembrança da noite da véspera. Ergueu a cabeça de um travesseiro macio de plumas de ganso e olhou atordoado para o luxo que o cercava. Estava em uma cama suntuosa, com lençóis macios de linho branco e cobertas fofas, além de uma colcha de seda. Lembrava-se vagamente de ter tomado banho à noite e cambaleado até a cama com a ajuda de Niall e de um valete mais velho.

Depois de se espreguiçar longamente, sentou-se e olhou ao redor em busca das próprias roupas. Só conseguiu encontrar um roupão, dobrado em cima de uma cadeira próxima. Fazia uma semana que não se sentia assim tão relaxado, o que, no entanto, não significava que se sentisse bem ou mesmo minimamente feliz. Mas as coisas já não pareciam mais de todo obscuras. West vestiu o roupão e foi tocar a campainha. O valete apareceu com uma prontidão impressionante.

– Boa tarde, Sr. Ravenel.

– Tarde?

– Sim, senhor. São três horas.

West ficou perplexo.

– Eu dormi até as três da tarde?

– O senhor não estava exatamente nas melhores condições.

– É o que parece. – West esfregou o rosto com as duas mãos e perguntou: – Você poderia trazer as minhas roupas? E café?

– Sim, senhor. Gostaria também de água quente e artigos para se barbear?

– Não, não estou com tempo. Preciso ir... a um lugar. Tenho coisas a fazer. Com urgência.

Para consternação de West, Sebastian apareceu à porta bem a tempo de ouvir a última parte.

– Tentando escapar? – perguntou, em um tom agradável. – Temo que aquele vidro de picles de cenoura terá que esperar, Ravenel. Pretendo ter uma conversa com você. – Ele se virou para o valete. – Traga o que for necessário para barbeá-lo, Culpepper, e peça uma refeição quente para o Sr. Ravenel. Mande me chamar quando ele estiver alimentado e apresentável.

Durante uma hora e meia, West se submeteu a um bombardeio de cuidados pessoais. Para completar, deixara que Culpepper o barbeasse, tamanho era seu espírito fatalista e lúgubre. Ótimo, que o velho valete lhe cortasse a garganta, não dava a menor importância. Não foi um processo agradável – West sentia um nó no estômago e passou o tempo todo com os nervos à flor da pele, mas as mãos nodosas e já flácidas de Culpepper eram extraordinariamente firmes, os gestos leves e habilidosos ao passar a navalha. Quando o homem terminou, a pele de West estava ainda mais lisa do que quando Phoebe o barbeara. É claro que, se fosse comparar as duas experiências, a visão da camisa de baixo de Phoebe ainda a colocava bem na frente.

As roupas de West haviam sido miraculosamente lavadas, secas e passadas, os sapatos estavam limpos e brilhando. Depois de se vestir, ele se sentou a uma pequena mesa em um quarto anexo, onde lhe serviram café com creme e um prato de ovos poché acompanhados por um corte delicado e suculento de carne grelhada e temperada com sal e salsinha. A mera ideia de mastigar e engolir lhe causava repulsa, mas ele comeu um pedaço, depois outro, e logo seu sistema digestivo começou a emitir murmúrios de agradecimento, até ele devorar tudo com uma pressa indecente.

Quase ao final da refeição, Sebastian chegou. Foi servido café ao duque, enquanto a xícara de West era reabastecida.

– Ainda não recuperou a boa forma – comentou ele, examinando West com um olhar crítico –, mas está bem melhor.

– Senhor... – começou West, mas teve que parar quando sentiu os músculos da garganta tensos. *Maldição*. Não conseguiria falar com o duque sobre nada pessoal. Desmoronaria. Estava frágil como vidro soprado. Ele pigarreou duas vezes antes de continuar: – Acho que sei sobre o que deseja conversar, e não posso fazer isso.

– Excelente. Meus planos eram falar a maior parte do tempo mesmo. Vou direto ao ponto: dou minha bênção para um casamento entre você e minha filha. Agora, sem dúvida você vai argumentar que não pediu minha bênção, o que prontamente me levará a perguntar por quê. Então você vai resgatar algumas histórias de seu passado desagradável e passará por alguns minutos tediosos de autoflagelação para me fazer compreender que não é digno de ser pai ou marido. – O duque deu um gole no café antes de completar: – Não vai me impressionar com isso.

– Não? – perguntou West, receoso.

– Já fiz coisas piores do que você poderia imaginar, e não, não vou lhe contar nenhum dos meus segredos para aplacar sua consciência. Mas lhe garanto, e sei disto por experiência própria, que uma reputação arruinada pode ganhar novo brilho e que a sociedade ansiosa por fofocas acabará encontrando material novo com que se abastecer.

– Não é essa minha maior preocupação. – West ficou passando o polegar no lado cego de uma faca de manteiga. E se forçou a continuar: – Passarei o tempo todo me perguntando quando meus fantasmas vão partir para o ataque e arrastar todos que amo para o buraco.

– Quase todo homem tem seus fantasmas – retrucou Sebastian, com serenidade. – Deus sabe que eu tenho. Assim como um amigo meu, que é o melhor homem, de moral mais genuína que conheço.

– Como nos livramos deles?

– Não há como. Apenas aprendemos a lidar com eles.

– E se eu não conseguir?

– Não vamos andar em círculos, Ravenel. Você não é perfeito, ambos concordamos com isso. Mas já vi e ouvi o bastante para estar certo de que vai garantir o tipo de companheirismo que minha filha quer e precisa. Não vai isolá-la do mundo exterior. Phoebe e Henry viveram naquele maldito templo grego, em cima de uma colina, como as divindades no Monte Olimpo, respirando apenas ar rarefeito. Você será o tipo de pai de que aqueles meninos precisam. Vai prepará-los para um mundo que está mudando e ensiná-los a serem solidários com as pessoas que vivem nas terras deles. – O olhar firme de Sebastian encontrou o de West. – Compreendo você, Ravenel. Já estive em seu lugar. Você tem medo, mas não é um covarde. Enfrente isso, pare de fugir. Converse sobre o assunto com ela. Se vocês não conseguirem chegar a uma conclusão satisfatória por conta própria, tenho certeza de que não merecem se casar.

Eles ouviram uma batida discreta à porta.

– Entre – disse o duque, as mechas prateadas em suas têmporas refletindo a luz quando virou a cabeça.

Um criado abriu a porta.

– Vossa Graça – falou o homem, e acenou com a cabeça na direção da janela.

O duque se levantou e foi até a janela.

– Ah. Na hora exata. – Ele se virou de volta para o criado. – Vá em frente.

– Sim, Vossa Graça.

West estava concentrado demais nos próprios pensamentos para prestar atenção na conversa entre os dois. Ao longo da vida, já ouvira mais do que sua cota merecida de sermões, alguns brutais o bastante para deixarem marcas permanentes na alma, mas nenhum homem jamais falara com ele daquela forma: sarcástica, honesta, direta, intensa e um tanto arrogante, de um modo que parecia estranhamente tranquilizante. Paternal. Era verdade que a sugestão de covardia havia doído, mas West não poderia deixar de concordar com Sebastian: tinha medo. Droga, tinha medo demais.

Mas a lista estava um pouco menor agora. Ser barbeado por alguém era um item riscado. Aquilo provava alguma coisa, não é mesmo?

Sebastian fora até a porta parcialmente aberta. E falava com alguém do outro lado.

Uma voz feminina abafada, apenas o tom daquela voz, despertou os nervos de West como um punhado de fósforos que houvessem sido acesos todos ao mesmo tempo. Ele se levantou tão rápido que quase derrubou a cadeira. Conforme se aproximava da porta, seu coração batia mais forte e mais rápido.

– ... trouxe as crianças – dizia ela. – Estão lá embaixo, com a Sra. Bracegirdle.

Sebastian riu baixinho.

– Sua mãe vai ter um ataque quando eu contar a ela que estive com todos vocês, enquanto ela estava em Heron's Point.

Ao perceber a aproximação de West, ele recuou e abriu um pouco mais a porta.

Phoebe.

A alegria o atingiu em uma onda violenta. Atordoado pela força dos próprios sentimentos, ele só conseguiu encará-la. Naquele momento, West soube que não importava o que acontecesse dali em diante, não importava o que precisasse fazer, jamais seria capaz de deixá-la de novo.

– Papai mandou me chamar hoje de manhã – disse Phoebe, sem fôlego. – Tive de correr para pegar o trem a tempo.

Constrangido, West recuou um passo quando ela entrou na sala.

– Eu fiz minha parte – disse o duque. – Agora suponho que terei de deixar o resto com vocês.

– Obrigada, pai – retrucou Phoebe, com ironia. – Vamos tentar conduzir a situação sem você.

Sebastian saiu e fechou a porta.

West ficou exatamente onde estava quando Phoebe se virou para ele. Nossa, como era bom estar perto dela!

– Estive pensando – começou ele.

Um sorriso trêmulo se abriu no rosto dela.

– Sobre o quê?

– Confiança. Quando eu lhe disse que não poderia contar com alguém para me amar...

– Sim, eu lembro.

– Percebi que, antes de ter confiança, de realmente sentir isso, terei de começar a confiar. A confiar cegamente. Terei de aprender. E é... difícil.

Os lindos olhos dela cintilaram.

– Eu sei, querido – sussurrou Phoebe.

– Mas se eu for tentar com alguém, tem que ser com você.

Phoebe se aproximou um pouco mais. Seus olhos brilhavam tanto que eram como luz engarrafada.

– Também andei pensando.

– Sobre...?

– Sobre surpresas. Sabe, não havia como saber quanto tempo eu e Henry teríamos juntos antes que a saúde dele começasse a declinar definitivamente. No fim, foi ainda menos tempo do que esperávamos. Mas valeu a pena. Eu faria tudo de novo. Não tive medo da doença dele, assim como não tenho medo do seu passado, West, ou do que quer que possa surgir diante de nós. Esse é um risco que todo mundo corre, não é? A única garantia inquestionável é que vamos amar um ao outro. – A voz dela ficou embargada pela emoção. – E eu amo você, West. Amo demais.

O coração dele estava disparado agora, sua vida inteira em suspenso.

– Há um único problema: eu prometi nunca pedi-la em casamento. Mas nunca disse que não aceitaria um pedido. Eu lhe imploro, Phoebe, peça-me em casamento. Porque amo você e seus filhos mais do que meu coração é capaz de suportar. Peça-me em casamento por compaixão, porque não consigo viver sem você.

Ela se aproximou ainda mais, com um sorriso ofuscante.

– West Ravenel, aceita se casar comigo?

– Ah, Deus, sim!

Ele a puxou para os braços e a beijou apaixonadamente, com tanta força que nem podia ser prazeroso, mas Phoebe pareceu não se importar nem um pouco.

Agora a história deles começaria, e o futuro dos dois seria instantaneamente reescrito. Dois futuros se unindo em um. A luz pareceu tremular ao redor, ou talvez fosse apenas o efeito das lágrimas nos olhos dele. Era felicidade demais para um homem só, pensou West, assombrado.

– Tem certeza? – perguntou ele, entre beijos. – Em algum lugar lá fora, o homem perfeito que você merece provavelmente está procurando por você.

Phoebe deu uma gargalhada, a boca ainda próxima à dele.

– Vamos nos apressar, então... Podemos nos casar antes que ele chegue.

NOTA DA AUTORA

A frase "que Deus dê rapidez ao arado" (ou "God speed the plow", em inglês) começou a ser usada nos anos 1400. Baseia-se no significado original da palavra *speed* (ir mais rápido, acelerar, em algumas das traduções no inglês moderno) em inglês médio: prosperidade e sucesso. Os lavradores cantavam uma canção com esse título na "Segunda-feira do arado", a primeira segunda-feira depois da Noite de Reis, quando todos os lavradores voltavam ao trabalho torcendo por uma boa estação de colheitas.

De acordo com o dicionário Oxford de inglês, a origem do uso de vários xis nas despedidas de cartas para representar beijos remonta a uma missiva escrita pelo reverendo e naturalista britânico Gilbert White, em 1763. No entanto, Stephen Goranson, um pesquisador e especialista em linguística altamente respeitado, da Universidade Duke, diz que os xis na carta de Gilbert White tinham a intenção de significar bênçãos. Goranson encontrou citações do uso *definitivo* de xis como beijos a partir de 1890, incluindo uma carta de Winston Churchill para a mãe, em 1894: "Por favor perdoe a escrita ruim pois estou com uma pressa terrível. (Muitos beijos.) xxx WSC".

Como parte de minha pesquisa, assisti (junto com meu marido, Greg, que é um entusiasta de história) ao documentário histórico britânico *Victorian Farm*, da BBC, e a sequência *Victorian Farm Christmas*. Ficamos fascinados! O programa recria a vida diária de uma fazenda no condado de Shropshire em meados do século XIX enviando um grupo de três pessoas – a historiadora Ruth Goodman e os arqueólogos Alex Langlands e Peter Ginn – para morarem e trabalharem lá por um ano. Encontramos ambos os documentários no YouTube. Assistam, vocês vão adorar!

Obrigada pela gentileza e pelo entusiasmo, pessoas maravilhosas que leem meus livros! Amo compartilhar meu trabalho com vocês e sou grata todo dia por tornarem isso possível.

– L. K.

Creme de legumes da primavera, a receita preferida de West Ravenel

Esta é uma receita que preparamos com frequência. Baseada em muitas similares da era vitoriana, não apenas é fácil, deliciosa e nutritiva como também usa aqueles legumes "esquecidos" que às vezes ficam abandonados na geladeira. Você pode substituir ou acrescentar qualquer legume que quiser – repolho, couve-flor, brócolis, etc. Acrescente mais caldo se for necessário para bater. Embora a receita peça ervas secas, use frescas se tiver. Gosto de usar tomilho e orégano, mas qualquer erva do seu gosto funcionará lindamente.

Ingredientes:
- 1 abobrinha grande (ou 2 pequenas)
- 1 abobrinha amarela grande (ou 2 pequenas)
- 2 cenouras comuns, ou 2 punhados de cenouras baby
- 1 pimentão vermelho ou amarelo
- 2 colheres de sopa de manteiga (ou de azeite)
- 1 colher de chá de alho picado
- 1 cebola picada
- 1 litro de caldo de galinha ou de legumes
- ¼ xícara de extrato de tomate
- 1 lata (400 g) de feijão branco lavado e escorrido
- 1 colher de chá de sal
- 1 colher de chá de pimenta-do-reino
- 1 colher de chá de tomilho seco
- 1 colher de chá de orégano seco
- ½ xícara de creme de leite fresco, ou metades iguais de leite e creme de leite fresco

Modo de preparo:
1. Pique os legumes em pedaços de cerca de 1 centímetro. Não se preocupe se cortá-los irregulares, já que tudo será batido – o que se quer é que cozinhem por igual.
2. Derreta a manteiga em uma panela grande, em fogo médio. Acrescente o alho, a cebola e os legumes picados e refogue por 10 a 15 minutos.

3. Acrescente o caldo, o extrato de tomate, os feijões, os temperos e as ervas. Depois que ferver, diminua o fogo e deixe cozinhar por pelo menos meia hora, ou até estar tudo muito macio, podendo ser partido com um garfo.

4. Bata tudo com um mixer manual ou em um liquidificador. Se usar o liquidificador, que é o que faço, bata em partes – não encha demais o copo!

5. No fim, acrescente o creme de leite e acerte o sal e a pimenta.

Sirva com croûtons amanteigados, se desejar, ou, se quiser uma refeição bem forte, com um queijo-quente.

CONHEÇA OUTROS LIVROS DA COLEÇÃO OS RAVENELS

Um sedutor sem coração

Devon Ravenel, o libertino mais maliciosamente charmoso de Londres, acabou de herdar um condado. Só que a nova posição de poder traz muitas responsabilidades indesejadas – e algumas surpresas.

A propriedade está afundada em dívidas e as três inocentes irmãs mais novas do antigo conde ainda estão ocupando a casa. Junto com elas vive Kathleen, a bela e jovem viúva, dona de uma inteligência e uma determinação que só se comparam às do próprio Devon.

Assim que o conhece, Kathleen percebe que não deve confiar em um cafajeste como ele. Mas a ardente atração que logo nasce entre os dois é impossível de negar.

Ao perceber que está sucumbindo à sedução habilmente orquestrada por Devon, ela se vê diante de um dilema: será que deve entregar o coração ao homem mais perigoso que já conheceu?

Um sedutor sem coração inaugura a coleção Os Ravenels com uma narrativa elegante, romântica e voluptuosa que fará você prender o fôlego até o final.

Uma noiva para Winterborne

Rhys Winterborne conquistou uma fortuna incalculável graças a sua ambição ferrenha. Filho de comerciante, ele se acostumou a conseguir exatamente o que quer – nos negócios e em tudo mais.

No momento em que conhece a tímida aristocrata lady Helen Ravenel, decide que ela será sua. Se for preciso macular a honra dela para garantir que se case com ele, melhor ainda.

Apesar de sua inocência, a sedução perseverante de Rhys desperta em Helen uma intensa e mútua paixão.

Só que Rhys tem muitos inimigos que conspiram contra os dois. Além disso, Helen guarda um segredo sombrio que poderá separá-los para sempre. Os riscos ao amor deles são inimagináveis, mas a recompensa é uma vida inteira de felicidade.

Com uma trama recheada de diálogos bem-humorados e cenas sensuais e românticas, *Uma noiva para Winterborne* é o segundo volume da coleção Os Ravenels.

Um acordo pecaminoso

Lady Pandora Ravenel é muito diferente das debutantes de sua idade. Enquanto a maioria delas não perde uma festa da temporada londrina e sonha encontrar um marido, Pandora prefere ficar em casa idealizando jogos de tabuleiro e planejando se tornar uma mulher independente.

Mas certa noite, num baile deslumbrante, ela é flagrada numa situação muito comprometedora com um malicioso e lindo estranho.

Gabriel, o lorde St. Vincent, passou anos conseguindo evitar o casamento, até ser conquistado por uma garota rebelde que não quer nada com ele. Só que ele acha Pandora irresistível e fará o que for preciso para possuí-la.

Para alcançar seus objetivos, os dois fazem um acordo curioso, e entram em uma batalha de vontades divertida e sensual, como só Lisa Kleypas é capaz de criar.

CONHEÇA OS LIVROS DE LISA KLEYPAS

Os Hathaways

Desejo à meia-noite
Sedução ao amanhecer
Tentação ao pôr do sol
Manhã de núpcias
Paixão ao entardecer
Casamento Hathaway (e-book)

As Quatro Estações do Amor

Segredos de uma noite de verão
Era uma vez no outono
Pecados no inverno
Escândalos na primavera
Uma noite inesquecível

Os Ravenels

Um sedutor sem coração
Uma noiva para Winterborne
Um acordo pecaminoso
Um estranho irresistível
Uma herdeira apaixonada

Para saber mais sobre os títulos e autores da Editora Arqueiro, visite o nosso site. Além de informações sobre os próximos lançamentos, você terá acesso a conteúdos exclusivos e poderá participar de promoções e sorteios.

editoraarqueiro.com.br